A FOGUEIRA

A FO GUE IRA

KRYSTEN RITTER

TRADUÇÃO
RYTA VINAGRE

FÁBRICA231

Título original
BONFIRE

GLASSTOWN
ENTERTAINMENT

Copyright © 2017 *by* Krysten Ritter

Todos os direitos reservados incluindo o de reprodução no todo ou em parte sob qualquer forma.

FÁBRICA231
O selo de entretenimento da Editora Rocco Ltda.

Direitos para a língua portuguesa reservados com exclusividade para o Brasil à
EDITORA ROCCO LTDA.
Av. Presidente Wilson, 231 – 8º andar
20030-021 – Rio de Janeiro, RJ
Tel.: (21) 3525-2000 – Fax: (21) 3525-2001
rocco@rocco.com.br
www.rocco.com.br

Printed in Brazil/Impresso no Brasil

Preparação de originais
JOÃO SETTE CAMARA

CIP-Brasil. Catalogação na fonte.
Sindicato Nacional dos Editores de Livros, RJ.

R498f
Ritter, Krysten
A fogueira / Krysten Ritter; tradução de Ryta Vinagre. – 1ª ed. – Rio de Janeiro: Fábrica231, 2017.

Tradução de: Bonfire
ISBN: 978-85-9517-031-5
ISBN: 978-85-9517-033-9 (e-book)

1. Ficção americana. I. Vinagre, Ryta. II. Título.

17-44974
CDD–813
CDU–821.111(73)–3

O texto deste livro obedece às normas do
Acordo Ortográfico da Língua Portuguesa.

Prólogo

No meu último ano do ensino médio, quando Kaycee Mitchell e as amigas dela adoeceram, meu pai teve um monte de teorias.
— Essas meninas não prestam — disse ele. — Só dão problema. — Ele tomou como questão de fé que elas estavam sendo castigadas. Para meu pai, elas mereciam.
Kaycee foi a primeira. Fez sentido. Ela foi a primeira a fazer tudo: perder a virgindade, experimentar um cigarro, dar uma festa.
Kaycee andava à frente das amigas como um lobo alfa liderando a alcateia. No refeitório, decidia onde se sentar, e as outras a seguiam; se ela comesse o almoço, as outras comiam também; se movesse a comida de um lado para outro na bandeja ou só almoçasse um saco de balas de goma Swedish Fish, as amigas faziam o mesmo.
Misha era a mais cruel e a mais barulhenta delas.
Mas Kaycee era a líder.
E então, quando ela adoeceu, nós, as veteranas da Barrens High, não ficamos apavoradas, nem perturbadas, nem preocupadas.
Só tivemos inveja.
No fundo, cada uma de nós torcia para ser a próxima.
Aconteceu pela primeira vez no debate do quarto tempo de aula. Todo mundo tinha de participar de eleições simuladas. Kaycee passou pelas três rodadas de eleições primárias. Era fácil acreditar nela no papel de política, convincente e de raciocínio rápido, uma mentirosa de talento; nem mesmo sei se Kaycee sabia quando estava dizendo a verdade e quando mentia.

Ela estava na frente da sala, fazendo um discurso de comício político, quando de repente foi como se tivessem cortado o fio que ligava a voz à garganta. A boca ainda se mexia, mas o volume fora desligado. Não saía palavra nenhuma.

Por alguns segundos, pensei que havia alguma coisa errada *comigo*.

E então, as mãos dela agarraram o púlpito, e seu maxilar ficou petrificado, aberto, como se ela estivesse entalada, gritando em silêncio. Eu me sentava na primeira fila – ninguém mais queria aqueles lugares, então eu podia ficar com eles –, e ela estava a pouca distância de mim. Nunca vou me esquecer dos olhos dela: como se de súbito fossem transformados em túneis.

Derrick Ellis gritou alguma coisa, mas Kaycee o ignorou. Eu podia ver sua língua por trás dos dentes, um pedaço de chiclete branco acomodado ali. Alguns riram – devem ter pensado que era uma brincadeira –, mas eu não.

Fui amiga de Kaycee, uma grande amiga, quando éramos mais novas. Aquela foi a segunda vez na vida em que a vi demonstrar medo.

As mãos dela começaram a tremer, e foi quando todo o riso parou. Todo mundo ficou em silêncio. Por um bom tempo, não houve som nenhum na sala, só o anel de prata que ela sempre usava batendo ruidosamente no púlpito.

E então, o tremor subiu por seus braços. Os olhos giraram para trás e ela caiu, derrubando o púlpito.

Lembro-me de ficar de pé. Lembro-me das pessoas gritando. Eu me lembro da sra. Cunningham de joelhos, levantando a cabeça de Kaycee, e alguém gritando que a impedissem de engolir a própria língua. Alguém correu para chamar a enfermeira. Outra pessoa chorava; não lembro quem, só me lembro do som, um lamento desesperado. Estranhamente, só consegui pensar em pegar as anotações dela, que tinham caído, e colocá-las em ordem, cuidando para alinhar os cantos.

Foi quando, repentinamente, passou. Parecia que o espasmo tinha saído de seu corpo, como uma maré baixando. Ela abriu os olhos. Piscou e se sentou, parecendo um tanto confusa, mas não contrariada, ao ver todos nós reunidos em volta dela. Quando a enfermeira chegou, ela parecia ter voltado ao normal. Insistiu que foi só uma fraqueza, porque não havia comido. A enfermeira retirou Kaycee da sala de aula, e o tempo todo ela olhou para nós por cima do ombro, como quem quer ter certeza de que todos a viam sair. E nós olhamos – é claro que sim. Ela era o tipo de pessoa que você não conseguia deixar de olhar.

Todos nós nos esquecemos disso. Ou fingimos esquecer.

E foi então, três dias depois, que aconteceu outra vez.

Capítulo Um

A State Highway 59 passa a se chamar Plantation Road três quilômetros depois da saída para Barrens. É fácil perder de vista a antiga placa de madeira, mesmo naquele ambiente sem cor. Anos atrás, nas viagens pela estrada de Chicago a Nova York, eu conseguia passar por ali sem ansiedade nenhuma. Prenda a respiração, conte até cinco. Solte o ar. Deixe Barrens prudentemente para trás, nenhuma sombra correndo da mata escura para me estrangular.

Este era um jogo que eu costumava fazer quando criança. Sempre que tinha medo ou precisava ir ao antigo galpão no quintal à noite, desde que eu prendesse a respiração, nenhum monstro, assassino com machado ou figura deformada dos filmes de terror poderia me pegar. Eu prendia a respiração e corria a toda até os pulmões estourarem e eu me encontrar a salvo em casa com a porta trancada. Até ensinei esse jogo a Kaycee quando éramos crianças, antes de começarmos a nos odiar.

É constrangedor, mas ainda o faço. E ele funciona.

Na maioria das vezes.

Sozinha, trancada em um banheiro de posto de gasolina, lavo as mãos até a pele rachar, e um filete de sangue escorre pelo ralo. É a terceira vez que lavo minhas mãos desde que atravessei a divisa para Indiana. No espelho sujo acima da pia, meu rosto está pálido e deformado, e as lembranças de Barrens brotam novamente como flores tóxicas.

Esta foi uma má ideia.

Abro a porta do banheiro e estreito os olhos para o sol matinal quando volto a meu carro.

Na saída da rodovia, passo por uma carcaça de cervo zumbindo de moscas, sua cabeça ainda intacta, o que seria improvável, e era quase bonita, de boca aberta em um último suspiro. Impossível dizer se foi atropelado por um carro ou atingido por uma bala. Em geral, os animais recém-atropelados são recolhidos por algum matuto, carregados para um defumador e transformados em carne seca. Atropelei um cervo com meu velho Ford Echo quando tinha 17 anos; ele foi recolhido antes de mim. Mas neste cervo, por algum motivo, ninguém mexeu.

A caça esportiva é uma atividade importante em Barrens – a principal atividade, na verdade. Está embutida na cultura. Se é que se pode chamar assim. A temporada de caça só é aberta oficialmente no inverno, mas todo ano os garotos escapolem com um engradado de cerveja, uma lanterna e as armas dos pais para observar um macho grande ou olhar algumas corças pastando. E depois de algumas cervejas, eles atiram onde conseguem fazer mira.

Meu pai costumava me levar para caçar; nossas atividades de vínculo entre pai e filha em geral envolviam uma ida ao taxidermista. Cabeças de cervo, coiote e urso enfeitavam as paredes de nossa casa como troféus. Ele me ensinou a pisar nos faisões que ele abatia enquanto quebrava seu pescoço com uma só mão. Lembro-me dele irritado quando chorei pelo primeiro cervo que o vi matar, lembro que ele me obrigou a colocar as mãos em seu corpo ainda quente, o sangue saindo pulsante do buraco pelo qual se esvaía sua vida em ondas. "A morte é linda", disse ele.

Antigamente minha mãe era linda também, até que o câncer ósseo fez o seu trabalho. Mastigou seu cabelo, esculpiu o corpo em uma casca de músculos e ossos, levou-a célula por célula. Depois de sua morte, meu pai me disse que esta era a bênção definitiva e que devíamos ficar agradecidos, porque o Senhor a havia escolhido para fazer parte de seu rebanho no paraíso.

Saí da Plantation Road e peguei a Route 205, que por fim vira a Main Street, fortemente atingida pelo cheiro de esterco de vaca no calor. Estamos em meados de junho, no fim do ano letivo, mas parece o auge do verão. Campos castanhos sob o sol. Mais um quilômetro e meio adiante, passo por uma placa nova em folha: *Bem-vindo a Barrens, 5.027 habitantes*. Da última vez em que estive aqui, dez anos atrás, a população não chegava a metade disso. A Main Street é de fato a rua principal, mas, mesmo em um trecho de quatorze quilômetros, três carros que passam já são um trânsito intenso.

Conto os postes telefônicos. Conto os corvos que se balançam na fiação. Conto silos ao longe, dispostos como punhos. Transformo minha vida em números, em uma contagem. Por dez anos, morei em Chicago. Sou advogada há três. Depois de seis meses em uma firma particular, consegui um emprego no CTDA, o Centro para Trabalho em Direito Ambiental.

Tenho um futuro, uma vida, um apartamento clean e iluminado no Lincoln Park, com dezenas de prateleiras de livros e nem uma única Bíblia. Fiz amigos nos bares e boates do centro de Chicago, onde os drinques têm ingredientes como lilás e clara de ovo. Agora eu *tenho* amigos, ponto final – e namorados, se é que eles podem ser chamados assim. Quantos eu quiser, sem nome e indistinguíveis, chegando e saindo de minha cama e de minha vida, segundo meus próprios termos.

Na maioria das noites, nem tenho mais pesadelo nenhum.

Por muitas vezes, jurei que jamais voltaria à minha cidade. Mas agora tenho alguma experiência. Qualquer livro de autoajuda no mundo lhe dirá que você não pode fugir de seu passado.

Barrens tem raízes em mim. Se eu quiser que desapareça para sempre, precisarei arrancá-las.

Main Street. O que antigamente era a capela – uma construção de concreto térrea sem janela nenhuma, aonde íamos aos domingos até meu pai decidir que o pastor interpretava as escrituras como queria, particularmente enfurecido por ele parecer frouxo demais com "os gays" –, agora é uma lanchonete White Castle. A biblioteca aonde minha mãe costumava me levar para a hora da história quando criança agora exibe uma placa do Johnny Chow's Oriental Buffet. Quando fui criada aqui, praticamente não havia nenhum restaurante com mesas.

Mas muita coisa continua igual: a luz néon do bar VFW ainda oscila e a Mel's Pizza, aonde às vezes eu ia de bicicleta para comer uma fatia depois da escola, ainda produz suas pizzas. Tanta coisa parece ter saído intacta da memória – o Jiffy Lube Pit Stop, a Jimmy's Auto Parts Supply, a sex shop decadente, que antigamente era do pai de Kaycee Mitchell. Talvez ainda seja, até onde sei. Mas a Temptations tem um telhado novo e uma placa elétrica também nova. Então, os negócios andaram prosperando.

Vejo um corvo em um fio telefônico, e outro se aninha mais adiante. *Um corvo para a tristeza, dois para a alegria...*

Passando da Main Street, nada mais parece o mesmo: edifícios residenciais novos, uma Jennifer Convertibles, um restaurante italiano anuncia na vitrine um bufê de saladas. Tudo é desconhecido, a não ser pelo ferro-velho e, um pouco depois dele, o cinema drive-in. Local de muitas festas de aniversário com a garotada da escola dominical e até de um Dia de Ação de Graças deprimente logo depois que minha mãe foi enterrada. O lugar que fez a nossa fama, anterior à chegada da Optimal Plastics.

Mais corvos empoleirados em uma torre. *Três, quatro, cinco, seis. Sete para um segredo, jamais a ser revelado.* Uma revelação de corvos.

Voltar me dá aquele aperto no peito e nó na garganta. Seguro o volante com mais força. No primeiro sinal vermelho – o *único* sinal vermelho em Barrens –, prendo a respiração e fecho os olhos. *Agora estou no controle.*

O cara atrás de mim buzina: o sinal ficou verde. Piso no acelerador com certa força e disparo à frente no cruzamento. Quando uma conhecida placa laranja faísca em minha visão periférica, sinalizo sem pensar que vou virar e dou uma guinada para o estacionamento do Donut Hole – este, como o cinema drive-in, totalmente inalterado.

Desligo a ignição. Fico sentada em silêncio. Depois de alguns segundos sem ar-condicionado, fica aflitivamente quente. Deve estar uns 27 graus – muito mais quente do que em Chicago. O ar é pesado e sufocante de umidade. Luto para tirar a jaqueta de couro e pego a bolsa no chão do lado do carona. Bem que eu podia beber água.

Enquanto abro a porta do carro, um Subaru azul encosta do meu lado, pisando no freio no último segundo e me assustando. O motorista buzina duas vezes.

Saio do carro irritada, porque o outro motorista estacionou perto demais, e depois percebo que a mulher no carro sorri para mim e acena freneticamente com as mãos. Ela gesticula para o Donut Hole, e tenho uma fração de segundo para decidir se devo dar meia-volta para Chicago e esquecer essa história toda. Mas subitamente fico paralisada. Em algum momento da minha vida, meu instinto de lutar ou fugir se transformou em *pare, fique invisível, espere passar*.

Misha Dale. Mais loira, mais gorda, ainda bonita, de seu jeito de cidade pequena. *Sorrindo.* Antigamente eu sonhava com o sorriso dela — do jeito, imagino, como a coridora deve sonhar com o funil longo e escuro da garganta de um tubarão.

Misha aos 12 anos: convencendo todos os amigos a jogar pãezinhos dormidos em mim quando eu andava pelo refeitório. Misha aos 14: colocando o fêmur de um animal em meu armário, alegando que era um dos ossos de minha mãe, cochichando que eu guardava pedaços de cadáver no freezer, um boato que alcançou uma popularidade tão agressiva que o xerife Kahn apareceu para verificar. Aos 15 anos, ela organizou uma campanha para levantar dinheiro para o tratamento de minha acne. Aos 16, divulgou uma petição on-line para que eu fosse suspensa da escola.

Uma sádica de sorriso bonito. Ela, Cora Allen, Annie Baum e Kaycee Mitchell me consumiram durante anos, engordaram e se fortaleceram com minha infelicidade, ficaram em êxtase quando no primeiro ano tentei engolir meio frasco de Advil e tive que passar uma semana no sanatório Mercy para doentes mentais — algo que meu pai se recusava a reconhecer e do qual nunca falamos.

Da próxima vez, vou te ajudar, cochichou Micha para mim no corredor quando finalmente voltei à escola.

Meninas horríveis. Demoníacas.

Ainda assim, eu as invejava.

* * *

— Eu NÃO ACREDITO. Soube que talvez você voltasse. — Os olhos dela ficaram mais brandos, mas o sorriso era o mesmo: mordaz e meio torto. — E seu carro! Bem se vê que *você* se deu bem. — Ela me envolve brevemente em um abraço com um braço só. Tem cheiro de cigarros mentolados e do perfume forte que usa para mascará-los. — Não se lembra de mim? Sou Misha Jennings. Dale — ela se corrige, meneando a cabeça. — Você me conhecia como Dale. Meu Deus, faz tanto tempo.

— Eu me lembro de você — digo. O pânico lampeja em mim, rápido como um arreganhar de dentes. Ela soube que eu estava voltando... mas como? E soube por quem?

— Vai entrar? — Ela gesticula para o Donut Hole. — No ano passado, acrescentaram mil variedades. Tudo graças à Optimal, acho. Tivemos uma espécie de explosão populacional por aqui, pelo menos para os padrões de Indiana.

A menção da Optimal é uma isca — deve ser. Desta vez, porém, ela não é a única que consegue ficar firme em terra seca e lançar a vara.

— É — digo. — É, vou entrar.

— O de geleia ainda é o meu preferido. — Sua voz também se abrandou. Ela parece verdadeiramente feliz em me ver. — Você mantém contato com alguém do velho grupo?

Hesito, desconfiada de uma armadilha. Mas, ao que parece, ela não nota minha confusão. Não existe nenhum "velho grupo". Pelo menos que me incluísse. Limito-me a negar com um movimento de cabeça e acompanhá-la para dentro. Noto que, quando ela abre a porta num puxão, certifica-se de entrar à minha frente.

O Donut Hole é o lar de seu homônimo, o donut, bem como um sortimento verdadeiramente aleatório de produtos de drogaria e nosso "museu" da sociedade histórica, uma vitrine no canto com folhetos para quem quiser pegar. Ainda tem uma pequena biblioteca gratuita não oficial no Donut Hole: você deixa um livro e pega outro. O cheiro particular de desodorizador artificial de ambiente, velhos guias de viagem bolorentos e produtos de pastelaria parecem o cano de uma arma, atirando-me para o passado.

— Deve ser divertido voltar depois de tanto tempo. — Misha se desvia do balcão de donut e, em vez disso, vai a uma parede de produtos farmacêuticos, onde uma placa escrita à mão anuncia com brandura: *Não Temos Farmacêutico/Não Vendemos Buprenorfina/Não Vendemos Pseudoefedrina.*

Misha pega antiácido, xampu para bebê, loção corporal com aroma de lilás, uma caixa de Kleenex: tudo muito normal, muito doméstico, e em forte contradição com a garota perversa que me atormentou durante anos.

— *Divertido* não seria a palavra que eu escolheria. — *Erro* está mais próximo da verdade, em particular agora, parada diante de Misha no Donut Hole. — Vim a trabalho.

Como Misha não me pergunta que tipo de trabalho, tenho certeza de que ela ouviu falar.

— Bem, *eu* acho divertido ter você de volta — diz ela. Seu tom é caloroso, mas não consigo deixar de sentir uma corrente de ansiedade. A diversão de Misha sempre foi do tipo que tira sangue. — Seu pai deve estar feliz por ter você em casa depois de todo esse tempo. No verão passado, ele trabalhou em nossa cerca, depois da passagem daquele tornado grande. Fez um ótimo trabalho também.

Eu não queria falar de meu pai. Definitivamente não queria falar de meu pai com Misha. Limpo a garganta.

— Então você se casou com Jonah Jennings? — pergunto, com uma educação que torço para ela interpretar, corretamente, como falsa.

Misha apenas ri.

— Com o irmão dele, Peter.

A nova Misha é imprevisível. É como se as regras do passado tivessem sido reescritas e eu ainda estivesse aprendendo o jogo. Só o que sei de Peter Jennings é algo que vi no *Tribune*, um ou dois anos já na faculdade: ele foi preso por tráfico de heroína.

Misha mexe no estande de revistas.

— Resisti pelo tempo que pude, mas ele foi insistente. — Ela hesita só por uma fração de segundo. — Temos uma filha pequena também. Kayla está no carro. Vamos dar um oi na saída.

Mesmo ali dentro, com o ar-condicionado ligado, parece que estou no interior de uma boca fechada.

— Está muito quente — digo. A vida de Misha não é da minha conta. A filha de Misha não é da minha conta. Ainda assim, não consigo evitar. — Tem certeza de que ela vai ficar bem?

— Ah, ela está dormindo. Vai gritar como louca se eu tentar acordá-la. Meu Deus. Escute aqui. Dá para acreditar? Eu juro, você pisca, dez anos se passam, e parece que nada saiu como você imaginava. — Ela me olha como se compartilhássemos um segredo. — Sabia que agora trabalho na Barrens High School? Já sou vice-diretora há alguns anos.

Isto me choca. Misha detestava a escola quase tanto quanto eu, embora por motivos diferentes. Achava as aulas uma inconveniência, e o dever de casa obrigatório era uma distração de ser apalpada pelos garotos do time de futebol.

— Eu não sabia — digo, embora o que eu realmente queira perguntar seja: Como? Mas a Barrens High, uma escola mínima com uma turma de formatura de uns sessenta alunos, não deve estar atraindo os melhores e mais inteligentes do sistema educacional. — Meus parabéns.

Ela gesticula com desdém, mas parece satisfeita — satisfeita e orgulhosa.

— Nós fazemos planos e Deus ri. Não é assim que dizem?

Não sei se ela está brincando.

— Pensei que você não acreditasse em todas essas coisas religiosas. No ensino médio, você odiava os maníacos por Jesus.

Mas é claro que não detestava. Ela odiava apenas a mim.

O sorriso de Misha arria.

— Na época, eu era jovem. Todos nós éramos. — Ela baixa o queixo e me olha através dos cílios grossos de maquiagem. — Agora já são águas passadas. Além disso, você é nossa grande estrela por aqui. A garota que foi embora.

É claro que isso é papo furado. Tem que ser. Ela me torturou, torturou minha família, sentia prazer ao me fazer chorar. Eu não inventei isso. Não posso ter inventado. Ela deixou uma lâmina de barbear presa com fita adesiva em minha mesa da sala de estudos com um bilhete que dizia: *"Vá em frente."* Não sei de águas passadas nenhuma. Ela espalhou boatos, me humilhou e por quê? Eu não tinha nenhuma amiga mesmo. Não era uma ameaça. Na época, eu nem chegava a ser uma *pessoa*.

Ainda assim, quando ela segura meu braço, não me desvencilho.

— Um café gelado ia cair bem. O que você acha?

— Não. — Abro a porta da geladeira e olho fixamente as fileiras de água mineral, segurando firme a maçaneta para me equilibrar. Seis garrafas, lado a lado. Três em cada fila, exceto pela última, que só tem uma. É esta que pego. — Só isto.

Na verdade, eu quero dizer: *Pare de tocar em mim. Eu sempre odiei você.* Mas talvez este seja o poder definitivo de Misha, como o da bruxa em *A pequena sereia*: ela rouba sua voz.

Eu a vejo se servir de um café gelado. Tento pensar em como pedir licença, como dizer *Adeus, tenha uma vida muito medíocre, espero nunca mais te encontrar enquanto eu viver*, quando ela de repente solta:

— Sabe, às vezes Brent ainda pergunta por você.

Fico petrificada.

— Brent O'Connell?

— E quem mais seria? Agora ele é um figurão na Optimal. Gerente de vendas regional. Seguiu os passos do pai e conseguiu subir na vida.

Brent era de uma das famílias mais ricas da cidade, o que para Barrens significava um aro de basquete, piscina de superfície e quartos separados para Brent, a irmã mais velha e os pais. O pai de Brent usava gravata para trabalhar, e a mãe parecia a Carol Brady, de *A família Sol-Lá--Si-Dó*: sorriso largo, cabelos loiros, aparência muito limpa. Brent foi contratado pela Optimal logo depois de sair do ensino médio. Enquanto os outros caras da escola arrumaram empregos em postos de gasolina ou abastecendo prateleiras no mercadinho, ou até limpando estábulos em uma das fazendas locais, Brent conseguiu um estágio na Optimal.

— Ele ainda é solteiro. Uma pena, não? — Ela mexe o café lentamente, como se fosse um experimento de química e a mistura errada de açúcar e creme pudesse explodir o lugar todo. Um açúcar. Mexe. Dois açúcares. Mexe. Três. E então, de súbito: — Ele sempre teve uma queda por você, sabia?

— Brent está com Kaycee — digo rapidamente. Não sei de onde veio o verbo no presente: cinco minutos de volta à cidade e o passado está me invadindo. — Quer dizer, ele ficou.

— Ele ficou com Kaycee, mas gostava de *você*. Todo mundo sabia disso.

Brent O'Connell era um dos garotos mais populares de Barrens. O que ela dizia não fazia sentido.

A não ser...
A não ser pelo beijo, o único, na noite da formatura. Um primeiro beijo quase exatamente como sempre sonhei: um dia quente de junho, um calor fora de temporada, quase um clima para nadar; o cheiro de fumaça deixando o ar acre; Brent passando pelas árvores, levando a mão aos olhos, protegendo-os da luz ofuscante de minha lanterna. Quantas noites andei pela mata nos fundos de minha casa até a beira da represa na esperança de esbarrar nele daquele jeito, na expectativa de que ele notasse minha presença?

Foi tão perfeito que nunca pude ter certeza se inventei, como imaginei a Sonya, uma morena com pernas de potro que morava no sótão de nossa antiga casa quando eu era criança e costumava brincar comigo em troca de folhas, gravetos e galhos que eu trazia de fora para ela; antigamente, ela havia sido uma fada, expliquei, quando minha mãe descobriu o sótão com um ninho de folhas apodrecidas e besouros. Como as brincadeiras que eu inventava depois da morte de minha mãe, para trazê-la de volta. Pular as rachaduras da calçada, é claro, mas também outras. Se eu pudesse prender a respiração até que passassem cinco carros... Se conseguisse nadar até o fundo da represa e mergulhar um dedo no lodo... Se houvesse um número par de corvos no poste telefônico, qualquer número, menos o dez.

Com cuidado, Misha coloca a tampa em seu café gelado, pressionando as bordas com o polegar.

— Por quê? — pergunta ela, com tanta despreocupação e doçura que quase deixei passar.

— Como disse? — Por um segundo, sinceramente não entendo.

Enfim, ela ergue a cabeça. Seus olhos são do azul-claro do céu de verão.

— Por que você acha que Brent gostava tanto de você?

Seguro minha garrafa de água com tanta força que meus dedos deixam uma marca no plástico.

— Eu... não sei — gaguejo. Depois: — Ele não gostava.

Ela simplesmente continua sorrindo.

— Talvez por conta daquele seu cabelo comprido.

E então, inesperadamente, ela estende a mão para puxar de leve meu rabo de cavalo. Quando me afasto subitamente, Misha ri, como se estivesse sem graça.

— Talvez tenha sido daí que veio toda aquela bobagem, Kaycee querendo que nós magoássemos você — continua Misha. — Ela era doidinha, aquela garota.

— Ela era sua melhor amiga — observo, esforçando-me para acompanhar a conversa, para sair da lama da memória.

— Foi sua melhor amiga também, por um tempinho — diz ela. — Você lembra como era. Ela me matava de medo.

Será que era verdade? Sempre que me lembro dessa época, em geral é a cara de Misha que imagino, cheia de dentes e com aqueles olhos azuis e grandes, a expressão de prazer sempre que me via chorar. Misha era a maldosa, a pitbull, aquela que tomava as decisões. Cora e Annie, as seguidoras: andavam atrás de Misha e Kaycee como irmãs mais novas e adoradoras.

Kaycee era a mais bonita, aquela que todos adoravam. Ninguém jamais conseguia dizer não a ela. Kaycee era o sol: não havia alternativa senão girar em órbita em volta dela.

Agora, dez anos mais velha e dez anos livre de sua melhor amiga, Misha parece estar à vontade.

— Brent vai ficar muito feliz por você ter voltado, mesmo que agora vocês estejam em lados opostos. Bem — acrescenta ela, vendo minha cara —, é verdade, não é? Não veio aqui para fechar a Optimal?

— Estamos aqui para garantir que a água seja segura — digo. — Nem mais, nem menos. Não somos contra a Optimal. — Mas, para o povo de Barrens, a distinção fará pouca diferença.

— Mas você *está* com aquele grupo da agência, não está?

— O Centro para Trabalho em Direito Ambiental, sim — digo. — As notícias voam.

Misha se inclina para mais perto.

— Gallagher disse que eles vão acabar com a água de nossas torneiras.

Sacudo a cabeça.

— Gallagher entendeu mal. Qualquer coisa parecida com isso somente acontecerá num futuro distante. Só estamos aqui para verificar os sistemas de descarte de resíduos. — A faculdade de direito ensina uma coisa acima de tudo: a falar sem dizer absolutamente nada.

Ela ri.

— E eu aqui pensando que você era uma advogada chique. Em vez disso, você é uma encanadora! — Ela balança a cabeça. — Mas fico feliz em saber disso. A Optimal tem sido uma bênção, você não faz ideia. Por algum tempo, achamos que esta cidade ia virar poeira.

— Eu me lembro. Pode acreditar.

Uma expressão de dor súbita enrijece sua testa e franze sua boca. E por um longo segundo ela parece tentar arrancar algo do fundo da garganta.

Em seguida, ela segura minha mão mais uma vez. Fico surpresa quando se aproxima mais de mim, fica tão perto que consigo ver as constelações de seus poros.

— Você sabe que só estávamos brincando, não é? Todas aquelas coisas que fizemos. Tudo que dissemos.

Acho que ela toma meu silêncio por consentimento. Dá uma batidinha rápida e curta em minha mão.

— Às vezes, antigamente, eu tinha medo de você voltar para cá. Costumava me preocupar. Achava que você podia voltar procurando por... — Ela se interrompe de repente, e sinto um toque frio na nuca, como se alguém tivesse se curvado a fim de cochichar para mim.

Kaycee. Tenho certeza de que ela ia dizer Kaycee.

— Por o quê? — pergunto-lhe, tentando deliberadamente parecer despreocupada, girando uma estante cheia de óculos escuros baratos e vendo as lentes polarizadas sugarem o sol.

Agora o sorriso dela é estreito e rígido.

— Por vingança — diz ela simplesmente. Desta vez, ela mantém a porta aberta e me deixa passar primeiro.

A FILHA DE MISHA está alvoroçada na cadeirinha do carro. Assim que vê a mãe, começa a chorar. Libero a respiração que não notei estar prendendo quando Misha estende o braço para soltá-la.

— Esta é Kayla — diz ela, enquanto a criança começa a chorar.

— Ela é uma graça — digo, o que é verdade. Ela tem os olhos de Misha, mas seu cabelo, surpreendentemente basto, é tão loiro que chega a ser quase branco.

— É mesmo, não é? Graças a Deus ela não pegou a cor de Peter. O Ninja Ruivo, como o chamam no trabalho. — Misha balança Kayla nos braços para acalmá-la. De algum modo não consigo conciliar uma imagem de Peter Jennings, de queixo grosseiro e aparência estúpida, com esta criança. Mas acho que isso sempre acontece com os bebês: é só mais tarde que herdam a feiura dos pais. — Você está ajudando a nos colocar no mapa, sabia? Morando lá longe, em Chicago, com seu emprego importante. — Isto fica entre um elogio e uma ordem. Subentende-se: *Não fode com a gente.*

— Precisa ir jantar lá em casa. *Por favor.* Está na casa de seu pai? Eu ainda tenho o número. — Ela se vira e prende novamente Kayla no banco traseiro. — E me avise se precisar de alguma coisa enquanto estiver se ajeitando. Qualquer coisa.

Ela entra no carro antes que eu possa dizer para não se incomodar e que de qualquer modo eu nunca ficaria na antiga casa. Assim que ela vai embora, é como se a mão libertasse minhas cordas vocais.

Nunca vou precisar de nada de você.

Nunca vou pedir nada a você.

Eu sempre te odiei.

Mas é tarde demais. Ela foi embora, deixando apenas um véu de fumaça de escapamento que se demora no ar denso de verão, distorcendo tudo antes de também desaparecer.

Capítulo Dois

Último ano, Misha e Kaycee começam a adoecer. Suas mãos tremem – este foi um dos primeiros sintomas. Cora Allen e Annie Baum são as seguintes. Elas perdiam o equilíbrio mesmo quando estavam paradas. Esqueciam-se de onde ficavam as salas de aula, ou de como chegar ao ginásio. E foi como se toda a cidade adoecesse também, como se Barrens descesse em uma espiral para as trevas junto com elas.

E tudo isso? Uma brincadeira. Uma pegadinha. Tudo só porque elas tiveram vontade. Porque queriam atenção. Porque elas *podiam*.

Durante alguns meses, elas ficaram famosas, pelo menos no sul de Indiana. *Pobres meninas negligenciadas de cidade pequena*. As mães de Misha e Cora foram à TV local e chegaram até a mencionar que iam dar entrevistas à grande mídia, pouco antes de Kaycee fugir. Alguém do *Chicago Tribune* tentava ligar a doença a outros exemplos de poluição corporativa. Quando as meninas se revelaram mentirosas, porém, a história caiu rapidamente no esquecimento, e parecia que ninguém as culpava, pelo menos não por muito tempo. *Elas só queriam um pouco de atenção*. Foi assim que os jornais divulgaram.

Mas eu acreditei nelas. E há uma parte de mim que nunca *parou* de acreditar que a doença era verdadeira – que me via repetidas vezes atraída por questões de meio ambiente e conservação, que levou a queixa inicial à atenção da agência, agarrando-se a ela com a intensidade pequena mas dolorosa e persistente de uma cutícula solta.

Quando me mudei para Chicago, joguei fora todas as minhas roupas velhas assim que pude pagar por novas. Troquei meu estilo por qualquer coisa que adornasse os manequins da Magnificent Mile. Passei meu sotaque por uma lâmina, afiando as vogais longas do Meio-Oeste, e dizia às pessoas que eu vinha de um subúrbio de Nova York. Curava minha ressaca dormindo aos domingos e nunca rezava, a não ser para liberar o trânsito. E parei de telefonar para casa.

Fiz o meu melhor para me livrar de Barrens.

Quanto mais eu tentava, no entanto, mais sentia a pressão sutil de alguma lembrança semimorta, a insistência de algo que deixei de fazer ou enxergar. Uma mensagem que não consegui decifrar.

Às vezes, indo para casa depois de um copo a mais — ou talvez alguns —, eu voltava a antigas lembranças de Kaycee, às tardes passadas fazendo tiro ao alvo com pedras nos enormes cogumelos na mata, retornava a meu cão, Chestnut, e às convulsões de uma cidade abatida pela doença.

Talvez eu quisesse acreditar que havia alguma resposta, algum motivo para ela ter feito o que fez.

Talvez eu só quisesse acreditar nela, porque depois de todo esse tempo eu não conseguia entender como Kaycee havia me sugado tanto.

Não importa quantas vezes tenha jurado parar, eu me via voltando às mesmas perguntas. *Por quê?* Consegui me livrar de quase tudo, mas não me livrava dessa pergunta. *Por quê?* Kaycee, Misha, a farsa. *Por quê?* Às vezes se passava um mês ou dois. Em outras ocasiões, acontecia a cada poucas semanas. Eu perdia horas pesquisando a Optimal, passando um pente-fino pelos deploráveis fios do que em Barrens era considerado notícia. Principalmente *releases* de RP da Optimal — novas habitações, um novo centro comunitário, um novo programa de bolsas para educação. Toda essa pesquisa ao longo dos anos e nunca surgiu nada de útil.

Até que, seis meses atrás, apareceu.

Os 120 hectares de Wyatt Gallagher são inteiramente confinados por uma cerca de toras arriada. A seca foi feia ali; o verde ficou marrom, e a poeira cobre meu para-brisa. Enquanto pego a entrada de cascalho, vários cães de caça acorrentados latem ao longe. Eu sabia que o CTDA estava alugando espaço temporário para a equipe jurídica, mas não fazia ideia de que nos mudaríamos para a fazenda de Gallagher – não que isto surpreenda, porque Gallagher foi o primeiro a dar queixa da represa.

Considerando que Gallagher não tem celular, para não falar do Wi-Fi intermitente, é um milagre que a queixa nem sequer tenha atravessado os limites da cidade.

Quando vi pela primeira vez a mensagem, de imediato relembrei as minutas da mais recente reunião da prefeitura para ler em detalhes a queixa de Gallagher. Não foi apenas Gallagher: algumas outras famílias o apoiaram e expressaram preocupação com a água. Ao me aprofundar nas minutas, senti-me Alice descendo pela toca do coelho: de repente dei com antigas reclamações, relatórios enterrados de dezenas de moradores de Barrens; todas aquelas antigas questões e queixas cresceram e se vincularam à fúria de Gallagher. Enchi quatro páginas de anotações à mão, só com a análise das minutas.

E, pela primeira vez em uma década, e também em toda a minha vida, talvez, percebi que o mundo inteiro tinha sossegado. Senti como se tudo tivesse se aquietado ao sussurro da pequena promessa de uma resposta.

Coloquei Gallagher em contato com a sucursal de Indiana do CTDA. Existem procedimentos, protocolos, vias que pretendem nos tirar do emaranhado de nossos temores e suspeitas. Mas a equipe de Indiana, ainda lidando com um bloqueio na legislação estadual a respeito de uma conta de energia limpa que deveria ter sido aprovada dois anos antes, veio a nós procurando apoio.

Então, aqui estou.

Paro na grama junto de um celeiro recém-pintado, identificável como nosso quartel-general apenas pelo Camaro amassado de Joseph Carter com o ubíquo adesivo de para-choque *COEXIST*. Lá estão alguns outros carros que reconheço, e outros que não – Estelle Barry, uma das sócias seniores, disse-nos que receberíamos alguns estagiários de Loyola.

Meti a garrafa vazia de água em dois copos velhos de café do posto de gasolina e joguei no chão do banco do carona.

– Williams. Está atrasada. – Joe me recebe quando entro no celeiro gigantesco e arejado, onde a equipe dispôs mesas de armar, arquivos e uma mixórdia de computadores cabeados a uma única saída de eletricidade. O chão é um emaranhado de fios e poeira, tábuas empenadas e carpete barato vendido a metro.

— São nove e dois, amigo.

Joe e eu fomos contratados na mesma época no escritório de Illinois. Na maior parte do tempo, ele é meu melhor amigo, embora eu prefira roer a mão a admitir isso na cara dele. Fomos novatos juntos. Passamos noites incontáveis comendo delivery de comida chinesa sob o brilho de lâmpadas fluorescentes vagabundas, os olhos fundos de cansaço. Comemoramos juntos nossos três primeiros natais como advogados. Eu sempre tive a sensação de que Joe, como eu, não era próximo de sua família; lembro-me de ficar espantada e sentir certa inveja quando no ano passado ele anunciou que tiraria umas férias em família na Flórida.

— Gosto desse visual matinal e despenteado. Combina com você. — Joe me leva a uma longa mesa de armar montada no fundo do celeiro. — Me faz voltar à faculdade de direito.

— Faz você voltar ao último fim de semana — digo, e Joe faz uma expressão de *Quem, eu?*. Joe arranja namorados como os cantos acumulam poeira. Simplesmente acontece. — Você está de bom humor.

— Talvez o ar do campo combine comigo — diz ele, esticando os braços como se nunca tivesse visto tanto espaço na vida. Pergunto-me por que ele está tão animadinho esta manhã, depois de uma longa viagem de carro de Indianápolis para cá. Joe se recusa a dormir em um dos poucos hotéis ou imóveis para alugar em Barrens, alegando que um gay negro combina com Barrens, Indiana, assim como um vibrador combina com uma mesa de jantar. Em vez disso, prefere ir e voltar de carro.

— Talvez seja a água — digo, o que o faz rir. Ele não é o único que está agitado com algo além de cafeína. É aquela energia de um novo trabalho, uma nova equipe. Esses estudantes de direito cheios de acne ainda acreditam que vamos mudar o mundo, um derramamento de petróleo, uma represa contaminada, um vazamento de gasoduto por vez.

— Ei, pessoal. — Joe eleva a voz. — Esta é Abby Williams em carne e osso. Foi ela quem esteve entupindo sua caixa de entrada nas últimas duas semanas.

A equipe de pesquisa é modesta: um associado de primeiro ano e alguns estudantes de direito voluntários, de olhos arregalados. Juro que uma das meninas dá a impressão de ainda estar no ensino médio. Isto é o CTDA – o direito com uma ninharia de orçamento. O bom combate é sempre mal pago.

— Acredito que o termo correto seja *preparando* – digo a Joe.

Ele ignora essa.

— Abby – diz ele ao grupo –, como todos vocês sabem, é a outra líder na equipe, além de mim. Mas na verdade ela é o motivo de estarmos aqui, e, assim, quando odiarem sua vida daqui a alguns dias, coloquem a culpa nela. – Ele bate as pestanas para mim quando faço uma careta.

Consigo casar a equipe com as pequenas imagens que obtive com Estelle Barry quando ela estava recrutando pessoal. Ali está Raj, o associado de primeiro ano, recém-saído de Harvard. E já estou dando apelidos aos estagiários: Flora, uma alegre californiana com uma camiseta floral; Portland, um *hipster* barbudo com uma camisa de flanela sob medida demais para ser autêntica. Os estagiários são como casos de uma noite só. Você pode fingir que ouve um ou dois nomes, mas o resultado nunca justifica o esforço.

Flora se coloca de pé num salto. Quer provar que fez o dever de casa.

— Até agora reunimos todas as atas de reuniões da prefeitura dos últimos cinco anos, antes de serem digitalizadas – diz ela. – Várias famílias começaram a se queixar já em, hmm... – Ela baixa os olhos para suas anotações, e sua expressão fica sombria. – Já há três anos. – Ela coloca o cabelo atrás das orelhas. – Vamos rever essas queixas, uma por uma – acrescenta Flora, e volta a se sentar.

— E agora? Quem mais temos além de Gallagher? – Ele é um dos maiores proprietários de terra dentro e em volta de Barrens (sua fazenda existia ali desde muito antes de minha época), e usa a represa para irrigação. De acordo com as notas enviadas por Joe, ele teve que depender dela mais do que nunca na seca dos últimos dois anos. Quando perdeu plantações inteiras de milho e soja, começou a desconfiar de que havia algo errado com a água – uma suspeita que surgiu porque vários vizinhos reclamaram de odores estranhos saindo dos canos, inflamações cutâneas e dores de cabeça.

— Meia dúzia de pessoas assinaram a queixa que ele levou à prefeitura. Uma família de nome Dawes e um Stephen Iocco parecem ser nossas melhores apostas.

— Meia dúzia de queixas? Vamos ser motivo de chacota no gabinete do juiz. — Joe não está exagerando. Nós seremos expulsos.

Flora fica pouco à vontade.

— A Optimal é a maior empregadora em Barrens — diz ela. — É difícil influenciar as pessoas.

— É uma cidade-empresa — digo e penso, desconfortável, no que falou Misha: *vocês agora estão em lados opostos*. Receio que a maioria das pessoas em Barrens estará do outro lado. — Este será nosso maior obstáculo.

Todo mundo assente com a cabeça, mas a equipe toda tem o visual moderno de uma cidade grande — ou pelo menos de subúrbio —, e não é possível que consiga compreender.

Quando fui criada aqui, o ar matinal era coberto de uma película de cinza plástica; respirávamos as substâncias químicas da Optimal sempre que puxávamos o ar, e a névoa química fazia o sol assumir diferentes tons de rosa e laranja. Nossos ouvidos tiniam com o barulho constante de construção da Optimal: novos andaimes, novos armazéns, novos hangares de depósito, novas chaminés. Eu comia meu almoço em uma biblioteca escolar nova construída por uma doação da Optimal, e ia para casa em um ônibus comprado pela empresa, com peças produzidas por ela, e ia a bailes, feiras beneficentes e piqueniques patrocinados pela Optimal. Meu pai tinha razão: *existia alguém maior do que nós, alguém nos observava, alguém que até compunha as cores no céu e conferia textura ao ar que respirávamos*. Lembro-me de quando o esqueleto da fábrica foi erigido, em minha infância. Eu costumava escapulir pela represa para brincar na obra e escrever meu nome no exsudato enferrujado dos canos, quando a casa se enchia do cheiro de doença e parecia que ela podia se dobrar sobre mim.

— Uma cidade-empresa — repete Joe. — Que pitoresco.

— Quando o LTA vai mandar os técnicos? — pergunta Raj. Ele até parece deprimido. O LTA, o Laboratório de Testes Ambientais, é especializado em abastecimento de água limpa, com um foco em contaminação por metais pesados. Infelizmente, é um dos poucos laboratórios dignos de confiança no meio-oeste, e tem trabalho acumulado de meses.

— Na semana que vem — diz Joe. — Mas só podemos esperar resultados do teste da água em julho.

— Se tanto — digo. — O que mais podemos ver? Que tal índices acelerados de câncer?

— Nos últimos anos? Nada. — Só em nossa área de trabalho existe motivo para ficar decepcionado quando o câncer não age mais rápido.

— A Optimal se mudou vinte anos atrás — observo.

— Espera que a gente volte a tanto? Não temos pessoal para isso. Além do mais, você sabe como funcionam esses hospitais. É mais fácil tirar sangue de uma moeda, e metade do que você consegue é de acesso limitado.

— São dados. Mesmo que não possam ser admitidos mais tarde como prova, não são um desperdício. Faremos um levantamento dos médicos locais, pelo menos. — É assim que trabalhamos: trocas rápidas, empurra e puxa. Quando conheci Joe, ele observou que a garrafa de água da qual eu bebia era uma fonte de vazamento químico, e eu observei que ele era um imbecil. Ficamos amigos desde então.

Decido abusar da vantagem que tenho.

— E os casos antigos que mandei? Achamos que tem alguma coisa ali?

— Quer dizer o caso Mitchell? — Flora se manifesta. Animada, é claro.

— Os Mitchell, os Dale, os Baum e os Allen foram os queixosos primários — intromete-se rapidamente Portland. Ele não perde a chance de conseguir alguns pontos com a chefe. Gosto dele. — Aparentemente as filhas... adolescentes, quatro delas... ficaram realmente doentes. Tremores. Perturbações na visão. Episódios de desmaio. Eles entraram com um processo civil quando começou a se espalhar...

— Tudo bem. Depois, a queixa foi retirada. — Joe joga a pilha de anotações em sua mesa. — Foi uma farsa. Só umas garotas tentando enriquecer com uma indenização corporativa em dinheiro. — Depois, de súbito, ele se vira para mim. — Não foi isso, Abby?

A merda do Joe. Ele está sempre em litígio.

— Foi o que eles disseram. — Penso em Kaycee tentando pegar o lápis na aula de arte, sem conseguir. E também nas amigas dela, contorcendo-se pelos corredores como insetos. — Houve muita atenção dirigida a elas. Uma das meninas saiu da cidade depois. As outras retiraram as queixas. Eu sou originalmente de Barrens — explico para um ambiente de olhares inexpressivos, apreendendo o *originalmente* como se depois disso eu tivesse rodado por, quem sabe, Paris, Rio e Santa Monica. — Eu era da escola dessas meninas que adoeceram.

— Mas houve uma auditoria. — Isto vem de Raj, nosso associado de primeiro ano. Desconfio, pela cortesia distante com que ele e Joe se tratam, que talvez eles estejam trepando depois do expediente. — Alguém da Agência de Proteção Ambiental veio e passou um mês fazendo testes. A Optimal foi aprovada. Vem sendo aprovada em cada análise desde então também.

— Ainda assim, é uma coincidência muito grande, vocês não acham? — Falo despreocupadamente, como se a ideia nunca tivesse me ocorrido.

— Mas não foi uma coincidência — cantarola a alegre Flora de novo. — Antes de se mudar para Barrens, a Optimal teve sede no Tennessee por uma década. Na época, a empresa se chamava Associated Polymer. Acho que ainda é a empresa-mãe. No início dos anos 2000, um grupo de queixosos entrou com um processo acusando a Associated Polymer de descarte ilegal dos resíduos. Eles preferiram pagar a enfrentar o processo, mas sempre negaram qualquer irregularidade. — Essa garota está mesmo trabalhando para ter nota máxima. É preciso adorar quem se esforça excessivamente.

— Se eles não fizeram nada de errado, por que quiseram um acordo? — pergunta Portland.

— A Optimal chegou perto de infringir as regras em algumas ocasiões diferentes na última década — disse Joe, folheando uma pilha de papéis como se verificasse suas anotações. Era tudo encenação. Ele tinha memória fotográfica, ou perto disso. — Violações trabalhistas, auditorias fiscais, até um caso de discriminação. Mas nada pega. Ninguém quer pressionar demais a empresa, não quando ela traz tanto dinheiro.

— Isto é política de cidade pequena — digo.

Flora continua de onde havia parado:

— Bem, foi assim que as meninas tiveram a ideia de dar um sacode neles, antes de tudo. Uma das meninas... Misha Dole... disse isso.

— Misha Dale — eu a corrijo.

— Isso não nos ajudaria agora, a não ser que possamos provar continuidade — acrescenta Joe. — Se quisermos fazer um mergulho em profundidade na Optimal, precisaremos convencer alguém de que existe motivo até para estarmos olhando. Isto significa que temos que conseguir depoimentos e declarações juramentadas de pessoas que estão vivenciando sintomas *agora*. Também significa excluir outras causas. Não quero meter meu rabo na reta só para descobrir que temos alguns percevejos e um velho maluco querendo vingança.

— Você precisa entender. — Minha voz ecoa nas vigas antigas e algo se assusta. Uma ave. Mas não consigo ver de que espécie é. — Não somos os heróis aqui. Somos os inimigos.

— Ah, bom. — Joe sorri com malícia. — Os vilões sempre conseguem o melhor figurino. Vamos trabalhar. — Quando ele bate palmas, a ave arranca e dá um mergulho sobre nossas cabeças, a caminho da porta aberta. Flora solta um gritinho.

— É só um corvo — digo. E depois, porque não consigo evitar: — Os corvos têm uma memória incrível. Conseguem distinguir faces humanas também. São como os elefantes. Eles nunca esquecem.

— Não admira que sempre pareçam tão furiosos — acrescenta Joe, e quando o olho, ele está erguendo uma sobrancelha para Raj. É, eles estão trepando.

Tomo para mim a mesa vazia e me ocupo arrumando as notas que Gallagher nos deixou: anotações detalhadas, quase hieroglíficas, de alterações no pH do solo, uma praga bacteriana desconhecida, quebra de safra inexplicável.

Uma coisa me salta de imediato: Gallagher forneceu uma declaração de uma mulher de nome Dawes alegando que seu filho vem sofrendo de erupções cutâneas. Mas se eles estiverem usando um poço particular, como faz a maioria das famílias em Barrens, isso é má notícia para nós. Se a contaminação é no lençol freático, será muito mais difícil ligá-la a uma única fonte. E sempre existe a possibilidade de todo o caso a princípio não proceder, de que alguns moradores estejam farejando uma indenização como Kaycee e suas amigas tentaram dez anos atrás.

Para o restante da equipe, este é apenas outro caso. Para mim, é uma oportunidade de finalmente enfrentar os demônios. Desenterrar os segredos feios. Eu queria poder dizer que estava aqui para conseguir justiça para quem não tem voz, para aqueles que não têm poder, como antigamente eu não tinha. Desejaria até poder dizer que quero que os bandidos sofram.

Mas só desejo saber – ter certeza, de uma vez por todas, para sempre. Por uma década, as mesmas perguntas pipocaram, sem parar, em minha cabeça. Só a verdade pode obrigá-las a se calar.

Capítulo Três

Às seis da tarde, encerro o dia: as letras no papel começaram a desmoronar diante de meus olhos. Joe guarda suas coisas quando faço o mesmo, e observando-o meter os papéis em uma pasta de couro, pergunto o que ele pensa deste lugar. Já tentei explicar a ele de onde venho, em detalhes insignificantes e amplas generalidades. Rural, gravetos, espaços abertos, vinte minutos para comprar um pão... pergunto-me se ele me vê de um jeito diferente, agora, em meio ao leve cheiro de esterco e feno, e os hectares e mais hectares de terras despovoadas.

Os cachorros de Gallagher fazem hora extra, e recomeçam assim que Joe e eu saímos para trancar o lugar. A várias centenas de metros dali, a fornalha atrás da sede da fazenda garante o cheiro de carvão no ar do anoitecer. Gallagher deve estar em casa.

— Uma bebida ia cair bem. Algum karaokê vagabundo por aqui? — Joe me dá um cutucão, e sei que ele está tentando compensar por me obrigar à pequena confissão que fiz antes, dizendo que sou daqui. Esta é uma das coisas que preciso adorar em Joe — fora do trabalho, ele se sente culpado por ser ótimo no trabalho. — Você podia me mostrar seus lugares preferidos.

— Estou acabada — digo, o que é uma meia verdade, e preciso ver meu pai, assunto em que nem quero tratar com Joe. — Além disso, você não precisa dirigir de volta a Indianápolis?

— Você. Não. É. Divertida. — Até a sua voz muda depois que ele sai do trabalho, e Joe me disse, quando observei isso uma vez, que a minha muda também.

— Confie em mim, o Carrigan's não é ambiente para você.

Joe acena para mim e entra no carro. Viro a cara contra a poeira levantada por seu carro alugado.

Estou com dor de cabeça de tentar decifrar registros antigos e novos. Os padrões são como a verdade. Eles vão libertá-lo, mas primeiro lhe dão uma tremenda enxaqueca.

O CÉU ESTÁ naquela fase intermediária, o dia e a noite lançando um tumulto confuso de azuis, rosa e laranja com a trilha sonora do canto dos grilos. A esta hora, Barrens fica linda: os campos são envoltos em neblina. É assim que a beleza funciona em Barrens: ela desliza até você quando menos espera.

A memória muscular me leva diretamente para a represa de Barrens. Passei muito tempo ali quando era adolescente, especialmente no verão, sempre que a água estava baixa e a correnteza se enroscava em meus tornozelos. Estava sempre congelando, mas parece que isso nunca importou. Se o tempo estava bom, podia estar bem animado. Crianças pegando lagostins, balançando-se em cordas, boiando em câmaras de ar de pneu, pescadores com protetores nas pernas tentando sua sorte com as trutas recém-introduzidas.

Hoje não há uma alma à vista. A água está alta e agitada, e certamente me derrubaria. Fecho os olhos e imagino andar por ela mesmo assim. Imagino o choque do frio, o peso súbito de toda aquela água. A pressão da correnteza como uma longa fila de mãos agarrando, tentando me puxar para baixo. Cambaleio para trás, mal conseguindo manter o equilíbrio.

E então: um riso distante faz com que eu me vire. Duas meninas, uma de cabelos escuros, outra loira em tom de palha de milho, correm de mãos dadas para as árvores, levantando poeira e cascalho a cada passo.

O tempo se afasta do presente, e em vez disso vejo Kaycee e eu, de joelhos ralados e indomáveis.

A menina de cabelo escuro deixa cair uma sandália e se vira para pegar, separando-se da amiga. Quando me vê, a suspeita estreita seu rosto. Ela parece ter vontade de dizer alguma coisa, mas a amiga a segura novamente pela mão e as duas partem. Solto o ar antes de perceber que prendia a respiração.

Eu costumava vê-la em todo o canto. Agarrei uma garota no metrô no ano passado, abrindo caminho com o ombro por um vagão de trem lotado do feriado, e por pouco consegui enganchar a mão na alça da sua bolsa antes que ela fosse para a plataforma.

— Kaycee — falei, ofegante, até que ela se virou e percebi que era nova demais — tinha a idade de Kaycee quando ela fugiu, e não a que teria agora.

Certa vez, no fim do último ano de escola, eu a encontrei de joelhos no banheiro, a privada pontilhada de sangue. Ela insistia em dizer o mesmo, sem parar, enquanto fiquei de pé ali, querendo me sentir vingada, porém sentindo apenas pânico e um medo intenso: se aquela coisa tinha atingido Kaycee, nenhum de nós estava a salvo.

Ela estendeu a mão, mas não como quem queria que eu a pegasse. Como se procurasse às cegas, no escuro, algo em que se segurar. *O que está acontecendo comigo?* Uma convulsão correu por seu corpo, e ela se virou para vomitar na privada.

Lembro-me de pensar que o sangue era vermelho demais.

Lembro-me, mais tarde, de pensar: *Como se pode fingir isso?*

Capítulo Quatro

Sei aonde eu deveria ir, mas embromo um pouco mais, e acabo no estacionamento do drive-in do Sunny Jay's: o mercadinho vagabundo reduzido a loja de bebidas onde todos os alunos do ensino médio costumavam comprar sem identidade. Inclusive eu. Do outro lado da rua, o que antigamente era um terreno cheio de mato usado informalmente como aterro sanitário secundário foi limpo, irrigado e convertido em um parquinho público: algumas crianças aos gritos descem pelo escorrega de plástico vermelho berrante e jogam as pernas em um balanço novo em folha enquanto os pais murcham na sombra. Uma grande placa na cerca de tela diz: *A Optimal Cuida de Você!* Não é lá muito sutil.

Entro com o carro no estacionamento, e praticamente corro até a porta. Lá dentro, vou diretamente à fraca seção de vinhos, passando os olhos pelos vinhos tintos vagabundos em caixa, o australiano Yellow Tail e os garrafões de Carlo Rossi. Estou prestes a pegar na prateleira um Malbec de aparência decente, embora empoeirado – é difícil errar com um desses –, quando alguém fala em voz alta atrás de mim.

— Precisa de ajuda?

— Não, obrigada... — Eu me viro e a garrafa escorrega. Por pouco não consigo segurá-la.

Há muitas coisas que nunca esqueci sobre Barrens – um monte delas que não consigo esquecer. O cheiro das granjas avícolas no verão. A sensação de estar presa no lugar errado ou no corpo errado, ou ambas. A noite escura como breu, o silêncio.

Mas disto eu tinha me esquecido: não se pode ir a lugar nenhum nesta cidade sem encontrar alguém. É uma das primeiras coisas de que você se livra em uma cidade maior: a sensação de ser observada, vigiada e notada; a sensação de ser rebatida como uma bolinha de pinball entre gente e lugares conhecidos, sem ter como sair. Primeiro Misha, agora...

— Se precisar de alguma coisa, me fale. — Dave Condor, que sempre atendeu pelo sobrenome, volta para contar dinheiro numa caixa registradora. Seu cabelo encobre um pouco o rosto. Algo nele sempre me deixa tensa, era assim até na escola. Talvez porque ele sempre fosse calado, fluido, como se tivesse nascido bocejando.

Deslizo a garrafa de volta à prateleira e dou alguns passos para a porta, já me arrependendo do desvio que fiz. Provavelmente meu pai diria que isto foi um castigo por querer beber, antes de tudo.

Antes que eu consiga sair, ele me olha.

— O vinho é muito velho. Não no bom sentido. As pessoas por aqui são mais de cerveja e destilados. Não é daqui?

Ele não me reconhece. Parece uma realização. Sorrio.

— Por que diz isso? — pergunto com uma curiosidade autêntica. Talvez, afinal, o ranço da cidade pequena possa ser eliminado.

Mas ele se limita a dar de ombros e sorri.

— Conheço todas as mulheres de Barrens. Especialmente as bonitas.

— Tenho certeza de que sim — digo, e ele estreita os olhos para mim, como se me enxergasse através de um filtro de fumaça.

Lembro-me de todas as histórias sobre Condor na escola. Ele se meteu em problemas por traficar maconha — eu me lembro disso —, e largou os estudos a poucos meses da formatura, quando eu ainda estava no primeiro ano. Eu me lembro de que Annie Baum se aborreceu com Condor no mesmo ano em que ele engravidou a namorada, Stephanie. *E então, Condor,* disse ela, *soube que você gosta de* putana? Porque o pai de Stephanie vinha do Equador. E Condor continuou ali, sem dizer nada, segurando sua mochila, e se afastou.

Putana deve ter sido a única palavra em espanhol que Annie Baum aprendeu na vida.

Mas havia algo mais – algo envolvendo o Jogo. Nunca soube exatamente o quê. Condor era uma pessoa escorregadia, sempre escapulindo pelas frestas pouco antes de você conseguir prendê-lo. Ele não era popular, mas também não era *im*popular. Vivia fora do sistema. Até as histórias a respeito dele eram refratadas e rebatidas, jogadas de volta a nós antes que tivessem a oportunidade de se consolidar. Brent O'Connell e os amigos supostamente foram à casa de Condor e deram uma surra nele. Foi por algo que ele fez com Kaycee? Ou tentou fazer? Foi depois que Becky Sarinelli morreu, sei disso. E lembro também que Condor e Becky Sarinelli eram amigos.

É disso que me lembro mais do que tudo: Condor estava sempre com problemas. Ou sempre procurando problemas.

Ele se levanta.

– Quer alguma coisa bebível?

Ele sai de trás do balcão e atravessa o salão em alguns passos. Ainda tem aquele caráter gracioso e estranho, embora tenha a constituição de um fazendeiro, todo ombros, braços e mãos brutos.

– Este é decente. – Quando ele alcança uma garrafa na prateleira de cima, sua camisa se levanta, e vejo uma tatuagem envolvendo o tronco: um par de asas. – Gosta de Bordeaux?

– Gosto de vinho – digo. – Vou levar esse. – Eu o acompanho até a caixa registradora. Não tenho dinheiro comigo; então, lhe passo meu cartão. Quando o vejo confuso com o nome, solto: – Na verdade, nós nos conhecemos. Sou Abby Williams. Eu estava um ano atrás de você, e éramos da mesma turma de espanhol.

Inesperadamente, Condor ri.

– Agora eu me lembro de você – diz ele. – Então você *é* daqui.

– Originalmente.

– Bem, estou surpreso de você se lembrar *de mim*. Eu nunca estava em sala de aula naquela época. Matava aula para fumar na mata atrás do campo de futebol, na maior parte do tempo. Portanto, eis o meu reino. – Ele abre os braços, indicando a loja, as estantes estreitas e cheias de bebida barata, um corredor inteiro dedicado às garrafas menores para os alcoólatras que só podem pagar por um pouco de cada vez. Mas ele não parece amargurado. – E o que você está fazendo nesta cidadezinha encantadora?

— Trabalho em um caso, agora sou advogada. Direito ambiental.

— Se deu bem, hein? Meus parabéns. — Não sei se ele fala sério ou não.

— Na verdade, ainda sou iniciante — digo, não para me desvalorizar, só para esclarecer.

— Ainda assim, você saiu daqui. Já é alguma coisa. É *muita* coisa. — Desta vez, sei que ele está sendo sincero. — Aqui está. — Ele me entrega a garrafa sem me cobrar. — Por minha conta. Um presente de boas-vindas à cidade.

— Não precisa fazer isso. — Estendo o braço para o saco, e enquanto minha mão faz contato com a dele, algo se passa entre nós, uma transferência rápida de química e calor.

É este todo o problema com os instintos: todos são errados pra cacete.

— Eu insisto.

— Obrigada. É muita... gentileza de sua parte. — Pego o saco e me afasto rapidamente.

— E olha, Abby — ele me chama quando já estou quase do lado de fora da porta. — Vê se não some. Nunca me esqueço duas vezes de um rosto bonito. — O sorriso de Condor é largo, e talvez, apenas talvez, sincero.

E naquele momento sei que estou encrencada.

Capítulo Cinco

A menos de um quilômetro e meio da casa de meu pai, a estrada se estreita e se transforma em um caminho de cascalho, tão familiar que de súbito modifica uma década em tempo nenhum. Pedras minúsculas batem no carro enquanto pássaros — desta vez, urubus-de-cabeça-vermelha — bicam uma carcaça na estrada. Buzino e eles levantam a cabeça com aqueles olhos caídos e obtusos antes de se erguerem no ar.

É só um jantar, lembro a mim mesma. Simples. Rápido. Meu pai não tem poder sobre mim. É só uma pessoa, mesmo que seja terrível. Existem pessoas ruins no mundo; às vezes, são parentes seus. Mas ele não pode ver meus pensamentos. Não pode ler meus pecados, como antigamente eu pensava que pudesse.

De todo modo, não posso evitá-lo.

Como muitos por aqui, meu lar de infância é uma modesta casa de dois andares jogada em um terreno no meio do nada. Não há nada de estranho nela, nenhuma escuridão em seu telhado de duas águas ou paredes de lambris, nada de peculiar na varanda de concreto ou no trecho de jardim acastanhando-se ao sol.

Ainda assim, a casa parece se precipitar na minha direção, e não o contrário. Como se estivesse ávida para me ter dentro dela. Como se esperasse.

Pela primeira vez em quase uma década, estou em casa.

Desligo o motor e mexo no cabelo, que está embaraçado no alto, matando tempo, ganhando mais alguns segundos. Quase nunca uso o cabelo solto, e agora ele chega à metade de minhas costas. De tempos em tempos, pego eu mesma a tesoura e aparo as pontas duplas. Sempre quis cortá-lo curto, sempre jurei que ia fazê-lo. Por várias vezes estive na cadeira de um cabeleireiro antes de entrar em pânico ao ver a tesoura. Meu pai sempre me disse que meu cabelo é minha única qualidade, e de algum modo essa ideia transformou-se no próprio cabelo – isto e a lembrança de minha mãe passando os dedos por ele, do couro cabeludo à ponta, enquanto o trançava para que mais tarde caísse em ondas. De algum modo tenho medo de ficar feia sem o cabelo comprido. Pior ainda, temo que, ao cortá-lo, eu vá eliminar esta recordação, uma das poucas lembranças boas que tenho. Terei que perdê-la novamente. Desta vez, porém, será por minha culpa.

Saio do carro e fico parada por um segundo, olhando fixamente a linha das árvores no bosque: hectares descendo até a represa, terras públicas, e meu oásis particular quando era pequena. Esforço-me para me lembrar da última vez em que vi meu pai, mas consigo um conjunto de imagens: sua mão em meu pescoço, a vez em que ele desencavou uma calcinha fio-dental em minha gaveta de roupas íntimas e me fez usar no pescoço durante o jantar por uma semana. Os momentos de gentileza, estranhos, alarmantes, e quase mais dolorosos do que os maus-tratos: flores colhidas para mim em uma xícara ao lado da cama, um passeio surpresa de aniversário a um parque de diversões em Indianápolis, a vez em que ele me ajudou a enterrar Chestnut depois que o encontrei rígido e frio na mata atrás da casa, suas gengivas com crostas de vômito.

Quando saí da cidade, quatro dias após fazer 18 anos e dois depois da formatura, fui de carro para o Oeste, para Chicago, com o coração na garganta e duas valises no porta-malas, certa por cada segundo longe da cidade de que Deus me mataria com um raio. *Você só está segura em Barrens.* Por mais da metade da minha vida pensei que seria mandada ao inferno se abandonasse o barco. Como se partir fosse o pecado definitivo. Depois percebi que o inferno ficava aqui mesmo, em Barrens, e que isso fazia valer o risco da partida.

O cascalho é esmagado por minhas botas quando sigo pelo caminho. Ali está o comedouro para pássaros que fiz quando tinha 8 anos. Tem um trecho de terra onde a grama nunca se recuperou da piscina infantil que ficou ali por tantas estações. Lá está o antigo sino de vento de minha mãe tilintando suavemente na varanda — sinto uma pontada com isso —, que ela própria fez, de latão e madeira pintada. O crucifixo lascado ainda está pregado na porta da frente.

O ar tem cheiro de lenha queimada, parece o verão. Mas por trás dos odores conhecidos de grama, terra e queimado, que sempre amei, existe outro cheiro, denso e pungente. Conheço esse cheiro. Juncos. Podridão.

O cheiro da seca. A represa fica a menos de oitocentos metros daqui, escondida de vista, pouco além das árvores.

Dentro da casa, encontro meu pai, na sala de estar pequena e de pé-direito baixo, banhado na luz azulada da TV, o que me faz lembrar da sensação de estar submersa.

Meu pai parece pequeno. Pequeno e velho. O choque de vê-lo quase me faz cambalear. Ele sempre foi um sujeito parrudo, não alto, mas o tipo de pessoa que engolia uma sala só de entrar nela, musculoso dos anos de trabalho ao ar livre: telhados, carpintaria, cavando, trabalhando nas fazendas locais. Nas poucas vezes em que nos falamos ao telefone em um ano, é este quem imaginei do outro lado da linha.

Agora seus músculos parecem ter derretido em dobras de uma pele cinzenta, fina e coberta como um lençol sobre os ossos. Ele parece um cadáver animado, e seus olhos, quando ele se vira para mim, levam um segundo para focalizar.

Por um momento, fico apavorada: ele também não me conhece.

E então, ele começa a se impelir para cima, agarrado aos braços da poltrona.

— Não se preocupe, pai. Sente-se. — Eu me curvo e deixo que ele me abrace. Não consigo me lembrar da última vez em que nos abraçamos.

— Minha querida. — Ele acaricia meu ombro e roça os lábios secos em minha face. Sua voz é fraca, e a saudação, *minha querida*, ele não costumava usar quando eu era pequena. — Eu torcia para que você ainda viesse.

— É claro, pai. Eu lhe disse que viria — respondi.

— Já faz tanto tempo... — Ele fecha os olhos, recostando-se na cadeira, como se até o pequeno esforço físico o tivesse exaurido.

Resisto ao impulso de me desculpar. Ele sabe por que não vim antes. Todo mundo sabe – de seu gênio ruim, seus acessos, de seus estados de humor sombrios. Durante semanas depois que minha mãe morreu, tudo o que fiz foi provocar explosões de fúria nele. E então, com igual rapidez, ele se retirava no silêncio, fingia que eu simplesmente não existia. Mas tudo o que ele fazia era válido, porque havia "encontrado o Senhor". Na cidade, meu pai usava a religião como uma armadura, e isso de algum modo o manteve intocável. Em casa, ele a brandia como uma arma.

Todo mundo sabia e, ao mesmo tempo, ninguém via; ninguém dizia nada. Numa cidade maior, todo mundo é anônimo; mas, em uma cidade pequena onde todos se conhecem, é preciso uma verdadeira habilidade para virar a cara quando você olha um rosto que reconhece.

Nada mudou por aqui, além do acréscimo de uma única foto – que mandei, da formatura na faculdade – presa com tachas acima da moldura da lareira. A porcelana de minha mãe à mostra na cristaleira. Um antigo televisor de tubo com um videocassete – meu Deus, um *videocassete* – bem de frente para a poltrona de meu pai. Uma fina camada de poeira em tudo. E os chinelos de meu pai – os mesmos chinelos que ele usava dez anos atrás – quase completamente gastos. É como se o tempo tivesse parado quando fui embora.

Eu não sabia o que esperar vindo aqui. Minha tia Jen – irmã de meu pai, quatro anos mais velha do que ele – mandou-me um bilhete no último Natal, depois de fazer uma visita. Foi ela que me contou da decadência de papai. Alzheimer, pensava ela, embora naturalmente papai se recusasse a procurar o médico.

São pequenas coisas, dissera ela. *Onde estão as chaves dele. Oscilações de humor. Ele cai muito. Mas ele ainda sabe quem somos nós.*

— Como foi a viagem de carro? — Sua voz parece velha, fina de tão desgastada, e ergue uma onda inesperada de compaixão dentro de mim.

— Ótima. O trânsito empacou na 83, mas só por mais ou menos meia hora. — Dez anos, e estamos falando do trânsito. Há um longo silêncio canhestro e eu me atrapalho, procurando o que dizer. Sobre o que conversávamos? Nós conversávamos?

Por instinto, conto mentalmente os passos até a porta de entrada: 23. Treze até a porta da cozinha que leva ao quintal. Dezessete até a escada, caso eu precise fugir para o meu quarto.

Meu *antigo* quarto. Esta não é mais minha casa. Não é mais minha vida.

— Preparei o jantar — diz ele, quase com orgulho. Desta vez, ele consegue se impelir da cadeira e, apoiando-se muito numa das mãos, procura a bengala. — Agora eu preciso dessa coisa.

Sinceramente não sei o que dizer, então simplesmente lhe abro um meio sorriso de lábios rígidos e o acompanho à cozinha. Ele está lento, recurvado na bengala, e vê-lo desse jeito é mais do que perturbador. Aquele sentimento de novo — tristeza, pena, desejo de fazer melhor — inflama-se em mim, desenfreado. Eu estava preparada, mas não para isto. De súbito sinto um novo medo — de que terei que aprender de novo a sobreviver na presença deste homem, a encontrar a mim mesma. De que ele me fará amá-lo de novo e depois me decepcionará, e eu terei que aprender mais uma vez a deixar de amá-lo.

Meu pai fez lasanha — "caseira", diz ele, "não daquelas congeladas" —, e sinto outra pontada quando o imagino andando com dificuldade pela cozinha, de bengala, cortando cebolas com uma só mão, dispondo as camadas de molho e queijo. E também é vegetariana. Embora os sinais da doença estejam presentes — ele se esquece das palavras para descanso de mesa, e menciona minha mãe uma vez no presente —, não se esqueceu de que não como carne.

De repente me pergunto se ele se lembra da noite em que ficamos sentados à mesa e perguntei se sabia o que tinha acontecido com Little Bubsy, o coelho de estimação que eu tinha quando criança. Eu devia ter 5 anos. Minha mãe olhou fixamente o próprio prato, com os olhos leitosos dos remédios e da doença.

— Você acabou de comê-lo — disse meu pai. Desde então, não tive mais estômago para carne.

Lavo as mãos numa água tão quente que forma ondas de vapor que sobem para o teto.

Comemos nossa lasanha quase em silêncio. É só depois do jantar, quando estou lavando os pratos na pia, que percebo que não fizemos uma oração em agradecimento pela refeição.

Será que ele esqueceu?

O suor se acumula em minhas axilas.

Ele adormece diante da TV enquanto lavo a louça. Pego uma manta – feita por minha mãe – e o cubro na cadeira. Ele se levanta um pouco e segura meu braço com tanta força que quase arquejo, irracionalmente – de medo.

— Estou feliz por você ter voltado – diz ele. — Estou feliz por estar aqui.

Tenho uma vontade súbita de chorar. Este é o pior truque de todos.

— É só uma visita, pai. — É um esforço impedir que minha voz falhe. Depois de tantos anos. Como ele *se atreve*? A raiva é a única coisa que tenho, a única de que sempre pude depender.

Como ele se atreve a tirar isso de mim também?

Capítulo Seis

É só o segundo dia de trabalho, e o possível processo civil está implodindo: pela manhã, descubro que dois de nossa meia dúzia de queixosos, os Davies e os Iocco, agora retiraram as queixas. Rich Iocco é treinador da equipe local da Liga Juvenil de Beisebol, e a verba para novos uniformes e um ônibus de viagem para os jogos misteriosamente secou depois que a Optimal soube que ele pretendia falar conosco.

O que significa que ou estamos prestes a descobrir alguma coisa, ou que talvez tenhamos dado de cara com um muro de tijolos.

Infelizmente, as duas coisas não são mutuamente exclusivas.

Mando Portland falar com algum clínico geral local, passar nos hospitais e fazer amizade com as enfermeiras – um trabalho brutal, em geral infrutífero, mas ele tem uma tranquilidade nos olhos, e sua barba deve deixar as pessoas à vontade. Portland e Flora farão a sondagem porta a porta para avaliar quem possivelmente nos apoiaria. Algumas fazendas ocupam o topo da lista de uso de água por hectare, e eu os oriento a começar por ali: se alguém deve ficar preocupado com o abastecimento, é o povo cujo meio de vida depende diretamente dele. Os fazendeiros não obtêm subsídios da Optimal, e pode ser mais fácil convencê-los. Farei meu trabalho localizando Carolina Dawes, cujo filho tem se queixado de erupções cutâneas.

Joe e Raj analisarão os dados: dois anos atrás, a Optimal contratou a IBC Waste para lidar com os dejetos químicos perigosos e o protocolo ambiental.

Em outras palavras, eles jogaram a culpa em terceiros.

— Mesmo que a gente prove que a Optimal está jogando uma merda de urânio nas piscinas infantis, eles ainda vão apontar o dedo para a IBC — diz Joe.

Nem são nove e meia, e meu ânimo está fraquejando. Respiro fundo.

— Então, teremos que mostrar que a Optimal tinha ciência da situação. Precisaremos provar que são eles que estão comandando tudo.

Joe suspira.

— Oba. Dois casos pelo preço de um. Sempre adorei promoções de pague um e leve dois.

CAROLINA DAWES MORA em uma cabana de caçador convertida no que é considerado um erro de zoneamento: pouco depois dali, há um aterro sanitário, agora extinto, à distância de um grito da margem da represa. O único carro na entrada está sustentado por blocos de concreto.

Tenho que meter meu carro atrás de um Geo Tracker devorado pela ferrugem e tão coberto de poeira que é impossível avaliar a cor original. Alguém escreveu *Me lava* no vidro traseiro com o dedo. Muito original.

Quando chego à varanda, um chihuahua surta, pressionando o focinho na tela e latindo incessantemente. Uma mulher o faz se calar, incisiva.

— Chucky! Para! — diz ela. Um segundo depois, ela abre a porta com tanta força que dou um salto para trás. — Desculpe-me. Essa porcaria está toda empenada. — Ela é enorme de gorda e veste uma calça *stretch* de bolinhas e uma blusa imensa com o logotipo da Carhartt no peito. A fumaça de cigarro se eleva dela como uma névoa.

— Sra. Dawes? — pergunto.

— O que você quer? — Ela não diz isso com grosseria, mas como quem está verdadeiramente curiosa.

— Meu nome é Abby Williams. Trabalho para o Centro de Direito Ambiental. — É óbvio que isto não significa nada para ela. — Alguns dias atrás um integrante de nossa equipe esteve batendo de porta em porta, e a senhora falou que tem problemas com sua água...

— Eu não disse isso. — Por um segundo, fico deprimida, até que ela acrescenta: — Eu disse que meu filho Coop pegou brotoejas. No início pensei que era micose, que talvez ele tivesse pego de uma das outras crianças, mas, quando fui à clínica, o médico disse que não era isso. Depois, ele me perguntou que tipo de sabão eu usava para lavar roupas e onde pegava a água; então, eu somei dois e dois.

— Seu filho alguma vez nadou na represa? — pergunto, e a mulher quase bota um pulmão para fora.

— Ele não sabe nadar. — Ela soca o peito, soltando o que chocalha por ali. — Desculpe-me. Trabalhei na Optimal por quinze anos. Por isso a tosse. — Ela acende um cigarro.

— Foi por isso que você saiu?

— Não saí. Fui demitida.

Isso me deprime: qualquer bom advogado de defesa vai abrir buracos na história dela, alegar que procura por vingança e uma indenização. Ainda assim, insisto. De certo modo, gosto de Carolina Dawes e sua calça stretch de bolinhas.

— Vocês têm água de poço, não é? — pergunto a ela, e sua expressão se enruga em volta do cigarro, como se tentasse se sugar para dentro dele, e não o contrário.

— Nós *devíamos* ter — diz. — Mas do jeito que as coisas vão... este é o terceiro ano seguido de seca... — Ela bate a cinza na varanda, com raiva. — Então, eu pensei, por que não conseguir alguma coisa de graça?

De repente eu entendo. O encanamento de PVC, as mangueiras armadas como varais no quintal: ela está desviando água da represa.

— Mas foi quando Coop começou a ter todos esses problemas, quando decidimos desistir do poço...

— Tem fotos das brotoejas dele? — pergunto, e ela tritura o cigarro na grade, soltando uma longa nuvem de fumaça.

— Posso fazer melhor por você — diz ela, e depois vira a cabeça para gritar: — Coop. Coop! Sei que está me ouvindo, então traga sua bundinha para cá. Ele é meio tímido — acrescenta a mulher, enquanto alguém se move no escuro atrás da porta de tela. — E toda essa coceira e esse disparate não estão ajudando em nada, vou te contar. Vem, Coop. Está tudo bem. Essa moça bonita aqui veio ajudar.

O garotinho, de 5 ou 6 anos, aproxima-se cautelosamente da luz. É inesperadamente bonito: olhos azuis grandes, loiro, feições perfeitas. Um querubim. Metade de seu rosto ainda está na sombra; metade do rosto brilha ao sol.

Ele vem diretamente à porta e coloca a mão na tela. Depois, vira-se e ali encosta a face, e o sol pega os ferimentos ásperos em sua bochecha, no maxilar e no pescoço, as marcas desesperadas onde ele arranhou a pele.

— Coça. — É só o que ele diz.

Capítulo Sete

Do que me lembro?

— Kaycee Mitchell estreitando-se a uma sombra longa e escura, andando pela estrada, batendo no milho com um graveto, afugentando os ratos, criando um borrão de corpos escuros pela estrada.

— Misha Dale, o sorriso largo como um aquário, parada perto da pia do banheiro, quando abri a porta de um reservado. Que eu quase me arrastei de volta para a privada. Que eu queria sumir descarga abaixo. *Sabia que agora existe cirurgia para a feiura?*, disse ela, virando a cabeça de lado. *Aposto que a gente podia até arrecadar doações.* Kaycee está passando batom, traçando as linhas bem grossas. Inesperadamente, ela se vira. *Tem cirurgia para ficar burra também*, disse ela a Misha. *Mas, depois que conseguirem curar piranhas, eu conto a você.* Um alerta em seus olhos quando ela me olha, um tique sutil: *Vá embora.*

— Kaycee encostada numa cerca, fumando um cigarro, o brilho intenso de refletores no estádio de futebol transformando-a numa silhueta. A fumaça, o modo como se enroscava, como se tivesse perguntas a fazer.

— *Deus não existe, as pessoas inventaram.* Isso saiu da boca de Kaycee no meio do último ano. História. Suas unhas eram afiadas, pintadas com corretivo líquido. Quando me virei para olhar, mal consegui reconhecê-la.

— Kaycee sozinha no estúdio de artes, depois do último sinal, trabalhando em uma tela enorme, golpeando em pinceladas amplas de vermelho e preto, pintando como se cortasse, como se a cor estivesse sangrando.

— E por fim: Kaycee, recurvada sobre uma privada no banheiro do quarto andar. A porta do reservado se abrindo. Um cheiro acre pairando pesado no ar. *Vá embora*, disse ela, quando lhe estendi a mão. Ela se virou; filetes de sangue vermelho vivo cercavam a boca. Depois eu vi: sangue em seus dedos, sangue na privada. O vômito misturado a seu cabelo. *Me deixa em paz, monstro!* Em vez disso, simplesmente fiquei ali. Ela vomitou de novo, quase errando a privada. Desta vez, quando me olhou, seus olhos estavam arregalados e desesperados, como chagas abertas. *O que está acontecendo?*, sussurrou ela. *Por favor. O que está acontecendo comigo?*

Capítulo Oito

Se agora existem contaminantes químicos na água – que empolam a pele de Cooper Dawes e que fazem cheiros ruins exalarem das torneiras –, pode ter havido também dez anos atrás, quando Kaycee Mitchell começou a desmaiar em aula. Retorno à ideia de que talvez Kaycee Mitchell *estivesse* realmente doente. De que havia uma verdade enterrada no fundo daquelas mentiras.

Se for assim, posso usar o depoimento de Kaycee, em particular agora que os Davies e os Iocco estão dando para trás. Uma leve emoção passa por mim com a ideia de finalmente ter uma desculpa para procurá-la – mas não sei onde ela está.

E, pela primeira vez em uma década, toda a força da pergunta me volta: por que ela fugiu? Misha não fugiu. Assim como nenhuma das outras meninas. Será que Kaycee simplesmente procurava uma desculpa para desaparecer?

Já procurei por ela antes. Como poderia não procurar? Encontrei centenas de Kaycee Mitchell no Facebook, mas nunca a verdadeira. Certa vez, tarde da noite, minha companheira de apartamento da época bateu à porta, bêbada, e me pegou examinando fotos de louras desconhecidas. *Quem é a gostosa que você está stalkeando?*, perguntou ela. Fechei o computador numa pancada tão forte que quase arranquei suas unhas. Depois disso, ela nunca mais ficou só de toalha na minha frente; levava as roupas para o banheiro e se trocava logo depois de sair do banho.

Como eu poderia explicar a ela? Não conseguia nem explicar a mim mesma. Só o que sei é que Barrens rompeu algo dentro de mim.

Empenou o ponteiro de minha bússola, transformou Sul em Norte e mentiras em verdade, e vice-versa. E o que aconteceu com Kaycee no último ano – o que aconteceu com todas as amigas dela quando começaram a cair, desmaiar e se esquecer – é o ímã central. Se tenho alguma esperança de me encontrar de novo, preciso entender para onde a verdade apontava esse tempo todo.

Para que lado você fugiu, Kaycee Mitchell?

Existem quatro sex shops e seis boates de strip chamadas Temptations em Indiana, três delas só em Gary. Por sorte, só uma fica em Barrens.

Conto os toques pelos números primos. Um. Três. Cinco.

A mãe de Kaycee fugiu antes mesmo de nos tornarmos amigas, na primeira série – esta era uma época ruim para se drogar em Indiana, e a mãe dela era usuária. O pai, alcoólatra notório, era dono da loja de quinquilharias. Jamais gostei de ficar na casa de Kaycee quando o pai estava lá, e tenho a sensação de que ela também não gostava. Por isso éramos tão íntimas quando crianças: nós nos encontrávamos na mata e praticamente morávamos ali, tocando a beira da represa com o dedão do pé, fingindo que a água era um espelho que nos deslizaria para um mundo diferente.

Quando estávamos no ensino fundamental, Frank Mitchell abriu uma sex shop – a mesma por onde passei a caminho da cidade. Todo mundo tinha certeza de que ali ele também vendia maconha e engradados de cerveja de uma geladeira escondida atrás de uma parede de antigas revistas *Playboy*.

Estou prestes a desligar quando ele atende.

– Mitchell's. – O site dá como nome oficial da loja "Temptations", mas sempre chamamos de Mitchell's, pura e simplesmente. Acho que ele pegou o hábito.

– Ah, sim, sr. Mitchell. – Aquela sensação desagradável me atinge em cheio no peito. Ele é um daqueles homens com cara de placa de *Cuidado*, sempre à beira do mau humor, como se pudesse estourar a qualquer momento.

Sua voz é ríspida ao telefone, como se ele tivesse acabado de engolir um punhado de cascalho. Ainda assim, mantenho meu tom animado.

— Meu nome é Abby, sou uma antiga amiga de Kaycee. — Assim que falo no nome, a respiração dele fica presa, depois recomeça. — Voltei à cidade por algum tempo, e estava me perguntando se o senhor saberia onde posso encontrá-la. Adoraria falar com ela.

— Não. — A palavra é um disparo explosivo e curto. Depois, faz-se um silêncio tão longo que procuro saber se ele desligou. — Não faço ideia de onde essa garota está. Não falo com ela há quase uma década.

— O senhor não teria um telefone? Um e-mail?

— Ela foi embora porque queria ficar em paz; então, eu a deixei em paz — ele fala rispidamente, como se me desafiasse a dizer que ele entendeu mal. — Se era tão amiga de Kaycee, por que *você* não sabe como encontrá-la?

— Sr. Mitchell, espere — digo, antes que ele possa desligar. Estreito os olhos para o sol poente. — Lembra quando Kaycee adoeceu, quando ela estava no ensino médio? Pode me falar um pouco dessa época?

Outra pausa, e minha pulsação começa a subir. Nada do outro lado da linha.

— O que você é — disse ele —, alguma jornalista?

— Não — respondo. — Só uma amiga.

— Qual é mesmo o seu nome?

— Abigail. — Não dou meu sobrenome. — Sou de Barrens, como disse. Só tenho algumas perguntas para Kaycee. Eu tinha esperança de que ela estivesse disposta a conversar comigo.

Outro longo silêncio.

— Sr. Mitchell? Ainda está aí?

— Estou aqui. — Ele dá um pigarro. — Por mim, Abigail, você pode conversar com Kaycee no inferno.

Capítulo Nove

A casa que aluguei fica metida atrás de um salão de beleza no centro da cidade, não muito longe de onde, quando garota, trabalhei como babá. Quando era criança, o centro era basicamente a Main Street, que também era a Route 205, e as três ruas oficiais que cruzavam com ela: First, Second e Maple. Além disso, havia todas as estradas sem nome do condado, que todo mundo chamava pelos nomes das pessoas e dos negócios que as ocupavam – a Simmons' Farm Road, a Dump Route. Porém, desde a chegada da Optimal, o centro se espalhou continuamente, excretando novos grupos de casas, lojas de artigos para pesca e placas de pare. A única corretora de imóveis que consegui desencavar disse-me que Barrens estava no meio de uma explosão imobiliária – como prova, ela só conseguiu encontrar dois lugares para eu alugar, e o outro era um galpão convertido nos fundos de um matadouro.

Enquanto saio do carro, o barulho alto dos grilos é interrompido pelo riso de uma criança. Do outro lado da rua, na frente de outra casa de dois quartos quase idêntica, uma jovem brinca com um bambolê na entrada. Cabelo comprido, bonita, rindo.

No silvo do vento, penso ouvir uma voz aos sussurros e me viro. Uma loira está trancando o salão e, por um segundo, imagino que Kaycee Mitchell afinal voltou, que ela na realidade nunca partiu. Ela deve sentir que estou encarando, porque se vira e me olha feio, segurando a bolsa mais perto do corpo.

Mas Kaycee, percebo, deixou suas digitais em tudo em Barrens; ao desaparecer, ela garantiu que jamais iria embora. Ela é uma mancha nos postes telefônicos antes cobertos de cartazes pedindo informações sobre seu paradeiro. Ela é uma sombra na arquibancada do estádio de futebol, onde certa vez se sentou para ver Brent jogar, chupando o dedo enquanto Misha e Cora se balançavam nas laterais com suas roupas de *cheerleader*. Ela está na represa e no céu, vaga pelos corredores da Barrens High, aposto, a maquiagem borrada, segurando um lenço de papel ensopado de sangue.

De todas elas, Kaycee foi a única que um dia mostrou ter pena de mim. Às vezes, até me demonstrava gentileza. Quase como se breves lampejos do passado, de nossa amizade, às vezes irrompessem novamente em sua memória.

Mas ela também sabia ser cruel. Lembro-me de quando desmaiou de sua carteira ao lado da minha e quase mordeu minha mão quando tentei ajudar. Não metaforicamente: ela realmente quase fechou os dentes em meus dedos, como um cachorro.

E então, houve a morte de Chestnut e a coleira que ela deixou em meu armário da escola. Um de seus últimos gestos. Distorcido, cruel, incompreensível.

Quase tão mau quanto tê-lo matado.

O BAMBOLÊ ESCORREGA da cintura da garotinha, e o barulho me traz de volta ao presente num sobressalto. Ela pula para pegá-lo com o braço, girando-o para o cotovelo.

Enquanto me curvo para pegar a bolsa no banco do carona, soa uma voz masculina: "Hannah! Hora de se preparar para dormir."

Saio do carro novamente, e quase não consigo acreditar: é Condor. Está em silhueta no feixe de luz do poste da rua.

— Abby? — Ele estreita os olhos, e a menina, Hannah, vira-se para olhar. Um sorriso se esgueira para o rosto dele. — Está me seguindo?

— Parece que é o contrário. — Bato a porta do carro e puxo a bolsa mais para cima no ombro.

— Não sei. — Ele gesticula para a garotinha. — Hannah e eu moramos aqui há muito tempo. — Ele põe a mão na cabeça de Hannah quando ela tenta se meter atrás dele. — Cidade pequena. — Não sei se quer dizer que isso é bom ou ruim. — Esta é minha filha, Hannah. Ande — diz ele, quando ela não me cumprimenta. Depois, vira-se de novo para mim. — Ela é tímida — acrescenta.

— Está tudo bem — digo. — Parece que você domina aquele bambolê, Hannah. Estou impressionada.

Isto me angaria um sorriso cauteloso.

— Obrigada — diz ela.

— Hannah vai participar de um grande concurso de bambolê na semana que vem — diz Condor, e ela fala "*pai*", olhando feio para ele.

— Não é um concurso. É uma competição — diz ela com muito desdém, e Condor me lança aquele olhar de *Sabe como são as crianças hoje em dia*. — Tem troféu e tudo — continua Hannah. — Posso te ensinar, se você quiser.

— Ah, de jeito nenhum. Conheço bem os seus truques. — Ele segura Hannah pelos ombros e a vira na direção da casa. — Chega de enrolação. Esta garota do bambolê vai rodar para a cama. Vá correndo para cima, e estarei lá num minuto.

— Foi um prazer conhecê-la, Hannah. — Aceno para ela, e a menina corre escada acima, batendo a porta depois de entrar. — Ela é uma graça — digo.

Condor dá de ombros.

— Dá trabalho, mas eu provavelmente vou ficar com ela. — Ele veste uma camiseta que mostra suas tatuagens, está descalço, o jeans enrolado nos tornozelos. Parece cheirar bem e bom de tocar, e de súbito imagino suas mãos em todo meu corpo.

Perigoso.

— Então somos vizinhos, hein? — diz Condor.

— Por um tempinho — respondo rapidamente. Antes que eu consiga me arrepender de meu tom de voz, vou para a porta. Uso Hannah como minha deixa. — Boa noite.

— Eu não teria te julgado do tipo que dorme cedo — diz ele, antes que eu consiga atravessar o jardim.

Odeio quando as pessoas me interpretam. Viro-me e fico de frente para ele.

— Foi um longo dia.

— Tenho razão, não tenho?

— Você é convencido — digo.

— A propósito, como estava o vinho? — diz ele novamente quando chego à porta. — Você gostou?

— Nem sei — respondo, e, depois, antes que consiga me reprimir: — Quer descobrir?

Justo nessa hora Hannah aparece em uma janela do segundo andar e grita:

— Pai! Estou pronta!

— Um minuto, meu amor. — Ele sorri. — Voltarei depois de colocá-la na cama. Não posso deixar uma mulher beber sozinha.

Esbarro no sofá baixo com estofado xadrez quando entro na sala de estar escurecida e o xingo, como se ele fosse o idiota que acabou de convidar Condor para uma bebida, e não eu. Estou acostumada a espaços apertados, cômodos que dão diretamente em outros, apartamentos pequenos demais até para ter um corredor, mas esta casa me deixa intranquila porque não é o *meu* espaço. E a mixórdia de objetos que o dono escolheu ter por ali é ainda pior — o conjunto delas deveria transmitir uma imagem das pessoas que já moraram aqui, mas não tem história, só lixo.

Rapidamente, visto uma camiseta informal, que cai um pouco por meus ombros e mostra as alças do sutiã. Escovo os dentes e lavo as mãos. Lavo as mãos de novo.

Vou pegar uns copos na cozinha, mas os armários estão desorganizados, como todo o resto. Há fezes de camundongos no fundo de um deles.

Condor bate tão de leve em minha porta que quase deixo de ouvir. Traz uma caixa de biscoitos Chik'n Biscuit e um pedaço de cheddar.

— O preferido de Hannah — diz ele, gesticulando para a caixa de biscoitos. — Não conte a ela.

— Pode ser em copo comum? Não consigo encontrar taças de vinho.

NA SALA, Condor se senta no sofá. Fico com uma cadeira bamba e me sento de frente para ele, que serve um pouco de vinho para nós dois, e me diz que existe um jeito de abrir uma garrafa usando um sapato. Fala da loja, de seus vinhos preferidos, do lixo que Hannah assiste na TV, de que ele gosta de caçar nos fins de semana. A maior parte não é muito surpreendente. Ele se gaba de sua ótima mira, depois ri.

O primeiro copo me aquece, o segundo, faz com que me sinta solta, e o terceiro, quando estamos quase no fim da garrafa, o coloca mais nitidamente em foco: seu maxilar, o modo como os olhos se vincam quando ele sorri, como usa as mãos. Seu lábio inferior, perfeito para ser mordido.

— Que foi? — diz ele, e percebo que o estive encarando. — Por que está me olhando desse jeito?

— Não estou. — Levanto-me rapidamente, pois assim ele não me verá ruborizar, e vou à cozinha. De todas as coisas deixadas pelo senhorio, uma delas é uma garrafa de Johnnie Walker escondida embaixo da pia. — Quer dizer, eu só estava me perguntando como é morar aqui. É só isso.

— Você já não morou aqui? — pergunta Condor. Ele não pisca quando boto o uísque na mesa.

— Eu quis dizer agora. — Estou meio embriagada, e vai ser uma droga trabalhar amanhã. De qualquer modo, é tarde demais. Era tarde demais quando ele me chamou do outro lado do jardim. — Como é viver aqui *agora*?

Condor se curva para a frente e vira as últimas gotas de vinho em meu copo. Roda a garrafa vazia entre as palmas das mãos.

— Eu não morei *só* aqui — diz ele, num tom diferente. — Peguei Hannah e me mudei para o litoral da Flórida quando a mãe dela e eu... — E se interrompe subitamente, e uma sombra atravessa seu rosto, levando o que resta do sorriso.

Condor abre o uísque e serve um copo para cada um. Quando levanta a cabeça, sua expressão é irreconhecível.

E mais uma vez, vagamente, lembro-me dos boatos: algum problema no colégio, algo que Condor fez.

— Está tudo bem — diz ele, dando de ombros. — Ainda tenho raiva disso, acho. Hannah é a melhor criança do mundo, e a mãe não quer nada com a menina. Drogas — esclarece, em resposta a uma pergunta que não fiz. — Ela sofreu um acidente e, depois, ficou viciada em analgésicos. Está em Indianápolis. Ou estava. Foi para a reabilitação alguns anos atrás. Ainda tem direito de visita. — Condor franze a testa para seu copo.

— Sinto muito. Por perguntar. — Mais uma vez, não é bem a coisa certa a se dizer.

— Aposto que sente muito mesmo. — O sorriso torto de Condor está de volta. Quero falar para ele que não foi o que eu quis dizer, mas não consigo (que sentido tem, aliás?). — As coisas estão melhores agora que Hannah tem idade o suficiente para entender. Sou muito franco. Ela sabe que a mãe é viciada, que está doente, e que não é culpa da Hannah. — Ele vira a cara. — Ah, enfim. Erros de nossa juventude, sabe? Você nunca consegue superar.

— Espero que isto não seja verdade — digo, o que o faz rir.

— E você? — pergunta ele, recostando-se de novo no sofá. — Como é voltar para sua cidade depois desse tempo todo?

— Na verdade não estou voltando para cá — digo, como se ele me acusasse de alguma coisa. — Vim só a trabalho.

— Ainda assim... deve ser estranho ver como as coisas mudaram...

— E como não mudaram. — Ele ergue as sobrancelhas. Agora estou mais do que um pouco embriagada, e é ótimo. Todas as dúvidas e incertezas afundam. Condor está aqui, e nós dois sabemos onde isto vai parar, e até então não há nada a fazer senão continuar.

Condor baixa o copo. No silêncio, passa os dedos na cicatriz acima do lábio.

— O que aconteceu aí? — pergunto.

Condor dá de ombros de novo.

— Outro erro da infância.

Levanto meu copo.

— Então, aos erros da infância.

Lentamente, ele sorri.

— E aos erros adultos — diz Condor.

— Claro. Aos erros adultos também.

Ele tem gosto de uísque quando se curva para me beijar, e muito tempo depois de Condor ir embora, minha pele ainda arde.

Capítulo Dez

Meu sono é inquieto, cheio de pesadelos que mais parecem lembranças, um se derramando no outro. Agora estou tremendo e, ainda assim, ensopada de suor. Por toda a minha vida fui assim – calor ou frio demais, chamativa ou simples demais, alta ou magra demais, ou *alguma coisa* demais. Minha mãe costumava dizer que eu parecia a Cachinhos Dourados experimentando as coisas do Pai Urso e do Urso Pequeno. Ela chamava de "Mãe Urso" quando algo estava certo. Acordo e, por um segundo, o cheiro de minha mãe, de seu hidratante e de suas mãos, parece flutuar pelo quarto.

No banheiro, toco o lábio inferior como se Condor pudesse ter deixado uma impressão. Em vez disso, o Bordeaux causou uma mancha escura. *Pontos fracos.* As palavras flutuam subitamente para minha mente. Ele beija exatamente como eu pensava, como se precisasse disso.

Entretanto, não foi muito além. Assim que comecei a abrir o cinto dele, Condor me impediu.

Espere, disse ele. *É melhor eu ir para casa.*

Tomo um banho e me visto – o céu ficou cinzento e pesado, percebo –, e enquanto brigo com meu cabelo, penso em pontos fracos. Ser advogada é um pouco parecido com ser uma médica ao contrário: você procura pelos danos e tenta aumentá-los, força a entrada, cava um pouco mais fundo, abre os lugares purulentos, como eu costumava explorar a mata procurando terra macia, espaços onde pudesse enterrar facilmente meus pertences – coisas pequenas que não queria que meu pai encontrasse, como a guimba de cigarro que Kaycee e eu achamos na quinta série, aquela única vez em que tentei fumar, ou o blush laranja num estojo brilhante com espelho, evidentemente roubado, que ela me deu de aniversário.

Carolina Dawes confirmou que tínhamos razão a respeito da água, mas ela não basta: não é digna de crédito, e a Optimal sem dúvida conseguirá mostrar que Coop teve contato com várias coisas que talvez tenham causado a irritação cutânea. E a imagem pública da Optimal é resistente e escorregadia como o plástico que a empresa produz. Ainda assim, deve haver um ponto fraco, uma brecha, um lugar que eu possa rachar com alguma pressão.

Por sorte, só existe um Brent O'Connell em Barrens, e parece que ele costuma acordar cedo.

O Woody's está no fim do movimento do café da manhã quando chego uma hora depois. Olho meu reflexo no retrovisor pela última vez antes de sair do carro. As ondas escuras de meu cabelo – uma boa característica que herdei de minha mãe – já se expandiram na umidade, mas eu pareço alerta e perspicaz e, o que é um choque, sem ressaca nenhuma. Posso não estar bonita, mas não sou nada parecida com a garota que eu era quando ele me conheceu.

O céu escurece, e me pergunto quando as nuvens vão se cansar de conter a chuva e deixá-la cair.

Antes que eu tenha a chance de abrir a porta, ela se abre de dentro, e eis Brent O'Connell, sorrindo, gesticulando para eu entrar. Eu torcia para que ele talvez tivesse engordado, ou perdido parte do cabelo.

Ele está idêntico ao que era na escola – olhos azuis, cabelo loiro, um garoto inocente, mas todo crescido. Só o que mudou foi a roupa. Ele abandonou os jeans rasgados e camisetas com gola em V de nossos tempos da escola em favor de calça cáqui e uma camisa social.

E embora eu esteja vestindo jeans feitos sob medida e um blazer decente, tenho um breve lampejo de pânico: isto é teatro, e ele vai saber disso. Tudo vai cair por terra.

Lembro-me da pele dele, quente apesar do frio da água do lago que pingava de seu cabelo. Lembro-me de vozes ao longe, do cheiro de tinta de parede e fumaça de madeira. Como ele estendeu a mão para meu cabelo, como me beijou, sem falar nada, levando um dedo aos lábios. *Shhh.*

— Abby Williams — diz ele. — Meu Deus. Você está incrível.

— É a retrospecção — digo, e Brent ri. — Cai bem em todos. — Contenho-me e não digo que Brent também está ótimo, não porque não seja verdade, mas porque é. Num exame mais atento, Brent mudou. Está igualmente bonito, mas de um jeito mais suave, mais acessível. Seus músculos relaxaram, e ele parece cansado o bastante para ser real.

Ele meneia a cabeça em negativa.

— Se eu tivesse sido mais inteligente na escola... — Real, falso, inventado. Talvez todos em Barrens tenham dificuldade de distinguir a diferença. — Entre, antes que comece a chover.

Preciso me espremer, passando por ele, e por um segundo sinto o cheiro de seu xampu e me lembro daquela noite na mata e da água que ficou em minha pele, de seu cabelo, depois que ele me beijou.

Eu o acompanho a uma mesa no canto e deslizo pelo meu lado, segurando um cardápio como se fosse um salva-vidas. No ensino médio, o Woody's era enorme: quando não havia festas, nenhum lugar aonde ir, nem ninguém para comprar cerveja, nem dinheiro para adquiri-la, todos iam para o Woody's para aproveitar o refil gratuito de café, colocando-se ao lado dos velhos que jogavam cartas em suas mesas de costume e grupos de meninas risonhas dividindo uma travessa de batatas fritas. Eu vinha sozinha, depois que todos os outros tinham saído, só para não ficar em casa. Tem cheiro de fritadeira e xarope de bordo, como sempre teve.

— E então? — Brent se curva para a frente, como se não suportasse qualquer distância entre nós. — Como é voltar para cá depois de todos esses anos? É exatamente como você se lembra?

— É difícil dizer, porque passei metade de minha vida tentando não me lembrar — respondo, e Brent ri. É claro que ele não tem como saber o quanto tentei deixar Barrens para trás. E o quanto fracassei.

A garçonete aparece e sei, pelo jeito como ri, que Brent ainda é o partidão da cidade. Abaixo a cabeça e finjo estar absorta no cardápio.

— Gosta de omelete? A melhor da cidade. Duas omeletes de queijo e presunto, por favor — diz Brent. — E dois cafés. Não se importa que eu peça por você, não é? — Sua voz é provocante, simpática e feliz.

Fecho o cardápio num estalo.

— Vou comer ovos mexidos. Sem café. Chá seria ótimo. — Assim que ela sai, não entendo por que fiz isso. Só sei que não quero deixar Brent tão feliz.

Ou quero, o que não posso permitir também.

Se ele sente uma contestação, não demonstra.

— Uma opção forte – diz ele. — Sabe de uma coisa, eu sempre gostei disso em você... você faz o que quer. Nunca foi maria vai com as outras.

Eu estava ocupada demais fugindo *delas*, eu quase observo, mas não o faço. Ele só está sendo gentil. Mas é Brent.

— Você deve estar se perguntando por que eu quis vê-lo – digo.

— Sem essa, Abby. Você não foi embora há tanto tempo *assim*. Sabe como esta cidade funciona. Você tinha chegado não havia cinco minutos, e Misha deu um boletim completo.

A ideia agita uma antiga ansiedade, do tipo que surge quando se passa anos como um alvo em um campo cheio de flechas.

— Então você ainda é próximo de Misha?

— Nós *ficamos* próximos, depois que... — Ele se interrompe, mexendo na xícara de café, girando-a entre as mãos. — Acho que esse tipo de coisa cria vínculos fortes entre as pessoas. Sabia que agora Misha é vice-diretora da escola?

Ainda não consigo compreender bem, mas faço que sim com a cabeça.

— Ela me contou.

— Ela se deu bem também. — Depois, ele dá um pigarro, parecendo repentinamente constrangido. — Bem, sei que você não voltou para um dar um passeio pelo túnel do tempo. Sei por que vocês estão aqui, e para mim é um prazer ajudar como puder. Imagino que eu te deva essa, não é?

— Me deve? — Minha pulsação se acelera. — O que quer dizer com isso?

Por um segundo, ele hesita. Quando se ajeita no assento, o vinil guincha de leve outra vez, parece o barulho de um sapato novo.

— Os adolescentes podem ser uns babacas. Eu sei que éramos. Sei que *eu* era. E Misha, Kaycee e os outros. Sinceramente, não sei por quê. — Ele passa a mão no cabelo, que volta tranquilamente para o lugar. — O que estou tentando dizer — ele me olha duramente, como se me visse pela primeira vez — é que eu sinto muito.

O pedido de desculpas é tão simples, tão objetivo que me deixa sem fala.

Ele ficou com Kaycee, mas gostava de você, Misha dissera no Donut Hole. *Por conta daquele seu cabelo comprido...*

— Não preciso que você se desculpe. — Sinto-me subitamente furiosa: Misha, meu pai, Brent. Todos estão distorcendo minhas lembranças, fazendo-me duvidar de coisas que sempre considerei a verdade.

— Eu sei. Mas eu *quero* pedir desculpas.

Ele quer que eu diga que está tudo bem, mas não farei isso. Eu me *recuso*. Decido ir direto ao que interessa.

— Então, você está na Optimal desde que se formou no ensino médio? — Detesto a ideia de que ele possa pensar que vim aqui resolver questões do meu passado ou, pelo menos, discutir a participação *dele* em meu passado.

— Bem, sabe que meu pai trabalhou lá muitos anos. Eu já era estagiário no último ano. Depois, comecei na carga de caminhões. É muito mais complexo do que parece. Meu primo Byron tinha um amigo por lá... que me apadrinhou... e desde então estive ascendendo na carreira. — Ele mexe o café com cuidado, assim como fez Misha, acrescentando um sachê de açúcar de cada vez. — A Optimal salvou meu pai de verdade quando ele saiu do sindicato dos carpinteiros. Não sei o que ele teria feito. Nunca me esqueci disso. Salvou a vida dele. Os homens precisam de um bom trabalho.

— As mulheres também — digo, de imediato.

— As mulheres também, é claro. — É difícil ficar irritada quando ele sorri desse jeito.

— A Optimal fez muita coisa boa pela cidade — digo, cautelosa. — Só estamos aqui para nos certificar de que não fizeram nenhum mal.

Ele zomba disso.

— Soube que Gallagher está todo inflamado. — Quando a garçonete chega com a comida, ele finge não notar que ela o olha fixamente. — Você se lembra da vez em que ele atirou em Grant Haimes? Pegou no joelho dele. Ele teve que largar o time da escola. — Brent meneia a cabeça. — "Porcaria de moleques!" — E faz uma boa imitação do velho Gallagher.

— Pensei que ele tivesse cortado a orelha dele. De Grant, quero dizer.

Brent dá de ombros, como se fosse um detalhe insignificante.

— Olha aqui. Estou te dizendo isso porque na verdade eu não dou a mínima. Meu avô era agricultor, e meu pai não adorava nada além de sua .44 e sua vara de pesca. Ninguém se importa mais com Barrens do que eu. — Ele balança a cabeça, belisca a omelete. — Gallagher é um anarquista que procura um motivo. Um teórico da conspiração. Ele vai criticar a esmo qualquer coisa... literalmente. Mas desta vez ele errou feio. A Optimal está limpa. Passamos por muitas auditorias, e fomos aprovados em todas. Nota dez.

— Mas a Optimal fez um acordo judicial... — começo.

Ele me interrompe:

— Isso foi no Tennessee.

Não pisco.

— Eles foram alvos de críticas pesadas na imprensa. Boatos de violações generalizadas... corrupção, conchavos com políticos locais, pagando gente para fazer vista grossa.

— Críticas na imprensa não são um estatuto legal – diz ele. — E boatos não são provas. *Toda* empresa sofre críticas na imprensa, Abby, e você sabe disso. — É um desvio habilidoso do assunto, e talvez ele verdadeiramente acredite nesse argumento.

Decido apostar tudo — se vamos arrancar as ervas daninhas, é melhor cortá-las logo pela raiz.

— Estive revendo o caso Mitchell. — Observo atentamente a reação dele, mas Brent nem pisca. — Na época, você estava com Kaycee. Deve ter alguma opinião a respeito.

— Opinião. — Ele repete a palavra como se eu tivesse acabado de lhe pedir dinheiro. — Eu não tenho uma *opinião*. Elas inventaram tudo.

Era típico de Kaycee: agir primeiro e não pensar nunca. Ela estava desesperada demais por atenção. Me senti mal por ela.

Não me agrada a facilidade com que Kaycee fugiu e como todo mundo em Barrens a deixou ir de boa vontade — mesmo que ela estivesse mentindo. *Especialmente* se ela mentiu.

— Você falou com ela? — pergunto.

— Não. Ela nem mesmo me disse que ia embora. Eu não sabia.

— Então você não falou *nada* com ela desde que ela foi embora? — Brent e Kaycee ficaram juntos por quase dois anos, o que, no colégio, é uma eternidade. Ainda assim, quando ela partiu, foi como se tivesse saído completamente de sua antiga vida, como quem troca de pele.

— Misha falou com ela uma ou duas vezes — diz ele vagamente. Seu sorriso, desta vez, é muito tímido. — Ela deixou claro que seu objetivo era *evitar* falar com qualquer um de nós.

— Ela não disse por quê? — pergunto. — Nunca entendi o que ela queria. Por que ela mentiu sobre a doença?

Ele meneia a cabeça, e sua voz fica inesperadamente firme.

— Pensei que você estivesse aqui para ver a Optimal. Não me diga que você é detetive também.

— Ela foi rainha do último ano. Pintou o corpo todo para a formatura. — Lembro que em nosso último dia de aula vi uma cauda de cometa de tinta deixada por sua mão na parede quando ela cambaleou. Mesmo doente, tinha de ser pintada e venerada. — Não parecia que estava prestes a fugir.

Ele dobra cuidadosamente o guardanapo. Quando ergue os olhos, parece exausto.

— Tudo o que ela fez foi encenação. Não só adoecer, mas... outras coisas também. — Ele fita o nada. — Não acho que um dia ela tenha dito uma só coisa que não fosse mentira.

Penso no jeito como Kaycee me olhou no dia em que encontrei Chestnut na mata e entendi o que ela fizera com ele. *Isso é doentio*, Kaycee dissera, empinando o queixo, como se eu fosse a coisa podre. *Como você pode pensar em algo tão doentio assim?*

Penso no dia, anos depois, quando a encontrei abraçada à privada, o sangue se espalhando pela água atrás dela. *O que está acontecendo comigo?* Verdadeiramente com medo. Eu seria capaz de jurar.

Brent limpa a garganta e se recosta.

— Quer procurar violações de verdade por aqui? Dê uma olhada na obra antiga, e não na nova. Dá para acreditar que a escola basicamente estava cheia de amianto quando estávamos lá? A Optimal queria doar um novo ginásio esportivo e converter o antigo em um auditório, mas o custo da redução de poluentes era de meio milhão de dólares. Fez mais sentido, em vez disso, construir um novo centro comunitário.

— Não estamos procurando amianto – digo.

— Só estou falando que é a *antiga* Barrens que está estragada. – Brent levanta as mãos como quem se rende. – A Optimal transformou esta cidade. Gallagher só está zangado porque seu estilo de vida está descendo pelo ralo. Ele quer ter alguém para culpar.

Brent O'Connell certamente é bom no que faz: é um vendedor nato.

— Talvez você tenha razão – digo. Mantenho a voz leve e despreocupada. – Ou talvez esteja errado. Por isso estou aqui. Para descobrir o que é verdade.

— Eu pensei que você só quisesse me ver – Brent me provoca. – Só me faça um favor e não deixe Gallagher te cortar uma orelha... você é bonita demais para isso.

Dez anos atrás, eu teria morrido se ele dissesse que eu era bonita; agora fico surpresa ao descobrir que isto me irrita.

— Lembre-se de que também sou daqui – digo. – Sei revidar.

A conta chega. Brent saca seu cartão, mas eu a pego primeiro.

— Por minha conta. Por favor. Por ocupar seu tempo.

— Terá que me deixar retribuir – diz Brent, justo quando as primeiras gotas de chuva batem à janela. – Vai deixar?

Levo um segundo para entender que ele está me convidando para sair em um encontro.

— Não sei bem... – Começo a falar, mas ele me interrompe:

— Por favor, Abby. É muito bom ver você de novo. – Ele parece sincero. Eu estava preparada para escutar evasivas. Pronta até para o charme dele. Mas o pedido de desculpas, os elogios, a sedução, e agora isso...

Lembranças da noite passada se embaralham rapidamente em minha cabeça: o sorriso de Condor, o jeito com que ele bate na coxa quando está pensando, as mãos dele, castanhas do sol, puxando-me para mais perto. As mãos de Brent são brancas e bem cuidadas. Percebo a diferença entre Condor e Brent. Com Condor, a pessoa em quem não confio sou eu mesma.

— Tudo bem, dane-se — digo. Brent O'Connell, o garoto de ouro, *quarterback* do time de futebol americano, herói da cidade, quer me levar para sair em um encontro. — Claro. Por que não?

Brent sorri.

— Bem-vinda ao lar, Abby Williams.

Capítulo Onze

A Barrens High School, uma construção atarracada de concreto e tijolos aparentes, é menor do que eu lembrava, e me parece surpreendentemente silenciosa. Acho que eu esperava a energia bruta e o barulho de adolescentes inquietos vazando pelas janelas e paredes, ver jovens empoleirados no capô de seus carros fumando maconha, empurrando-se nas caçambas de lixo, trocando gritos nos corredores. Mas é claro que ainda chove, e todos estão dentro do prédio.

Monstro! Penso ouvir alguém chamar de longe. Mas não há ninguém. O limpador de para-brisa geme e estala, geme e estala. Desligo o motor, perguntando-me se tenho coragem de sair do carro. Mas alguma coisa me atrai para cá, um daqueles instintos. Um pressentimento.

Cubro a cabeça e corro pelo estacionamento até a entrada principal; o grito estrangulado das portas de entrada me rasga, parece um corte antigo se abrindo.

O instinto de sobrevivência – aquele ardor profundo e ansioso de que praticamente subsisti no ensino médio – dispara a adrenalina por minhas veias.

Mas, lá dentro, tudo é silêncio e quietude. Dizem que o olfato é o sentido de ligação mais estreita com a memória – este lugar cheira a um poço de escada de cem anos sem ventilação. De imediato sou transportada, voltando no tempo. Espio o longo corredor vazio. As aulas do primeiro tempo ainda devem estar acontecendo. Por dentro parece menor do que eu lembrava também – por que isto sempre acontece? O teto parece mais baixo, mas eu tinha 1,75m desde a 8ª série, e assim sei que não se deve a um súbito surto de crescimento. As paredes ainda são bege, mas têm também um leve cheiro de tinta. Eles devem ter tentado fazer uma reforma. Foi uma perda de tempo. O estrangulamento das lembranças se afrouxa um pouco quando meus sapatos molhados batem no piso frio; ainda assim, todo o meu corpo está em alerta, preparado para se achatar contra os armários de metal enferrujado na eventualidade de um estouro de manada, para fazer seu antigo truque de magia e ficar invisível.

Apenas alguns dias depois de jurar a mim mesma que nunca pediria a ajuda de Misha, eu vim fazer exatamente isto.

Na sala da direção, informam-me que a vice-diretora Jennings está com a mãe de um aluno. Ainda não consigo entender que Misha, que costumava levar vodca para a escola em uma garrafa de água durante a Spirit Week, evento à fantasia do fim do ano letivo, seja a mulher nominalmente encarregada da educação dos alunos, e também não consigo deixar de me perguntar o que Kaycee teria pensado disso.

Lembro-me do dia em que a coleira de Chestnut apareceu em meu armário, a fúria súbita que me dominou, como Misha me bateu nos armários depois de eu tê-la atacado nos corredores.

Você sabia o que ela fez? Eu praticamente sufocava em minha cólera. *Você sabia o tempo todo? Achou que seria divertido me lembrar?*

Nunca me esquecerei da cara dela na época: assustada. Verdadeiramente assustada, talvez pela primeira vez na vida.

Não sei do que você está falando, sussurrou ela.

Será possível que Misha também fosse uma vítima?

Uma secretária de jeito entediado me mostra uma cadeira dobrável e me entrega um exemplar do guia da escola. Eu o folheio – qualquer coisa para manter as mãos ocupadas. Nada parece ter mudado: fala da proibição de beber, de fumar dentro das instalações, coisas assim. Uma política de tolerância zero que eu duvido que um dia tenha sido colocada em prática.

Por fim, a mãe de um aluno em visita sai intempestivamente, com sua bolsa agarrada ao peito, e a secretária gesticula para que eu entre. Ali, em meio aos ângulos limpos da sala modesta, cercada por torres de papelada, está Misha.

– Obrigada por me receber em tão pouco tempo – digo.

Quando ela se levanta para me dar um abraço rápido, vejo que está com um terninho com saia um tanto pequeno demais. Concentro-me neste defeito visível para combater uma onda de pânico.

— Por favor. É você que me faz um favor. Pelo menos agora tenho um intervalo da rotatividade habitual de pais. Eles não entendem por que seu precioso Jeremy está tomando bomba na escola, quando aparece *pelo menos* uma vez por semana.

Sento-me na cadeira puxada para perto de sua mesa. Talvez a cadeira seja para os alunos – é visivelmente mais baixa do que a dela, e de súbito me sinto uma criança, como se devesse me desculpar por alguma coisa.

— Vejo que a escola se expandiu – digo, com sinceridade.

— Claro que sim. Precisamos absorver as crianças de Basher Falls, depois que os limites da cidade foram alterados.

— Deve ter sido um esforço e tanto para os professores. — Roubei esta técnica de Joe. Comece com algumas bolas fáceis, um bate-papo leve, o equivalente coloquial de um sedativo. Depois, quando eles estão relaxados, bata com força e saia rapidamente.

Misha abre um sorriso luminoso. O sol que brilha pela janela faz uma boa imitação de auréola em volta de sua cabeça.

— Por sorte, conseguimos algumas contratações novas. Estamos trabalhando com doadores locais em um fundo de bolsas para melhorar o envolvimento extracurricular.

De algum modo, embora eu possa vê-la pronunciar as palavras, elas ainda dão a impressão de saírem da boca de outra pessoa. Ensaiadas.

— Deixe-me adivinhar. A Optimal é uma das doadoras locais?

— A maior. — Ela abre as mãos. Não parece lamentar. — Como eu disse, eles têm sido ótimos parceiros. Ajudaram realmente a transformar esta cidade. Como foi se encontrar com Brent, aliás? Sabe que não há nada para fazer em Barrens além de se importar com a vida dos outros – diz Misha de um jeito provocador.

Hora de cair matando.

— É bom saber disso – digo –, porque, na verdade, tenho algumas perguntas para você sobre o que aconteceu com Kaycee Mitchell naquela época.

Foi como se eu tivesse lhe dado um tabefe. O sorriso despenca de seu rosto. Depois de um longo segundo, ela solta um riso forçado.

— Eu podia tê-la poupado desse trabalho — diz. — Não tenho notícias de Kaycee desde três semanas depois que ela foi embora.

— Onde ela estava? — pergunto.

— Por que você se importa tanto? Pensei que estivessem aqui para ver a água.

— Nós estamos. Achei que a perspectiva de Kaycee talvez fosse valiosa.

— Aí está. Pensei que essa estupidez tivesse sido enterrada. — Misha, agora, controla muito melhor seu gênio ruim. — Foi uma *mentira*. Deixei todo esse episódio para trás.

— Mas vocês devem ter tirado de algum lugar a ideia de mentir — digo. — Houve um caso no Tennessee, antes de a Optimal mudar de nome...

— Foi ideia de Kaycee. E você sabe tão bem quanto eu que Kaycee nunca precisou de motivo para nada. — A voz de Misha endurece, como a antiga Misha, aquela cujo primeiro instinto era atacar. — Da última vez que eu soube, ela estava a caminho de Nova York. Sinceramente, fiquei aliviada. Parece medonho, mas eu estava enjoada de todos os joguinhos dela. Estava enjoada de fazer aquele jogo. Você sabe como era.

Eu sei. Mas me ressinto dela por me fazer lembrar.

— Será possível que ela tivesse outro motivo para fugir? — pergunto e Misha suspira, como se percebesse que eu não me deixaria distrair com facilidade.

— Não. Ela sabia que eu queria confessar a invenção de tudo aquilo. Cora e Annie também. Nunca esperávamos que aquilo saísse tanto de controle. Quer dizer, a mãe de Cora falou ao noticiário... — Ela meneia a cabeça. — Kaycee fugiu antes que todo mundo a chamasse de mentirosa. O melhor dia de minha vida, Deus é testemunha.

Por um segundo, fico sem fala. Será que alguém realmente gostava de Kaycee Mitchell? *Alguém* lamentou vê-la partir? Mas antes que possa perguntar mais alguma coisa a Misha, a secretária mete a cabeça para dentro.

— A sra. Danning trouxe outro celular. Jessica Moore de novo. Ela está indo para o castigo.

Misha se levanta com tal rapidez que bate o quadril na mesa, fazendo várias canetas rolarem para o chão.

— Vou cuidar disso — diz ela. Dando as costas, acrescenta: — Política de proibição de celulares. Nós devolvemos a eles. Mas no horário de aula impede que os alunos se distraiam. Também reduz o cyberbullying, embora eu possa jurar que algumas dessas crianças passam mais tempo de castigo na detenção do que em aula.

Pela primeira vez, penso ver o apelo do cargo para uma pessoa como Misha. Ela deve se sentir poderosa distribuindo punições e recompensas. E pelo menos parece ter nascido para essa parte do trabalho.

Um sinal de furar os tímpanos indica o fim do primeiro tempo, um tom idêntico àquele que antigamente fragmentava meus dias em períodos de 45 minutos.

Como Misha continua de pé, percebo que a reunião acabou.

— É *tão* bom ver você de novo, Abby — diz ela, abraçando-me novamente. Enquanto seus lábios ainda estão muito próximos de minha orelha, sussurra: — É como nos velhos tempos, não é?

De certo modo, espero sentir os dentes dela se cravando em minha jugular, no estilo vampiro.

Mas ela simplesmente me solta e ri.

— Da próxima vez, vamos nos encontrar para uma *bebida*.

Enquanto costuro pelo corredor, navegando pelos grupos de alunos que saem das salas de aula, uma lembrança espicaça no fundo de minha mente, pedindo atenção. Tivemos nossa própria versão de bullying, nos primeiros dias do Facebook, antes do Snapchat, do Instagram e dos trolls. Eu não pensava no Jogo havia anos, nem nos boatos que se espalharam como vapor tóxico, as meninas que eram visadas andando pelos corredores, lívidas, humilhadas, seguidas por um crepitar de pipoca. *Puta. Puta. Puta.*

Lá estava Kelsey Waters, na luz azulada de um porão, com a calcinha arriada nos joelhos e a maquiagem cercando os olhos. Lá estava Riley Simmons, desmaiada de bêbada no chão do banheiro durante uma festa. Jonathan Elders tirou seu sutiã e a fotografou. No dia seguinte, na escola, todos os meninos se juntaram para ver as fotos e rir. Ele contou a todos que ela era feia demais para transar, e a garota chorou no refeitório quando ouviu.

E teve o que aconteceu com Becky Sarinelli. Essa foi ainda pior.

Capítulo Doze

Começou em uma festa na concentração antes de uma partida, no início do último ano, pouco antes da doença, da histeria, das alegações, das confissões – ou pelo menos foi quando fiquei consciente dele, do Jogo.

Ir a essas festas nas concentrações era obrigatório no ensino médio. Pouco importavam os alunos que não tinham um grupo com que se sentar, que não ligavam para elas – ou para comemoração em volta da fogueira que viria depois –, porque ninguém nos pedia para ir, nem notava se estávamos lá. Ainda assim, éramos obrigados a ocupar a arquibancada do estádio de futebol, a torcer pelos jogadores e ver as *cheerleaders* balançando-se com suas saias curtas, enquanto os meninos gritavam *xoxota* com as mãos em concha.

Bradley Roberts, o representante da turma, fazia um discurso tedioso ao microfone sobre o orgulho da escola, a importância da unidade, os Barrens Tigers, blá-blá-blá.

E então: um grito, agudo e estrangulado. A multidão se mexeu, e por um segundo imaginei chamas correndo arquibancada acima, consumindo a todos nós. Uma verdadeira fogueira.

Alguns alunos de minha turma se levantaram. A empolgação deles era densa; fez meu estômago se contorcer. Ainda assim, virei-me com eles.

Vi Becky Sarinelli andando pela arquibancada, tropeçando em mochilas de livros e assentos, desesperada, evidentemente em pânico. Ela estendia a mão para pedaços de papel – pareciam folhetos.

Agarrava-os loucamente e corria para os seguintes. Mas eram muitos: dezenas, flutuando de mão em mão como que atraídos a uma corrente invisível. Algumas pessoas riam; outras, pareciam enojadas.

Bradley deu um pigarro algumas vezes, mas ninguém se importava mais com o que ele tinha a dizer sobre o espírito da escola. O sr. Davies ia para o púlpito.

— Silêncio! — disse ele. — Todos vocês, façam silêncio. Sentem-se.
— Mas ninguém ouviu.

Os folhetos abriam caminho para mim. Um deles flutuou para o chão do corredor, virado para cima. Só então vi que não era folheto nenhum.

Era uma fotografia, ampliada e pixelada. Nítida o suficiente, porém, para que eu pudesse ver do que se tratava.

Becky.

Meu coração ficou paralisado.

Estava deitada numa cama. Seus olhos, entreabertos, a maquiagem, borrada. A saia tinha sido empurrada acima da cintura, e sua calcinha branca e grande brilhava tanto no flash que ela parecia uma boneca de plástico. A blusa estava desabotoada, e a garota não usava sutiã. A calcinha se encontrava torcida em algum lugar perto dos joelhos. Os murmúrios se uniram, consolidando-se como aconteceria com o hino de nossa escola, se as coisas tivessem tomado o rumo certo.

Puta. Puta. Puta, diziam eles.

Parem, eu queria gritar. *Parem. Não foi culpa dela.* Mas não conseguia abrir a boca, não era capaz de dizer uma palavra.

Puta. Puta. Puta.

Oito dias depois, o pai dela a encontrou no galpão de ferramentas.

Ela não deixou um bilhete para nos dizer por quê. Nem precisava.

Capítulo Treze

Pelo resto da semana, evitei Brent e Condor: Brent, porque não sabia se queria realmente revê-lo, embora eu dissesse que veria; Condor, porque eu não queria mais nada.

Mesmo quando garota, eu era atraída aos animais. Uma vez tentei salvar um guaxinim que, de algum jeito, conseguiu entrar em nosso porão, e ele quase me arrancou o dedo mínimo – ainda tenho a cicatriz. Mas, mesmo na época, eu chorei, não pelo sangue ou pelas injeções de antirrábica que vieram depois, chorei quando meu pai, ouvindo-me gritar, desceu correndo com um rifle e baleou o guaxinim entre os olhos.

Sempre quero as coisas que mais machucam.

Em vez disso, atiro-me de cabeça no caso. Do que realmente precisamos são dos livros contábeis da Optimal. Tudo sempre se resume a dinheiro: medidas de economia, canos inadequadamente mantidos, fraudes em testes depois que os resultados começam a chegar adulterados e gente sendo paga para calar a boca. Como a empresa tem incentivos do estado para manter os negócios em Indiana, os relatórios trimestrais da Optimal estão disponíveis para o público. Mas precisamos ir mais fundo. Precisamos de sua contabilidade geral, cheques recebidos e emitidos.

Alguns pagam. Outros recebem.

Faço o que faço melhor: examino papelada, números, padrões e rupturas que podem significar tudo ou nada. A prefeitura de Barrens tem testado a água todo ano – os resultados são divulgados, de acordo com a Lei de Acesso a Registros Públicos de Indiana –, o que me surpreende, em vista do fato de que grande parte da infraestrutura tem 75 anos.

Eles estão se esforçando demais para parecer limpos.

Noite de sexta-feira, Indiana, crepúsculo: o céu é azul e cor-de-rosa, e as chuvas do início da semana deixaram os campos com a aparência de frescor. Os corvos em silhueta nos fios telefônicos são numerosos demais para contar.

Estou a apenas oitocentos metros de minha casa alugada atrás do salão de beleza quando meu celular toca: código de área de Indiana, um número que não reconheço. Quase silencio o aparelho, mas, no último segundo, decido atender.

— Sim?

— É Abigail Williams? — Uma voz de homem, desconhecida.

— Ela mesma — digo, já encostando o carro, procurando um bloco e uma caneta. — Quem fala?

— Aqui é o xerife Kahn. Estamos com seu pai, aqui, na delegacia...

Meu estômago arria.

— ... Nós o pegamos na Main Street. Ele parece confuso, insiste que deve haver um bar com música por lá. Tinha seu número escrito na carteira. Soube que você estava na cidade, é verdade?

Fecho os olhos e vejo, no escuro atrás das pálpebras, o velho salão de dança Dusty Chap. A música country alta, o cheiro de batata frita e cerveja, minha mãe rebolando ao som de Wynonna ou Travis Tritt diante de mim com suas botas de caubói e o cabelo amontoado no alto da cabeça, preso com um elástico. Foi uma das coisas mais divertidas que fiz com minha mãe antes de ela morrer. O lugar fechou anos atrás, quando eu estava no ensino fundamental.

— Sim, estou. Já chegarei aí. — Faço a volta com o carro.

Meu pai tinha se acalmado quando cheguei lá, e não parecia entender por que estava sentado na sala do xerife.

— Que vergonha — diz ele ao xerife Kahn, mesmo enquanto luto para colocá-lo no banco do carona. De algum modo, ele perdeu a bengala. — Que vergonha, fazer essa grosseria com um velho desse jeito. Eu não estava fazendo nada, só cuidando da minha vida, e você aparece e fala absurdos do salão de dança...

— Esse lugar fechou, pai — digo, lançando um olhar de desculpas ao xerife Kahn.

— Sei disso, Abigail — vocifera ele, por um segundo parecendo mais o pai de que me lembro. *Não responda aos mais velhos. Cuidado com essa sua boca suja. Sou seu pai, e você vai fazer o que eu mandar.* — Fechou logo depois que sua mãe morreu.

Voltando a casa, encontro a bengala dele encostada perto da porta. Só Deus sabe como ele conseguiu ir a algum lugar sem ela. Desconfio que um dos vizinhos lhe deu uma carona, sem perceber o quanto meu pai estava mal. Ele afasta minha mão com uns tapas quando tento obrigá-lo a tomar seu remédio, mas por fim se acalma e deixa que eu coloque os comprimidos em sua língua, sentado ali, dócil, os olhos lacrimosos, como se, aprisionado por baixo da pele fina e manchada e do hálito viciado, fosse uma criança que precisa de atenção. Eu o deixo dormindo e prometo telefonar de manhã.

Fico destruída pela necessidade dele e por meu desejo de curá-lo. Devia ficar aliviada. Agora ele é digno de pena demais para odiar. Nunca pretendi verdadeiramente confrontá-lo. Jamais esperei me reconciliar com nada disso. Vendo esta versão dele, sei, com todo o meu corpo, que nenhuma dessas coisas jamais será uma opção. É demais.

No banheiro, lavo as mãos, jogo uma água na cara e lavo as mãos de novo. Abro o armário, virando na mão alguns comprimidos de Valium de um frasco com o nome dele. Mas ainda estou trêmula demais para dirigir, e, quando saio, o cheiro do fogo me alcança de longe e toca antigas lembranças: festas no lago que nunca me incluíam. A garotada arrastando isopores e toalhas de praia para a mata. Meu pai me batendo com força, com a mão aberta, na cara, na única vez em que tentei escapulir.

Ao longe, ouço os guinchos de riso e a batida da música. Conheço aquele som. Alguém está dando uma festa em volta da fogueira.

As lembranças são como fogo, e só precisam de algum oxigênio para crescer. Agora me lembro de que eu costumava ver a luz distante das fogueiras de um local pouco além de minha varanda dos fundos. Lembro que às vezes meu pai encontrava latas de cerveja amassadas na mata, perto do galpão de ferramentas, de onde os garotos mais corajosos chegavam perto o bastante para jogar latas vazias na casa – só porque podiam, pois a casa ficava ali –, até meu pai pegar o rifle e disparar às cegas no escuro.

Nunca fui convidada. As comemorações em volta da fogueira eram para a turma das festas – para a *turma* e ponto final. Ainda assim, às vezes eu ficava sentada do lado de fora, e jurava que a fumaça tocava o fundo de minha garganta, mesmo daquela distância toda.

Por impulso, aperto meu suéter e parto pelos campos até a floresta e, depois dela, a represa – a represa, o começo de tudo –, mesmo ansiando por Chicago e o abençoado anonimato do prédio onde morava. Sinto falta de estar a várias centenas de quilômetros de meu pai, de tudo isso.

A mata está fria e muito escura, e imediatamente me arrependo de não ter trazido uma lanterna. O sol vai se pôr a qualquer minuto. Mas logo posso ver o tremular distante da fogueira e o brilho prateado da represa. Foi aqui, nesta mata, que Brent me beijou.

Não conte a ninguém, sussurrou ele, tocando meu lábio inferior com o polegar. Lembro-me do cheiro de tinta e do barulho dos grilos.

E então, enquanto me aproximo da margem, passado e presente se fundem. Como sombras em silhueta pelo fogo, separando-se e se recompondo, o Brent de minhas lembranças se transforma no Brent verdadeiro, acenando para mim de longe.

– Abby! – Ele se afasta de um grupo de amigos. Olho nos olhos de Misha uma fração de segundo antes de ela também invocar um sorriso. Depois, Brent me engolfa num abraço, e eu a perco de vista.

– Você parece uma surpresa caída do céu.

– Você evidentemente está bêbado – digo, afastando-me.

Ele ri.

– Só um pouco. – Depois: – É sério, eu estava justo pensando em você.

Enquanto todos perto da fogueira se viram para olhar, reconheço vários da escola que esperava nunca mais rever. Arrependo-me de ter vindo. Mas agora é tarde demais.

— Reunião da sociedade secreta? — pergunto.

— Não há nada de secreto nisso — diz Brent, sorrindo. Hoje ele está de camisa polo, calça cáqui e sapato social. Parece um anúncio da Ralph Lauren encarnado. — Tentei te convidar, mas você não retorna meus telefonemas.

— Desculpe. Semana movimentada.

Brent dá de ombros como se soubesse que isto é só uma desculpa.

— Não importa. Você veio mesmo assim. Está vendo? É um sinal. — Ele passa um braço por meus ombros. Sem dúvida nenhuma está de porre.

— Você está com o cheiro da praia — digo, embora o que eu queira dizer é que ele cheira a uma fábrica de bebida.

— Meu cheiro é *ótimo*. Só estive nadando.

— Na represa? Que homem de coragem.

— É totalmente segura. Você vai ver. Pura como a Islândia. — Ele me conduz até o fogo e começa a me guiar pelo grupo. — Vem, urbanoide. Vamos arrumar alguma coisa para você beber. Só trabalho e nenhuma diversão não pode ser bom.

Se não fosse pelos cabelos recuando na testa e as panças, eu poderia pensar ter voltado no tempo: reconheço todo mundo, jogadores de futebol e basquete, *cheerleaders* e meninas da equipe de dança, todos eles agora me olham com uma curiosidade e uma suspeita especiais. Não via nenhum deles desde a formatura.

Lembro-me de Kaycee pintada nas cores da escola, de pé e tremendo, piscando para o sol, enquanto as meninas começavam a cair como uma onda.

Ela deve ter ficado solitária, embora seja estranho pensar nela desse jeito. Kaycee sempre parecia ter tudo, mas, pensando bem agora, não tinha grande coisa: a mãe foi embora, não tinha dinheiro, e o pai em sua sex shop e passando o fim de semana inteiro no bar.

Era Kaycee que sonhava em fazer a escola de artes ou *qualquer coisa* além de se casar e ficar aqui para ter filhos e recomeçar o ciclo todo de novo. Mesmo quando criança, ela falava de todos os lugares a que um dia iria, inventando metade deles. De certo modo, o que surpreende não é ela ter fugido, mas talvez que tenha esperado tanto tempo.

— Eu não acredito. — Uma estranha sai do grupo aos empurrões, oscilando em saltos que já seriam perigosos se ela estivesse sóbria. — Abby. Merda. Williams. Puta merda. É sério, não acreditei quando Misha me contou que você havia voltado.

Ela oscila onde está, balançando a cabeça como se esperasse que isso ajudasse a focalizar. Mas seus olhos ficam escapando dos meus, caindo em algum lugar acima do meu ombro. E não tenho a menor ideia de quem ela seja.

— Você não se lembra de mim. — Suas palavras se arrastam para o riso. Ela oscila para Brent, derrama parte da bebida, e assim ele precisa recuar rapidamente para não se molhar. — Ela não se lembra de mim? É porque eu engordei. — Depois, volta a mim, roendo a borda do copo, de súbito parecendo uma criança. — Não é? É porque estou gorda.

— É claro que me lembro de você — digo rapidamente.

— Então, qual é o meu nome? — Ela cambaleia um pouco, recupera o equilíbrio e sorri vagamente para mim.

Brent se intromete antes que eu precise responder:

— Vamos lá, Annie. Vou pegar uma água para você.

Agora, enfim, reconheço Annie Baum. A antiga líder das animadoras de torcida, antes mignon e musculosa, está mole da bebida e da velhice precoce.

Ela se desvencilha de Brent assim que ele a segura pelo braço.

— Não toque em mim — diz rispidamente. Mas quando Brent levanta as mãos, em um pedido de desculpas mudo, ela volta a ficar animada. — É uma festa, não é? Então, vamos festejar.

Annie desperdiça mais álcool do que coloca no copo. Antes que eu consiga impedi-la, ela meteu uma dose em minha mão. O líquido já está transpirando pelo copo de papel fino, como aqueles que a gente vê em consultórios de dentistas.

— E você, Brent? Uma bebida, pelos velhos tempos? — Annie parece achar esta ideia hilarante e diz: — Velhos amigos, velhas lembranças, velhos. Agora nós somos velhos.

Antes que ela possa beber, Misha se materializa, quase arrancando o copo da mão de Annie.

— Você precisa pegar leve — diz ela suavemente. Por um segundo, Annie dá a impressão de que vai discutir.

Mas, no fim, limita-se a dar de ombros e se vira de novo para mim.

— Ela sempre pôde me dizer o que fazer — diz Annie. — As duas. — Suponho que ela esteja se referindo a Kaycee também. Depois, ela gira abruptamente para o grupo.

— Três vezes em uma semana! Mas não é muita sorte minha? — Misha consegue se equilibrar entre o sincero e o sarcástico. Bate seu copo no meu. — Saúde. Vamos lá. Você merece isso.

Merecer... talvez. Certamente preciso. Quase nunca tomo destilados puros, e fico agradecida, pelo menos, por Annie ter me servido uísque e não rum. Ainda assim, é bebida barata, e desce queimando.

Brent deve notar minha careta, porque ri.

— Vou preparar uma bebida de verdade para você. Não... não me diga. — Ele finge me avaliar. — Vejamos. Vodca com suco? Não. Doce demais. Não pode ser gim. Suburbano demais.

— Acha que pode adivinhar?

— Eu não *acho*. *Sei* que posso. — Ele sustenta meu olhar por um segundo a mais do que o necessário antes de se virar para Misha. — Quer alguma coisa? Uma gim-tônica?

O sorriso dela endurece.

— Gim com água com gás — ela o corrige.

— Já está saindo. Não tente competir com essa aqui. — Ele se vira para mim e aponta na direção de Misha com a cabeça. — Ela vai te afogar no copo. Ou na represa, já que estamos aqui.

Ele fala isso com leveza, mas, por algum motivo, Misha se retrai. Uma vez, eu disse à minha mãe que queria ser uma sereia, e ela me falou que as sereias de verdade eram as almas afogadas de mulheres de coração partido; não sei por que me lembro disso agora. Pisco como se isso me ajudasse a me livrar da lembrança.

Brent se vira e abre caminho para o bar improvisado: várias garrafas de bebida e coqueteleiras espalhadas em uma manta. Já posso sentir o uísque fazendo seu trabalho, espalhando o calor no meu peito, suavizando o brilho do fogo. Esta noite, Misha está mais parecida com a Misha de que me lembro, de jeans e uma camiseta dos Barrens Tigers.

— Brent ficou tão preocupado que você não viesse — diz ela animadamente, sem preâmbulos. — Eu disse a ele que você não perderia a oportunidade de reviver os dias de glória. Não é para isso que serve voltar para casa?

Sinto que ela me observa, procurando uma reação — mas que tipo de reação, não sei. Ocorre-me que Misha nunca teve namorado na escola. Tinha muitos *casos* — mas não um namorado. Pergunto-me se ela invejava o que tinha Kaycee. Outra pergunta que nunca farei a ela.

— Talvez para alguns. Em meus dias de glória, eu nunca teria sido convidada. E eles não foram tão gloriosos. Mas certamente você se lembra.

É um golpe baixo, mas, olha só, pelo menos agora estamos quites.

Mas quando Misha diz "Eu mereço essa" faz com que eu deseje não ter dito nada.

Passo os olhos pelo grupo, e me ocorre que não vejo Cora Allen. Antigamente, ela era grudada em Misha feito uma sombra.

— Você nunca mais viu Cora? — pergunto, em parte para mudar de assunto.

Misha tenta compor uma expressão preocupada. De algum modo, porém, não lhe cai muito bem.

— Ela não vem — diz ela de um jeito conciso. Depois: — Sinceramente, ela está toda ferrada. Drogas.

Antes que eu possa lhe perguntar mais alguma coisa, Brent retorna, equilibrando três copos. Passa um deles a Misha, e me oferece o meu com um floreio.

— Saúde.

Dou uma farejada experimental.

— Vodca com água gasosa?

— Adivinhei certo?

— Pergunta espinhosa. — Não posso deixar de sorrir. Ele parece tão satisfeito consigo mesmo. — Eu bebo de tudo.

— Melhor ainda. Desse jeito, eu sempre vou acertar. — Ele bate o copo no meu e sustenta meu olhar enquanto bebemos. Quando penso em incluir Misha, ela já desapareceu.

As coisas estão se toldando, e meu corpo parece aquecido e solto, como se a mola que o mantém reagindo a meu cérebro aos poucos começasse a se desenrolar.

— Epa, calma aí — diz Brent, e me segura quando tropeço em um tronco meio enterrado na relva.

— Não estou bêbada — digo.

— Não estou julgando — responde ele, e me puxa para mais perto. Percebo seu cinto em minha barriga. Afasto-me porque agora o mundo roda.

— Lembra-se de Dave Condor? — pergunto antes que possa pensar melhor.

— Claro — diz Brent, mas vira a cara. — Ele ainda está por aqui. Trabalha na loja de bebidas. Uma vez um doidão, sempre um doidão. — Ele puxa o colarinho da camisa. — Por quê?

— Só curiosidade — tento minimizar. — Eu me encontrei com ele, é só isso.

— Mantenha distância. — A voz de Brent parece vir de muito longe. — Ele não é um cara em quem você vai querer esbarrar.

— O que aconteceu com ele na escola? Por que você e seus amigos caíram em cima dele?

Os olhos azuis dele se fixam nos meus de novo, é difícil interpretar no escuro.

— Lembra-se de Becky Sarinelli? — pergunta ele. — É por isso.

De todas as coisas que ele podia ter dito, esta talvez seja a menos esperada.

— Foi Condor que distribuiu as fotos dela?

Brent negou com a cabeça.

— Foi ele quem as tirou.

O TEMPO SE RECORTA em farrapos. As horas se fragmentam em imagens de corte rápido:

Estou sentada no chão com os braços de Brent me envolvendo, de frente para o fogo, rindo sem saber por quê.

— Hoje você pegou *pesado*. — A voz de Brent chega sinuosa por minha névoa. — Gosto disso.

— Gosto disso — repito e rio. Estou ferrada. Fui longe demais para esconder. Encosto-me no peito de Brent, que é tão sólido e quente. E é confortável. Brent vira meu queixo para ele a fim de me perguntar alguma coisa; depois, estamos encostados um no outro. Nos beijando. Mas estou bêbada demais para saber se gosto ou não.

Eu me afasto. Os olhos de Brent têm uma expressão que não consigo entender.

— Não é estranho? — pergunto. — Estamos nos beijando. Pensei que nos beijamos na escola, e esse tempo todo não tive certeza, e estamos nos beijando agora, e nem mesmo sei se eu inventei.

— Eu queria. Queria muito beijar você na escola — sussurra Brent. Isso quer dizer que ele beijou ou não?

Minha mente desliza para Dave Condor, sua boca quente em minha pele...

Escuro. Luz. Escuro. Luz.

As coxas de Becky Sarinelli brilhando no flash.

O riso da multidão na arquibancada. Sua foto esvoaçando para mim. Depois:

Os rostos em volta do fogo não são mais conhecidos: são enormes, inchados como balões. A voz de Brent, em algum lugar ao fundo, falando incessantemente. Ele não cala a boca.

Estou dormindo. Isto é um sonho. Deito-me, mas o chão não para de se mexer. É como se eu estivesse num barco. Tento abrir os olhos.

— Você está bem — diz a voz de Brent. — Está tudo bem. — Sua voz é uma coisa separada. Ouvi-la me deixa cansada. E sonolenta.

Não. Espere. Tem algo errado.

Tento me sentar. O tempo é espesso e lento, como um gel transparente. Pergunto-me se fui drogada, mas a ideia em si parece irreal, como algo que apenas sonhei. E então, me lembro: o Valium e tanta bebida que perdi a conta. Nem mesmo procurei ver quanto havia em cada comprimido.

A praia está vazia. A fogueira desapareceu. Não se apagou; sumiu. Não há vestígio dela na praia, nenhum monte de toras queimadas, nem fumaça.

E então: um grito. Olho em volta. Tem uma forma escura na água. Um barco a remo. Conheço essa voz.

Kaycee.

Levanto-me, trôpega. Minha cabeça parece uma bola de boliche prestes a rolar do pescoço.

Ela afundou, ela afundou.

Ela não vai ficar no fundo.

Fachos de lanterna entrecruzam a água e vejo Kaycee, seu lindo cabelo aberto em leque sobre a água, a boca distorcida em um grito.

Não. Espere. Kaycee, não. Kaycee fugiu.

Mas alguém *está* na água. Uma mulher. Não – mais de uma. Uma delas pede socorro aos gritos...

Tento gritar, mas não consigo. Minha visão se divide e se recompõe como um caleidoscópio.

Precisamos ter certeza...

Ela não está respirando...

Precisamos ter certeza de que ela não está respirando...

A confusão e o pavor entram em guerra dentro de mim. Oscilo, de pé. Meus braços e pernas parecem de chumbo. Tento gritar, mas minha voz lasca o crânio. Estou de joelhos de novo.

Os gritos da mulher ecoam pela represa. Ela vai se afogar.

Eles vão afogá-la.

A escuridão borbulha à minha volta, e quando abro a boca para gritar de novo, um terror molhado se precipita para meus pulmões como água e me puxa para baixo.

Capítulo Quatorze

O sono é um cobertor pesado que descasco lentamente, saindo de baixo de uma névoa sufocante. Fico assim por um momento, suspensa entre o sono e vigília. Por um segundo, não sei onde estou. Tudo é desconhecido, até a mala que derrama o seu conteúdo no canto.

Sento-me e uma dor de cabeça furiosa ganha vida; meu corpo está rígido, o coração palpita, a boca parece algodão, e sinto tanta náusea que preciso fechar os olhos e esperar que o quarto pare de girar. Já tive outras ressacas, mas esta é diferente: é como se a ressaca estivesse em tudo, até em minha pele.

Enfim, o mundo se encaixa: a mala é minha, o carpete manchado e a mobília instável se redesenham na silhueta de minha casa alugada. O sol entra oblíquo e com força pelas janelas – devem ser dez horas ou mais tarde. Meus pés estão me matando; eles sangram. Devo tê-los cortado em alguma coisa, talvez cascalho ou caco de vidro. Riscos vermelhos nos lençóis mostram-me que corri dormindo.

Tento voltar pelas horas, refazer meus movimentos, mas só o que consigo é um pânico que domina as lembranças. O que aconteceu?

Pense.

Minha blusa está amarrotada e úmida, e tem cheiro de suor. O jeans – o mesmo da noite passada – belisca em mil lugares e está cobertos de terra e areia. Minhas botas sumiram. Ao lado da cama, há um par de sapatilhas cor-de-rosa e sujas que não reconheço.

Pense. Respire. Procure se lembrar.

Um salto no tempo; Brent aninhando meus pés no colo, perguntando se dói, e cacos de garrafas de cerveja brilhando esmeralda em um fogo moribundo.

A praia. A festa na fogueira. Será que Brent me trouxe para casa ontem à noite?

Um soco repentino de náusea e vou cambaleando ao banheiro, mal conseguindo chegar a tempo à privada para vomitar principalmente bile. Sinto-me um pouco melhor, mas só um pouco, e é fugaz. Foi o Valium que fez isso – isto, e ter bebido rápido demais, continuando a beber mesmo quando as coisas ficaram aquosas e distorcidas.

Por que fiz isso? Nunca fui de tomar comprimidos, pelo menos não desde um flerte com Adderall em meu primeiro ano no CTDA que me colocou em terapia e quase me fez perder o emprego. Ainda assim, já tomei Valium, mas nunca teve o efeito da noite passada: como uma serra no cérebro, eliminando tudo que é importante.

Por que não consigo me lembrar?

Pense.

No início, a água do chuveiro sai gelada, enquanto tiro a calcinha e o sutiã, jogando as roupas sujas e emboladas no chão. Arquejo no frio, e o choque desloca outra lembrança: os lábios de Brent, frios e com gosto de musgo, como a represa. Gritando.

Segure-a firme. Segure-a firme. Estou segurando os pulsos dela...

Não. Não pode ser isso. Esta é uma lembrança antiga – de meu pai tentando fazer minha mãe engolir os comprimidos que ela recusava. *Segure-a*, ele me disse. *Segure-a firme.* Agarrei seus pulsos, e parecia que tudo se reduzia a ossos enquanto ele abria seu maxilar à força, metendo os dedos pela garganta de tal modo que ela não conseguiu fazer nada senão engolir.

Esfrego o sabonete com força em todo o corpo – entre os dedos dos pés, por baixo das unhas, entre as pernas. Passo xampu no cabelo e enxáguo, e passo xampu de novo.

Ainda assim, a ansiedade e o pânico permanecem.

Abro a água para esfriar ao máximo, fecho os olhos e fico tremendo ali pelo tempo que consigo suportar. As imagens sobem e descem como cubos de gelo na superfície: o balanço de um barco na água como uma mãe ninando um bebê; alguém dizendo: "Você não devia ter vindo", garrafas de cerveja voando em arco na água, atiradas por mãos que não pertencem a ninguém que eu consiga ver.

Não. Sem dúvida há alguém gritando. *Não. Pare. Não.*

SÁBADO. UMA HORA DA TARDE.

Sem o restante da equipe, nossa sede improvisada, vista mais atentamente, se assemelha à sua vida anterior de celeiro em funcionamento. Vaga pelo ar o cheiro de feno, madeira antiga que foi molhada e secou um milhão de vezes, e grãos de milho. Do lado de fora, corvos grasnam nos campos, e o motor de um trator é ligado.

Eu tinha esperanças de que o trabalho ajudasse a me concentrar e me levasse de volta ao que quer que seja que eu esqueci — sobre Kaycee, o que aconteceu ontem à noite e a represa. Mas as lembranças de Brent, puxando-me para perto enquanto a fumaça se enroscava à nossa volta, insistem em interferir. Brent apertando a boca na minha. Vozes rindo e brincando ao fundo, e o bater suave da água do lago na margem de seixos.

Depois de minha terceira xícara de café e do sétimo Advil, minha dor de cabeça enfim cede, assim como a ressaca — afugentada para o inferno, ou para o lugar de onde vêm as ressacas.

O trabalho sempre me deixou centrada, especialmente na fase inicial: a pesquisa, a leitura, as anotações. É como desfazer uma trança composta de mil fios e prender cada um em seu lugar.

Quando a Optimal chamava-se Associated Polymer e tinha sede no Tennessee, a empresa fechou um acordo com relação a uma queixa feita por um grupo de duzentos litigantes que alegavam que os dejetos da fábrica provocavam odores desagradáveis, irritações cutâneas e cefaleias. Infelizmente, como o caso nunca chegou ao tribunal, as informações públicas são limitadas. Mas ainda é razoável pensar que, se eles fizeram um acordo, é porque sabiam que as alegações eram válidas. Por que outro motivo seria?

Mesmo que Kaycee, Misha, Cora e Annie tenham fingido envenenamento, ter os mesmos sintomas dos queixosos do Tennessee porque esperavam conseguir indenizações, também é razoável pensar que elas, inconscientemente, podem ter chegado à verdade. Se você jogar um dardo por vezes suficientes, vai acabar acertando na mosca.

Mas cinco anos de auditorias de segurança e registros públicos não produzem nada: a Optimal jamais levou uma multa. Desde o início, só o que fizeram o prefeito e a câmara de vereadores da cidade, de oito pessoas, foi aparecer na Optimal sebosos e cheios de mesuras.

Antes da Optimal Plastics, a cidade estava à beira do colapso. A grande maioria dos moradores já passara dos 75 anos, não trabalhava, era inválida, ou não estava em condições de se mudar. A Optimal trouxe os empregos e os jovens de volta a Barrens. Ajudou a reconstruir a escola depois dos danos sofridos numa forte tempestade. Despejava o dinheiro em estradas e infraestrutura. Inspirou novos negócios, nova construção imobiliária, uma nova vida.

Mas é possível que a empresa tenha feito isso à custa dos mais pobres, aqueles que sempre sofrem o pior: as pessoas que moram mais perto da represa, ou agricultores como Gallagher, que dependem do abastecimento público de água para seu sustento.

Mesmo que a gente descubra algo sobre a Optimal, o litígio será um pesadelo – é como perseguir o garoto mais popular da escola por roubar dinheiro da caixa de esmolas da igreja. A Optimal vem se ocupando de cortejar os moradores e os políticos do estado cadeia acima. As contribuições, senão as quantias, são exibidas com orgulho na página de patrocínio corporativo da empresa, abaixo da Liga Juvenil de Beisebol de Barrens e do Fundo de Assistência Médica para os Veteranos.

Desencavo uma antiga entrevista com um sujeito de nome Aaron Pulaski, o antigo promotor do condado de Monroe. A entrevista, publicada por um jornal regional com uma circulação de talvez alguns milhares de exemplares, quando tem sorte, concentra-se na determinação de Pulaski de eliminar interesses comerciais corruptos do condado e se certificar de que os dólares de impostos de Indiana estivessem voltando para negócios na própria cidade.

Ele fala na Optimal, citando-a nominalmente – não por violações ambientais, mas por infringir leis trabalhistas e por contratar principalmente trabalhadores estrangeiros em seus centros de distribuição pelo nordeste do país.

Ainda assim, já é alguma coisa.

Mas se o escritório dele fez alguma investigação ela desapareceu no ralo on-line. Isso me incomoda. É prática padrão do gabinete do promotor do condado anunciar investigações criminais contra importantes figuras públicas – ou contra grandes empresas. E anunciar alto e bom som.

Uma ideia toma forma.

Pontos fracos.

Depois de cavar mais um pouco, tomo conhecimento de que só seis meses atrás Aaron Pulaski saiu do gabinete da promotoria do condado para ocupar um assento na Assembleia Legislativa do estado, concorrendo com uma plataforma anticorrupção e antiestablishment que lhe garantiu facilmente a eleição. E embora Pulaski não apareça na lista de doações corporativas da Optimal, uma visita rápida à seção de transparência financeira do legislativo estadual de Indiana confirma minhas suspeitas.

Só alguns meses depois de Pulaski ter sido citado em um jornal dizendo que investigaria a Optimal por violações trabalhistas e alguns curtos meses antes de ele conseguir uma vaga no legislativo, a Associated Polymer, empresa-mãe da Optimal, preencheu um cheque de 100 mil dólares para sua campanha.

Um suborno.

Tinha que ser.

Mais importante, porém: um jeito de entrar. Vamos precisar de ajuda, de sorte e de um tribunal regional verdadeiramente simpático. Mas a Optimal pode entregar suas finanças para nós antes mesmo de entrarmos com a ação, se a alternativa for denunciá-los em um caso criminal.

É um tiro no escuro – mas pelo menos é um tiro. Enfim. *Alguma coisa.*

Todo o meu corpo zumbe com *alguma coisa alguma coisa alguma coisa,* quando Joe abre a porta com o ombro. Quase tinha me esquecido da dúvida ranheta que me perseguiu a manhã toda, aquela coisa terrível que aconteceu na festa em volta da fogueira.

– É sábado. – Joe sorri para mim.

– Exatamente. O que você está fazendo aqui? Não conseguiu resistir à cena social de Barrens? – Uma brincadeira – até eu perceber, por seu sorriso de quem acabou de transar, que ele provavelmente passou o dia com Raj. Joe não consegue se limitar a transas de uma noite só. O sexo sempre se desdobra em encontros para um *brunch*, idas à feira de produtores rurais locais e porres de Netflix nas noites de sábado no sofá. Joe é uma daquelas pessoas que pode ficar cercada de gente o tempo todo. Ele não precisa da solidão para recarregar, como eu.

Ele é tranquilo e maleável, e pode se sentir em casa aonde quer que vá.

Alguns de nós ficam deslocados até quando *estão* em casa.

— Imaginei que eu teria possibilidades melhores fazendo o porta a porta no sábado. — Ele meneia a cabeça. — Mas parece que nós já abusamos das boas-vindas que tivemos.

— Como assim?

— A maioria das pessoas nem mesmo abre a droga da porta. Pelo visto, não estão acostumados a um viado negro aparecendo em um fim de semana! Um babaca... Paul Jennings, será? Ou Peter?... Veio à porta com uma espingarda. Não estou brincando. Ele se desculpou, e disse que estava nervoso porque a mulher não voltou para casa na noite anterior. Eu também não voltaria, se fosse casado com ele. Depois, uma mulher chamada Joanne Farley tentou me convencer de que...

— Espere aí. — No fluxo das reclamações que ele despeja em mim, começaram a tocar sinos de alarme. Misha. — O que você disse?

Minha pulsação é tão acelerada nos ouvidos que perco a resposta de Joe.

— Mais importante – ele está dizendo –, o cara bateu a porta de tela na minha cara... minha gravata quase não consegue sair viva. E ainda falam da hospitalidade das cidades pequenas. — Ele para quando vê minha expressão. — Você está bem?

Errado, errado, errado.

Por dentro, o medo se aguça.

Misha Jennings não voltou para casa ontem à noite.

Mas eu voltei.

Com a sapatilha cor-de-rosa dela.

Capítulo Quinze

Brent mora do outro lado da cidade, depois da loja Westlink Fertilizer & Feed e do novo centro comunitário em construção, após a área mais nova que tem sido erguida para acomodar o que Barrens considera uma explosão populacional. Dez anos atrás, isto era uma área rural aberta, e agora é repleta de novas e modernas construções encaixadas em terrenos planos como panquecas. As casas são maiores e refinadas para os padrões de Barrens: dois andares, gramados generosos, entradas para carro em formato de U.

Brent abre a porta quase de imediato. Mesmo de chinelo e jeans, ele parece composto, descansado e sem ressaca nenhuma. Fica parado ali como se a campainha o tivesse invocado de algum catálogo da J. Crew.

— Oi, Abby. Você sobreviveu. — Ele sorri para mim, mas não com rapidez suficiente... por uma fração de segundo, pensei tê-lo visto estremecer. Penso novamente no corpo na água... um pesadelo. Tem que ser. Certamente, se aconteceu alguma coisa ruim, se algo deu pavorosamente errado na festa, haveria sinais disto: caos, tensão, talvez até a polícia.

A não ser que eu seja a única que saiba.

— O que aconteceu ontem à noite? — pergunto a ele. Minha voz parece distante, como se saísse da garganta de outra pessoa.

— O que *não* aconteceu? — Ele abre um pouco mais a porta. — Acho que vou dispensar a vodca pelo resto da vida. Entre.

Sua tranquilidade, sua sedução, o modo como seus olhos faíscam: tudo isso me confunde. O hall de entrada é limpo. Cheio de luz. Tênis de corrida arrumados e atados perto da porta, uma chave pendurada em um gancho na parede, abaixo de fotos emolduradas de Brent em várias fases da vida: Brent pescando trutas com o pai, Brent preparado com seu uniforme de futebol mostrando o polegar para a câmera, Brent levando uma cabeçada de um cara de cabelos crespos vestido num terno chamativo contra o pano de fundo do milharal.

— Não me lembro de chegar em casa — digo. Eu pretendia perguntar diretamente a respeito de Misha, mas o medo fecha minha garganta. Brent fala antes que eu consiga:

— Sério? Você nem mesmo estava torta. — Ele me sorri por cima do ombro: uma expressão de matar de que me lembro da escola, embora na época nunca fosse dirigida a mim. — Erickson deu uma carona a nós dois. Ele estava com uma picape. Perguntei se você queria ajuda para entrar, mas você parecia saber o que fazia.

Foi um alívio pequeno. Detesto a ideia de Brent vendo todas as minhas roupas esparramadas para fora da mala, minha bagunça na cozinha, a cama desfeita. Esse nível de vulnerabilidade é quase insuportável.

— Por aqui. — Brent gesticula para que eu o acompanhe. Vejo as cores neutras de sua casa, as linhas organizadas e o leve cheiro medicinal do ar-condicionado. É uma casa de adulto, mais bonita até do que o meu apartamento em Chicago, que só parece limpo porque não tem quase nada. — Misha está nos fundos.

— Misha...?

— É. Foi uma noite difícil. Ficamos cuidando de Annie até as quatro da manhã. Então, Misha precisou dormir aqui. — Vendo a confusão em meu rosto, ele acrescenta: — Annie quase se afogou ontem à noite. Não se lembra?

— As coisas estão muito nebulosas. — Para dizer o mínimo.

Todo o rosto de Brent fica sombrio. Ele quase nunca é tão sério e, por uma fração de segundo, parece uma pessoa diferente.

— Ela meteu na cabeça que ia nadar. Mas estava bêbada demais para conseguir voltar à margem. Misha foi uma heroína. Correu direto para a represa.

Annie. Misha. A mulher pedindo socorro aos gritos. O alívio me domina. Eu estava totalmente enganada — Misha tentava ajudar Annie, e não feri-la.

— Annie precisa parar de beber. Mas já tentamos conversar com ela mil vezes...

Brent me leva ao pátio telado. Ali, sentada no sofá com um roupão que escorrega do ombro, está Misha Jennings.

— Abby. Oi. — Ela parece cansada e, enquanto se recupera rapidamente, por um momento parece irritada com minha presença. — Como você está se aguentando?

— Melhor do que Annie — respondi.

Ela suspira.

— Brent a levou para casa agora há pouco. — Apesar de serem quase seis horas, ela está de roupão de banho e tem uma toalha formando um turbante no cabelo. Ela deve saber o que estou pensando (Misha e Brent, juntos aqui, ambos de cabelo molhado), porque inconscientemente fecha um pouco mais o roupão. — Finalmente tomei um banho. Na verdade, me sinto humana de novo.

— Sente-se. — Mas Brent não se senta, mesmo quando me coloco desajeitada na beira de uma das poltronas, desejando quase de imediato não ter feito isso. — Quer um refrigerante ou coisa assim? Eu lhe ofereceria uma bebida, mas se um dia eu voltar a tocar em algo, dê um tiro em mim.

— Tranquilizante, se você tiver — digo. Brent ri primeiro. Depois, Misha se junta a ele. Acrescento rapidamente: — Estou brincando.

— Espero que a gente não tenha assustado você para sempre. — Misha curva-se e coloca a mão em meu joelho. Vejo de imediato que duas unhas dela estão quebradas. — Que bom que você foi ontem à noite. Você se divertiu?

— Pelo que consigo me lembrar — digo com cautela, mas não sei por que ainda me sinto intranquila. — Soube que seu marido está preocupado porque você não foi para casa na noite passada.

Os olhos de Misha se voltam rapidamente para Brent. Uma comunicação muda acontece entre eles. Estou surpresa por sentir certo ciúme. Não deles, exatamente, mas da intimidade tranquila, de como estão brincando de casinha. Como Joe passando uma manhã de sábado indolente com Raj. Parece que todo mundo, menos eu, consegue tropeçar e cair em relacionamentos confortáveis.

Pela primeira vez me ocorre que talvez Barrens não seja podre. Talvez o problema seja eu. Talvez o problema tenha sido eu o tempo todo.

— Peter e eu brigamos, e, bem... eu não estava exatamente sóbria — diz ela com cautela. — Brent me fez a gentileza de oferecer o sofá. — Ela enfatiza muito levemente a última palavra. — Às vezes, Peter e eu brigamos como cães raivosos. Provavelmente a culpa é minha...

— Não é culpa sua — diz Brent em voz baixa. Ele se senta e coloca a mão na perna dela. Isso me incomoda; fico envergonhada de sentir tão pouca solidariedade por ela. Ela parece perturbada — e muito mais nova sem maquiagem nenhuma —, mas ainda assim sinto que está fingindo.

— Você deve achar que estou um trapo — diz Misha. Não sei se ela fala comigo ou com Brent, mas ele aperta mais uma vez seu joelho.

E então Brent se vira para mim.

— Eu disse a ela para não se casar com Peter. — Ainda tem a mão no joelho de Misha. — Ela nunca me deu ouvidos.

Misha puxa o ar, rindo. Mas, quando olha novamente, está enxugando uma lágrima com as costas da mão.

— Mentira — diz ela, meio rindo, meio chorando. — Eu sempre dou ouvidos a você.

De repente percebo o que me incomoda na pose deles: eu já vi isso. No último ano, dei com Misha e Brent sentados juntos em um grupo de árvores atrás do prédio da direção, onde às vezes eu ia almoçar, em vez de enfrentar o refeitório. O Vale, como chamavam — os fumantes iam ali para ficar chapados entre as aulas, e alguém até armou uma mesa antiga e uma cadeira entre os troncos caídos para servir de mobília. Mas, ao meio-dia, costumava ficar deserto.

Não naquele dia. Enquanto eu andava pelo mato, lembro-me de ver Brent e Misha exatamente assim. A mão dele estava no joelho dela. Ela dava a impressão de quem ia chorar. Mas, quando me viu, sua expressão se transformou instantaneamente em um ódio convincente.

Está espionando a gente, pervertida?, ela cuspiu.

Deixa a garota em paz, Misha, disse Brent. E depois: *Ela não escutou nada*.

Só agora me ocorre que foi uma coisa estranha de dizer.

— Desculpe — diz Misha. Mais uma vez, algo mudou: uma corrente invisível, uma comunicação entre eles que não ouvi. — Meu Deus, nem imagino o que você pensa de nós. Você deve estar morrendo de vontade de voltar para Chicago.

— Só estou feliz de ver que estão todos bem. Ontem à noite, eu pensei... — Interrompo-me. Não consigo entender por que fiquei tão assustada. E então, percebo que Brent e Misha me olham, esperando que eu continue. — Eu só... em geral não fico tão bêbada assim. Não é do meu feitio. Quando acordei e percebi que estava com suas sapatilhas...

Isso finalmente arranca um sorriso dela.

— Ah, graças a Deus — diz ela. — Acho que nós trocamos. Pensei que as tivesse perdido quando fui atrás de Annie.

— E *você* está bem? — Brent estreita os olhos para mim. — Quer uma água ou outra coisa?

— Não. Estou bem. — Mas me levanto com rapidez excessiva, e uma queda de pressão na cabeça escurece a visão.

— "Na verdade, *vou* aceitar a água. Não se levante", digo, quando ele começa a se colocar de pé. "Eu mesma posso pegar."

Na cozinha, lavo as mãos, usando o que resta do sabonete líquido de Brent. Conto minha respiração, ouvindo o murmúrio da conversa em outro cômodo. Mas as palavras dele estão abafadas demais para serem distinguidas.

Aqui também é tudo limpo, imaculado, quase sem uso. Brent instalou um purificador de água, mas sua pia está inteiramente seca, e me pergunto se algum dia ele abriu a torneira. Curiosa, abro a geladeira: as duas primeiras prateleiras estão apinhadas de engradados de água mineral.

— O que sobrou de um piquenique corporativo na semana passada. Devia ver todo o Sprite que guardei na garagem.

Giro o corpo ao ouvir a voz dele, fechando a porta da geladeira; não tinha notado que ele me seguira até a cozinha. Mas se percebe meu desconforto não aparenta.

— Se quiser gelo, está na porta — oferece ele animadamente.

— Só a água já está bom — digo.

Ele vai ao armário, pega dois copos e enche com água da torneira. Bebe a dele e me observa atentamente enquanto eu bebo, como se minha reação fosse provocar um fim definitivo à nossa investigação. O sabor da água é bom.

A porta da geladeira de Brent é tomada de ímãs, e noto, antes de sairmos da cozinha, que um deles tem o nome de Aaron Pulaski. Ele percebe que eu vejo.

— Um cara da cidade — diz ele. — Ou o máximo possível da cidade. Ele veio de Hanover. Trabalhei um pouco na campanha dele. — Ele fala com bastante despreocupação, mas tenho certeza de que a nova tensão em sua postura não é imaginação minha. — Pensei que ele faria algum bem ao distrito. Por acaso é tão incompetente quanto o resto do bando. — Ele dá de ombros. — Ah, bem. Todos nós cometemos erros, não é verdade?

— É claro que sim — digo. Quando ele me dá as costas, coloco furtivamente o ímã no bolso. *Pontos fracos.*

Capítulo Dezesseis

Na segunda de manhã, Joe e eu montamos uma estratégia. Temos uma só chance em mil de que um tribunal regional aceite como provas nossas suspeitas frouxas, mas só precisamos entrar com o processo – e torcer para que a Optimal seja pressionada pelo susto e nos dê provas *de verdade*.

Só podemos marcar uma hora no tribunal na quarta-feira à tarde, o que me dá alguns dias para montar um quadro coeso e procurar o gabinete de um promotor disposto a trabalhar com o lado criminal da investigação.

Flora e Portland foram receber os técnicos de laboratório da LTA; eles chegaram a tirar amostras da represa e das instalações de filtragem que a alimentam, e quero ter certeza de que ninguém os incomode enquanto trabalham. Talvez seja paranoia minha, mas, como a Optimal tem tentáculos compridos e estes se agarram a Barrens, já posso ver alguns moradores tentando enxotá-los com forcados – ou, mais provavelmente, uma calibre 22.

Mandei uma mensagem ao gabinete do promotor do condado onde Aaron Pulaski trabalhou até recentemente, e gastei algumas horas pesquisando a bioacumulação de uma variedade de metais pesados, detalhando as evidências encontradas em plantas e mudas – pelo menos sabemos que a folhagem não pode ser paga para guardar silêncio.

Pouco antes do almoço, meu telefone tocou, e uma mulher com uma voz animada, que sugere de imediato que ela veste um terninho, se apresentou como Dani Briggs, assistente do promotor.

— Recebi sua mensagem — diz ela. — Mas infelizmente não podemos ajudar. Houve uma troca de pessoal depois da partida do sr. Pulaski.

Uma habilidade que aprendi como advogada: fazer de um *não* uma oportunidade.

— Por que tanta rotatividade?

Ela hesita só por uma fração de segundo.

— Quando o sr. Agerwal, novo procurador do condado, e membro do Conselho de Promotores de Indiana, assumiu o cargo, prometeu que eliminaria toda a política do sistema judiciário.

— O quê, por exemplo? Suborno? Corrupção? Isto *é* política.

Seu riso é surpreendente — grave, encorpado e tragado com a mesma rapidez com que surge.

— Talvez. Mas não o nosso tipo de política.

— Então, ele expurgou a velha guarda.

— Eu não diria que é um expurgo — diz ela. — Em vista de todas as investigações nos departamentos de polícia e escritórios de promotoria por todo o país, ele sentiu que a promotoria do condado precisava de um recomeço.

É assim que os advogados confessam: chegando perto o bastante da questão para que você possa dar sozinho um pulinho para a verdade.

— O caso é o seguinte: estou procurando uma doação para a campanha do legislativo estadual de Pulaski por uma empresa que ele ameaçou perseguir por violações trabalhistas. Isso parece o tipo de política *dele*?

Outra hesitação momentânea. Agora entendo que o silêncio dela é um código para *sim*.

— Sinceramente, não posso falar sobre isso — diz ela. — O que nossos antecessores fizeram, infelizmente, é uma espécie de caixa-preta. — Talvez ela sinta minha hesitação ao telefone, porque acrescenta: — Dê suas informações de contato. Vou conversar com o sr. Agerwal quando ele voltar.

Baixo a cabeça na mesa, encostando na madeira fria, controlando a pulsação de tantos tipos de informação até que enfim ela bate num ritmo que posso pegar. Será que algo disto me deixa mais perto de entender o que aconteceu com Kaycee? Será que algo disto me deixa mais perto de responder à pergunta que me levou para longe de

Barrens, a Chicago, antes de tudo? Pensei que, se eu pudesse provar que a Optimal estava adoecendo as pessoas, poderia curar Barrens do que a envenenava – e então Barrens finalmente largaria de mim.

Mas agora não tenho tanta certeza.

– Srta. Williams?

Quase fui arrancada de minha pele: Portland voltou, sem fazer ruído nenhum.

– Mas que merda. Precisamos instalar uma campainha em você ou coisa assim. – Depois, noto que ele tem uma expressão muito estranha.

– Você disse que ela estava fingindo – diz ele.

Ele desliza uma foto pela mesa e fico chocada ao reconhecer Kaycee, pintada nas cores da escola. No dia da formatura.

São seus braços que me impressionam primeiro. Eles estão esqueléticos – como os de uma criança. Pode ser um efeito da tinta no corpo dela ou talvez do ângulo, mas as maçãs do rosto são grosseiras, como dois machados que se encontram no meio do rosto. Sua clavícula se destaca do decote. Ela parece... doente. *Muito* doente.

Pode ser a primeira vez que eu verdadeiramente sinto pena de Kaycee Mitchell. Quase estendo a mão para tocar seu rosto, e depois me lembro de que Portland me observa.

– Onde conseguiu isso? – pergunto-lhe.

– Fui à escola – diz ele, com tanta despreocupação que quase estremeço. Não sei por quê, mas me perturba pensar em Portland andando por aqueles corredores familiares demais, é uma prova a mais de que duas partes de minha vida estão desmoronando. – Imaginei que numa cidade pequena a enfermeira provavelmente seria a mesma de uma década atrás. Eu tinha razão.

Foi uma atitude genial. As enfermeiras das escolas públicas não são obrigadas a obedecer a leis de confidencialidade.

– Bem pensado – digo. – Mas como foi que não pensei nisso?

– Kaycee não estava mentindo – disse ele simplesmente.

– As meninas confessaram – digo, mas até *eu* ouço isto como uma pergunta.

– As *outras* meninas confessaram. – Ele fala na mesma cadência tranquila, como se soubesse que está dando uma notícia que não quero ouvir. – Mas ela estava doente. Você pode ver. A enfermeira viu.

Basta ouvir as palavras para ter a impressão do choque forte de uma onda que você esteve observando chegar cada vez mais perto. Tira meu fôlego por um momento. Neste instante eu sei que isto, esta fotografia bem aqui, é todo o motivo para eu ter voltado. Por isso não deixei tudo inteiramente para trás.

Outra Kaycee me vem à mente: a pele cremosa e impecável, a curva de sua boca se rearranjando em um sorriso agressivo – ou de escárnio. Perfeita. De repente, percebo afinal que não *quero* que isso seja verdade. Se for, significa que Kaycee é só outra pessoa que entendi muito mal. Não uma predadora – uma vítima.

FRANK MITCHELL DESISTIU do trailer em que Kaycee foi criada e agora mora a oitocentos metros de sua loja. Só Deus sabe por que me senti compelida a levar Portland – é muito duvidoso que Mitchell vá achar tranquilizadora a visão de um sujeito que parece vocalista de uma banda de indie rock. Talvez eu é que precise ser acalmada.

A porta da garagem do número 217 está entreaberta. Aposto que Frank é um daqueles caras que bebem das cinco à meia-noite. É apenas meio-dia, o que significa que ele pode estar sóbrio o bastante para ser racional, ou com ressaca suficiente para estar irritadiço.

Nós o encontramos recurvado sobre uma moto, as costas ossudas por baixo de uma camiseta branca manchada.

– Sr. Mitchell? – Quando ele se vira, vejo que envelheceu consideravelmente. Rugas amareladas rodeiam seu bigode grisalho. A camiseta é decorada com um rifle de caça e o slogan *Armas não matam pessoas, quem mata sou eu*. – Espero não pegarmos o senhor em uma hora ruim. Abby Williams. Nós conversamos brevemente ao telefone...?

– Eu me lembro. Lembro-me de você daquela época também. – Ele me avalia, corre os olhos por Portland e se volta para sua moto. – Pensei ter dito a você que não tenho nada para falar.

Os anos não abrandaram sua personalidade. Mas ele ainda não nos mandou embora daqui. Isso já é um começo.

– Ainda tenho dificuldades para localizar Kaycee – digo. – Sinceramente acho que seria útil conversar com ela. – A internet não está se mostrando de ajuda nenhuma. Até agora, só o que sei é que ela pode ter se instalado em Nova York ou San Francisco, ou qualquer lugar entre os dois.

— Como eu disse ao telefone, você está batendo na porta errada. Não falo com ela desde que ela fugiu... e ainda por cima, com quinhentos dólares do meu dinheiro. — Ele não levanta a cabeça, só continua trabalhando com o trapo.

— É chegado numa Harley, sr. Mitchell? — pergunta Portland, despreocupadamente estendendo a mão para o capacete preto e fosco que está na bancada ao lado de uma pilha de parafusos.

— Sou — Mitchell cospe. — Entende alguma coisa de moto? — Ele pergunta como se duvidasse muito disso.

Até eu fico surpresa quando Portland dá de ombros.

— Um pouco. Meu pai me ensinou a pilotar quando era criança. Eu tive uma Ultra Classic 2009 customizada. Vendi para ajudar a pagar a faculdade de direito.

Frank Mitchell consegue fazer uma imitação decente de um ser humano normal.

— Uma Ultra Classic, hein? — Ele me olha. — Essas são produzidas para viagens longas... nove, dez horas seguidas. Aposto que ele achou que ia atravessar o país.

Para meu completo choque, Portland concorda com a cabeça e baixa os olhos para o chão, tímido. Frank Mitchell ri.

— Estou trabalhando numa Fat Boy lá atrás. Se quiser, posso te mostrar.

Tomo nota mentalmente para dar um beijo em Portland assim que for possível.

— Posso usar seu banheiro? — solto, com um falso desespero. — Desculpe-me. Tomei dois cafés esta manhã...

Os olhos de Mitchell mal se voltam para o meu lado.

— Pela cozinha, nos fundos.

A porta dos fundos está atulhada de antigas peças de motor. O térreo é compacto e funcional, e contém um quarto pungente do cheiro de suor e álcool velhos; a cozinha zumbe de moscas; e há um banheiro sujo onde a tampa da privada veste uma capa felpuda e cor-de-rosa que combina com o tapete abaixo dela. Pergunto-me brevemente quem escolheu e quando. A voz do sr. Mitchell entra por uma janela parcialmente aberta – branda mas nítida, como se eu estivesse ouvindo um radioamador. Portland consegue que ele continue falando.

O último cômodo é uma espécie de escritório, ou talvez uma descrição melhor seja quarto de guardados. Além de uma mesa e um computador desktop relativamente novo, o cômodo está abarrotado de móveis aleatórios, um emaranhado de luzes de festa, aparelhos eletrônicos antigos, uma torradeira ainda na caixa, pilhas de antigas revistas de caça. Mas nenhum vestígio de Kaycee ali.

Vasculho uma pilha enorme de correspondência antiga que Frank Mitchell amarrou com barbante em um imenso cesto de vime, pensando que talvez ela seja do tipo de escrever cartas. Passo os dedos pelo acordeão de envelopes abertos: ofertas promocionais de revistas de pesca, encartes, páginas arrancadas e lisas com fotos acetinadas de iscas e equipamento de pesca, contas, extratos bancários desbotados e o que parece o cartão de visitas de um parente – o sobrenome "Mitchell" está escrito acima do endereço eviscerado do remetente. Dentro dele, uma saudação fria: OS MELHORES VOTOS EM SEU DIA ESPECIAL. Sem assinatura. Por que ele guardaria todas essas coisas? Propagandas de anos, contas pendentes, cupons promocionais que expiraram há muito tempo.

Talvez, depois de perder a filha, ele não suporte largar mais nada.

Talvez por isso ele odeie Kaycee. Ela não permitiu que ele a mantivesse ao seu lado.

Dou com um envelope liso, ainda fechado. O endereço do remetente é de um guarda-móveis local, a U-Pack. Com um dedo, abro o envelope e retiro uma única folha de papel, dobrada em três. Existe conforto em atravessar esta fronteira. Do lado de fora, um metal bate em um concreto – talvez de propósito, penso, um aviso de Portland.

Passos rangem na varanda. A porta de tela se abre. Minha mão começa a transpirar. Rapidamente localizo a data, e meu peito se aperta: a conta está ativa há exatamente dez anos.

O que quer dizer que Frank Mitchell alugou um depósito só por algumas semanas depois que Kaycee desapareceu.

Memorizo o número de associado e coloco a conta dobrada de volta na bagunça pouco antes de o sr. Mitchell abrir a porta com um empurrão.

— Mas que diabos pensa que está fazendo aqui? — Ele parece inchar. Ou talvez eu encolha, voltando à garotinha que era quando a simples visão dele me fazia atravessar a rua.

— Acho que peguei a porta errada. — Meu sorriso parece pegajoso, como se estivesse congelando pelas bordas.

— Fora daqui. — Sua voz é um rosnado. Agora sua camiseta parece uma ameaça direta. Armas não matam pessoas. Quem mata sou eu. — Agora.

Preciso esbarrar nele para passar, e por um segundo fica em meu caminho, e tenho um lampejo rápido do medo físico, o terror de que não me deixaria sair. Mas no último segundo ele se vira, girando o corpo, dando-me espaço para passar.

Praticamente corro até a porta; só depois de estar na varanda, tomando uma golfada de ar, percebo que estive prendendo a respiração. Como se um monstro estivesse a ponto de me pegar. Como se a casa fosse um cemitério.

Como se eu tivesse medo de despertar os mortos.

Capítulo Dezessete

Ainda não tive notícias do promotor do condado, Dev Agerwal, e, portanto, deixo um recado em seu escritório e, no desespero, mando um e-mail de acompanhamento por um formulário de contato que encontro em seu site. Mas não tenho muitas esperanças. Agerwal tem motivos para ter uma atitude protetora com relação ao seu gabinete, mesmo que ele tenha limpado a casa quando assumiu o cargo.

Saio do trabalho cedo, enquanto Joe está ao telefone, para não ter de fazer uma descrição detalhada de nossa ida à casa de Frank Mitchell – sei que ele pensa que devíamos nos concentrar em desencavar as pessoas que tiveram problemas com a água e estejam dispostas a falar.

A cobertura de nuvens se dissipou, e o céu do anoitecer se transformou em faixas de dourado e castanho avermelhado. Em vez de entrar à direita na County Route 12, que me fará passar pelo Sunny Jay's, onde trabalha Condor, pelo Elks Club e finalmente pelo salão de beleza que esconde atrás minha casa alugada, viro à esquerda. Preciso saber o que Frank Mitchell, cuja casa é quase de um acumulador, deixou em um guarda-móveis só uma semana depois do desaparecimento de Kaycee.

A U-Pack é uma faixa deprimente de construções cingidas de um jeito ineficaz por uma cerca de tela arriada. Eu sempre disse que, se você não toca em alguma coisa há dois anos, não precisa dela. Mas sempre detestei lixo e trambolhos. Não gosto de *coisas* pesando sobre mim. Eu jamais precisaria de um guarda-móveis; na verdade, quando as pessoas que vão à minha casa em Chicago perguntam se acabei de me mudar.

Um sino animado *tilinta* quando abro a porta. O atendente, um homem em seus 60 anos, ergue os olhos de uma revista.

De onde estou, vejo a mancha de nicotina em suas unhas. Sinto o cheiro em seu hálito também.

— Como posso ajudá-la? — Ele consegue dizer como se esperasse ardentemente não poder.

Abro um sorriso.

— Oi, vim por causa de um amigo... Frank Mitchell? — Ele não pisca, não reage de forma alguma ao nome. — Ele está se afogando em coisas, sinceramente se afogando. É um completo acumulador, e simplesmente não consegue se decidir a jogar nenhuma porcaria fora.

— É por isso que estamos aqui — diz ele. Não sei se ele está fazendo piada ou não.

— Hoje em dia ele mal consegue encontrar seu sofá, e é claro que teve que perder a chave da unidade dele. — Estou divagando e sei disso. Menos é mais. — Então, me ofereci para vir pegar uma cópia, e talvez tirar algumas coisas de suas mãos.

Ele meneia a cabeça em negativa.

— Não posso deixar ninguém entrar além do dono. Ele terá que vir pessoalmente, mostrar a identidade e o número de sua conta e pedir uma chave nova.

— Foi exatamente o que eu disse a ele — digo, mostrando uma admiração exagerada, como se tivéssemos chegado juntos à solução para um importante problema da física. — Ele me deu o número de sua conta e me disse para tentar, de todo modo. Tenho o telefone dele também... o senhor pode ligar, se quiser.

O homem olha o telefone em sua mesa como se fosse um rato morto de que ele ainda não se livrou. Prendo a respiração. Enfim, ele apenas balança a cabeça.

— Você disse que tem o número da conta dele?

Recito para ele. Ele se vira para o antigo computador na mesa e passa alguns minutos laboriosos tentando entender o que precisa fazer. Depois, com um forte suspiro, levanta-se e desaparece na sala dos fundos, voltando alguns segundos depois com uma chave. Mas, antes que eu consiga pegá-la no balcão, ele empurra um diário de segurança pesado e com capa de couro para o meu lado.

— Assinatura, data e nome de forma legível — diz ele. — Nome do dono da unidade também.

Só então registro plenamente as câmeras que piscam para nós do teto. E por uma fração de segundo tenho a sensação de despertar abruptamente de um sonho e ver o mundo real se precipitar contra mim.

Mas o que se precipita contra mim agora é a gravidade do que estou fazendo. Não me lembro o bastante do código penal para saber exatamente que lei estou infringindo — falsidade ideológica, talvez, ou furto, mas só se eu retirar alguma coisa —, de uma forma ou de outra, uma violação deste porte pode resultar em minha expulsão da ordem.

Quase deixo a chave onde está. Quase resmungo uma desculpa, viro-me e corro de volta ao carro.

Mas não faço isso. Rabisco um nome falso no registro. A chave — uma nova — é muito pequena, e extremamente leve. Chaves baratas para trancas baratas de um depósito barato cheio de pertences baratos. Uma terra de ninguém de posses: suficientemente descartáveis para serem guardadas longe, mas demasiado amadas, ou pelo menos familiares, para não serem abandonadas. Pergunto-me quantos guarda-móveis são formados de corações partidos e relacionamentos rompidos, pais, irmãos e esposas mortos. Também me pergunto quantos deles são apenas laboratórios de metanfetamina.

Parada de frente para a unidade 34, posso jurar que tem um zumbido baixo irradiando dos longos corredores de metal. E me pergunto se de fato as chaves e trancas pretendem manter em segurança essas antigas lembranças e objetos quebrados — ou se, na realidade, existem para evitar que tudo isso escape.

A UNIDADE ESTÁ repleta de arte.

O espaço do depósito tem aproximadamente 3 metros por 6, mas está tão abarrotado de telas e antigos suprimentos de arte que tenho dificuldade para me espremer ali dentro. Muitas pinturas estão envoltas em lona, fita adesiva e sacos de lixo, enquanto algumas poucas estão expostas. Nem todas foram acabadas, embora seja difícil saber: a imagem do rosto de uma mulher que parece simplesmente explodir ou desaparecer no espaço em branco, embora suas roupas sejam aflitivamente detalhadas. Elas são de Kaycee.

Algumas são melhores do que outras. Mas todas são boas. Posso dizer isso sem entender nada de arte. Ando com o maior cuidado possível, temerosa de tocar ou perturbar alguma coisa. Espio pelos sacos de lixo limpos para desvendar as formas que ela fixou com seu pincel: milharais, o estádio de futebol, até o Donut Hole. Tudo familiar e profundamente comum – entretanto, de algum modo, em seu frenesi de pinceladas e cores, tudo se ilumina com uma beleza estranha e apavorante. O campo de futebol se abre como as mandíbulas de um tubarão para consumir o céu. O Donut Hole brilha contra o crepúsculo, e sua placa lança uma auréola florescente nas nuvens, mas no estacionamento há uma figura deitada em posição fetal.

Há retratos também: reconheço uma jovem Misha em uma tela, com uma sombra dividindo o rosto. A pintura seguinte, distorcida pelo plástico, em princípio parece uma colagem de formas ao acaso. E então descubro um par de olhos bem no fundo da espessura da tela, e outro, e mais outro. É como uma daquelas ilusões visuais em que um vaso está escondido no cabelo de uma mulher – e um milissegundo de quebra-cabeças de formas ao acaso se torna em vez disso uma série de rostos me encarando da tela.

Alguns, enfezados; outros, parecem chorar. Todos eles são Kaycee. É um autorretrato, uma explosão dela – de versões dela – repetindo-se na tela. Uma tem o cabelo cor de sangue. Em todas, suas feições estão obscurecidas, cortadas ou apagadas, algumas imaginadas em espaço negativo.

Mesmo quando éramos pequenas, Kaycee tinha esse dom: podia estudar algo que eu via todo dia, isolá-lo e fazê-lo novo. Eu me esforçava com o desenho linear enquanto ela fazia flores brotarem no papel. Um dia ela passou horas debaixo do sol desenhando o mesmo cogumelo enorme, sem parar, até que ficou satisfeita com o resultado. Quando perguntou se gostei, pedi-lhe para me mostrar o cogumelo verdadeiro que ela esteve olhando o dia todo, mas não havia nenhum. Apenas umas garrafas de cerveja espalhadas no meio do campo.

Era incrível, e me assustava como o seu mundo invisível podia parecer mais vibrante e vivo do que o real. Houve uma época em que eu adorava a sua imaginação e a seguiria para todo lado. Entretanto, mesmo então, detestava o jeito que ela me perguntava coisas que eram fatos óbvios e que estavam bem diante de meus olhos.

De repente, me sinto mal. Eu não deveria estar aqui. Não importa o que o sr. Mitchell diz sobre Kaycee agora, ele a amou e ainda ama. Por que outro motivo teria tanto cuidado para preservar sua arte? As pinturas de Kaycee parecem seres vivos, pedaços de pele e osso presos por baixo de sua cobertura de proteção: mas ainda sangrando, invisíveis, em tudo. Mesmo depois de voltar ao carro, imagino o cheiro da tinta e examino insistentemente os dedos e as roupas, procurando resíduos. A Kaycee transmutada em tinta a óleo é diferente da Kaycee de que me recordo: mais solitária, mais profunda, até desesperada. Lembro-me do que me disse Kaycee naquele dia, quando ela transformou garrafas de cerveja em um cogumelo que parecia brotar do papel. *Seu problema, Abby, é que você não sabe desenhar*, disse ela, do nada. *É que você não sabe ver.*

Começo a pensar que ela estava certa.

Capítulo Dezoito

Na terça de manhã, meu traseiro mal tinha tocado a cadeira quando o telefone toca: um funcionário bem-disposto anuncia que Dev Agerwal, o promotor do condado, está na linha, querendo falar comigo.

Desenrolo a mesma cantilena que dei quando falei com sua assistente Dani Briggs alguns dias antes, e ele ouve com paciência e sem interrupção até que me diz, educadamente, que a srta. Briggs já o havia informado. Gosto dele por isso; é do tipo que adora obter a mesma história de ângulos diferentes, mais jornalista do que advogado.

— Mas não sei de quanta ajuda posso ser — diz ele com cautela, e embora isso seja exatamente o que eu esperava dele, meu peito murcha. — Meu antecessor nunca anunciou uma investigação formal sobre as práticas de negócios da Optimal.

— Mas ele falou nisso em entrevistas — argumento.

— Informalmente, claro. — Ele suspira. — Olha, srta. Williams, construí minha carreira tentando tirar as grandes empresas e instituições financeiras da política local. Infelizmente, porém, grande parte é uma área cinzenta. A Optimal fez um ótimo trabalho toldando os limites. E a corrupção precisa ter provas.

— Só se você pretende processar — digo. — Só precisamos de um motivo para abrir os livros contábeis. Uma intimação seria fácil, mas neste momento o senhor é quem tem mais chances de abrir o caso.

Agerwal fica em silêncio por um tempo. Depois, fala abruptamente:

— Já pensou em falar com Lilian McMann?

Anoto o nome no verso de um recibo do café.

— Nunca ouvi falar dela.

— Talvez ela tenha algumas coisas a lhe dizer sobre a Optimal e sobre a relação da empresa com o... clima político. Ela trabalhou para o DGAI, o Departamento de Gestão Ambiental de Indiana. Era do EQA, o Escritório de Qualidade da Água.

Disso, eu sem dúvida ouvi falar. O DGAI trabalha diretamente com monitores locais *e* federais. É dessas mulheres que eu gosto.

Dev Agerwal desliga depois de pegar meu e-mail, com a promessa de me mandar as informações de contato de Lilian McMann. E, minutos depois, cumpre a promessa.

Na verdade, ele cumpre muito bem. O e-mail, enviado de uma conta pessoal – não do servidor do governo do estado – também inclui vários anexos e um bilhete curto.

Espero que isto seja útil.

Quase caio da cadeira quando abro os anexos. Ele incluiu uma cópia do canhoto do cheque assinado pela Associated Polymer, empresa-mãe da Optimal, para a campanha de Pulaski, assim como várias trocas de e-mail entre um funcionário da Optimal e um ajudante da campanha. Os e-mails são cuidadosamente elaborados, mas o subtexto é claro.

O mais condenatório de todos, enviado de alguém em Gifts, expressa esperanças "de que nosso apoio dê origem a uma nova era de cooperação e apoio mútuo entre o candidato e uma das empresas domésticas de maior sucesso de Indiana".

Na quarta-feira, Joe, o encantador de serpentes, faz sua magia no Tribunal Superior local. É inacreditável, mas nossa petição é deferida, e depois que cutucamos o jurídico da Optimal, acenando com a ameaça de um problema muito maior pela frente, montamos uma lista extraoficial de solicitações de documentos. Agora que fomos em frente com a ação, logo virá um depoimento. Depois de alguma hesitação, a Optimal concorda em fornecer, antes que a semana termine e por intermédio de seu advogado, que parece um ancião, cinco anos de registros financeiros relacionados com quaisquer pagamentos a terceiros.

Não é inteiramente o ideal. Era minha esperança retroagir dez anos, à queixa dos Mitchell, Allen, Baum e Dale que foram arquivadas, e com uma abrangência maior — investimentos, subsidiárias, tudo. Mas sei que não preciso dizer isso a Joe. Ainda assim, lê na minha cara.

— Você devia estar beijando meus pés agora — diz ele.

— Vou deixar que Raj faça isso com você — digo, e ele sorri de um jeito que não esconde bem uma expressão autêntica de felicidade. Sinto uma pontada aguda de inveja e, depois outra, de repulsa. Quando foi que a felicidade dos outros começou a parecer um ataque?

Mas a resposta vem rapidamente e me traz um gosto ruim. Sempre. Eu nunca deixei de me sentir excluída. Só comecei a fantasiar e fingir que foi opção minha. Talvez por isso eu tenha sido atraída às leis que envolvem coisas envenenadas, gente ferida e terra química contaminada. Talvez *tóxico* seja a única coisa de que eu realmente entenda.

A BOA SORTE AUMENTA: naquela mesma tarde, menos de 24 horas depois de Agerwal me indicar a ela, Lilian McMann retorna minha ligação. Solto um cumprimento e meia apresentação quando ela me interrompe e sugere que nos encontremos pessoalmente.

O escritório dela fica a uns 45 minutos da cidade. Os moradores chamam a região de "parte alta", embora não exista nada de "alto" no lugar. É como qualquer outro local, com centros comerciais e cadeias de lojas, e quando criança era aonde íamos, aos grandes mercados, sempre que queríamos fazer compras grandes. As fachadas mudaram, mas a estrutura é a mesma.

Eu me perco, circulando várias vezes o endereço que ela me deu até desistir e telefonar de novo.

— Não há nada aqui além de uma loja de equipamento esportivo e um restaurante chinês — digo. — Devo ter anotado o endereço errado...

— Não anotou. Estamos atrás do restaurante. Dê a volta até os fundos e você verá a placa.

Do lado de dentro, ela fez o que pôde para transformar o lugar ordinário em algo elegante e profissional. E quase conseguiu.

Lilian vem me receber pessoalmente. A secretária, se existe, tinha abandonado o posto. Não há outra expressão para Lilian além de *bem cuidada*. Ela está praticamente uniformizada com uma saia lápis cor de terra, blazer e salto gatinha. Sua maquiagem é impecável, embora um pouco pesada nas sombras, as unhas estão bem-feitas, e o cabelo é liso, apesar da umidade pesada do escritório, que persegue o calor por meio de um ar-condicionado gemendo na janela.

Sua sala é pequena, mas muito organizada. Ela se senta à minha frente, e procuro algo para elogiar — um filho, um marido, um cachorro —, mas não encontro absolutamente nada de pessoal. A sala é despojada.

— Obrigada por me receber — digo. — Sei que deve ser muito ocupada. — Isto é uma inverdade tão evidente, para nós duas, que imediatamente fico constrangida.

— Está pesquisando a Optimal? — diz ela, com uma educação cautelosa. E, com essas palavras simples, entendo que me deu permissão para eliminar pelo menos meia hora de bobagens aflitivas.

Eu podia beijar os pés *dela*.

— Sou do Centro para Trabalho em Direito Ambiental, com sede em Illinois — digo-lhe, e explico o que nos trouxe à cidade. — Antes de se mudar para Indiana, a Optimal fechou um acordo em um caso que envolvia vazamento químico. Parece-nos que por várias vezes eles compraram uma saída dos problemas... e não só por infringir regulamentações ambientais. — Ela nem pisca. — O gabinete do promotor do condado arquivou uma investigação que pretendia fazer... por violações trabalhistas... depois de a Optimal preencher um cheque. Não gosto do padrão.

Ainda assim, não diz nada. Também não demonstra surpresa. Não sei o quanto disso ela já sabia.

Limpo a garganta.

— Você era diretora do ramo principal de fiscalização no DGAI, não é verdade?

— Codiretora — ela me corrige na hora. E depois sorri. Até seu sorriso é estudado. — Éramos dois. Colin Danner era meu parceiro.

Sei que ela tem mais a dizer. Mas a mulher só fica sentada ali. Tento uma tática diferente.

— O que trouxe você ao setor privado? — pergunto. — É uma mudança e tanto... sair da política pública e trabalhar para o setor privado.

— Quer dizer que é um rebaixamento e tanto — diz ela calmamente e, embora seja exatamente o que quis dizer, sinto outra onda de constrangimento. — Está tudo bem — diz ela. — Estou feliz assim. — Ela descruza as pernas e se curva para a frente, praticamente despejando as palavras em minha direção. — Olha, eu não decidi sair. Fui obrigada a isso. Eu direi isso, e eles diriam isso também, mas não pelos mesmos motivos. Um dia eu era codiretora, no outro, não podia dar um passo que não atravessasse algum limite ou violação de uma política pública, ou abusasse de minha posição. Eles me enterraram em uma sindicância interna... tive que desencavar cópias de recibos de todas as minhas despesas de todo o tempo em que estive no DGAI. Monitoramento aleatório, disseram eles. Falta de sorte. — Ela meneia a cabeça e permite que uma expressão de fúria venha à tona antes de ter controle sobre ela. — Fui excluída de todos os grandes projetos. E então, quando perdi prazos... prazos que nem sabia que existiam... fui ameaçada de demissão. Em vez disso, eu saí.

— O que aconteceu?

— Colin puxou meu tapete — diz ela categoricamente. — Não sei exatamente o que ele disse, ou com que queixas entrou, mas tenho certeza de que foi ele que abriu a sindicância.

— Por que ele faria isso?

Agora ela me olha como se a resposta fosse tão óbvia que ela detestasse ter que apontar.

— A Optimal — diz ela. — É claro.

Um zumbido de empolgação acelera minha pulsação.

— Batemos cabeça praticamente desde o início sobre como e quando deveria acontecer a análise ambiental. Pensei que eram só as merdas de sempre dele. Ele não gostou quando nomearam uma codiretora. Não gostou especialmente quando nomearam uma mulher. — Ela diz isso sem inflexão nenhuma, nem mesmo um travo de raiva na voz, como se não tivesse nada a ver com ela. Uma verdadeira profissional.

— Então ele passou por cima de você?

— Foi o que pensei no início... ele estava sempre contestando minhas recomendações, questionando meus relatórios. Mas isso foi diferente. Foi como se ele não quisesse ver nada. Mas não fazia sentido. O ramo de fiscalização do EQA tinha feito uma inspeção, vários anos atrás, antes da minha chegada. Uma inspeção a cada dois anos é padrão, a não ser que questões de autorização ou expansão a tornem necessária para testar ainda mais. Assim, no início ele não foi contra. Mas, quando verifiquei o relatório, entendi que havia algo errado. A fabricação de plástico usa algumas das mais tóxicas substâncias químicas do mundo... e são muitas. Mas não havia nem uma multa que fosse. Nem uma notificação, nenhuma preocupação com a segurança. Nenhuma infração. Isto *nunca* acontece. — Sua voz paira ali, escalando para um pico. — *Sempre* tem alguma coisa. Nunca vi um relatório tão limpo em toda a minha carreira. Isto não é possível.

Minha pulsação se transformou em um grito de alegria. *Isso, isso, isso.*

— Acha que Colin estava ignorando o que havia encontrado nas inspeções? Só uma inspeção foi submetida ao SIIC, o Sistema Integrado de Informação de Conformidade, partindo de seu escritório — digo. Li a mesma pilha de informes tantas vezes que talvez possa dizer a ela as datas exatas. — As outras duas inspeções foram terceirizadas.

Ela balança a cabeça.

— Claro. Mas dependemos de terceiros para entrar com os relatórios no sistema. Um intermediário que faça as informações do estado fluírem até o nível federal.

— Está dizendo que, mesmo que as inspeções originalmente fossem legítimas, talvez elas tenham sido *alteradas* depois?

— Talvez sim. Talvez não. Os dois relatórios, na verdade, foram incluídos pela mesma pessoa. Um coordenador da agência chamado Michael Phillips. Agora ele mora em Indianápolis. — Seus olhos brilharam com um alerta. — Mas, originalmente, ele é de Barrens. Eu pesquisei. Ele e Colin foram colegas na Universidade de Indiana.

Click. Outra peça se encaixa. Mas não basta — nem chega perto. Tudo de que tomo conhecimento forma um quadro mais nítido, porém também maior — é como sair de uma sala e me descobrir no fundo do Grand Canyon.

— Não entendo por que você não o denunciou.

— O fato de eles terem sido da mesma faculdade, no mesmo lugar, na mesma época, não significa necessariamente alguma coisa — diz ela. A Universidade de Indiana é grande. E é popular. Além disso, a formação deles não era segredo. Evidentemente não levantou alerta nenhum antes.

— Claro. Mas, em combinação com as inspeções, parece suspeito. É suspeito. Se as regulamentações são tão rigorosas quanto você diz, você tem mais do que o suficiente, pelo menos, para abrir uma sindicância.

Ela vira a cara de novo. Cai em silêncio por tanto tempo que começo a ficar pouco à vontade. E então, finalmente, quando estou prestes a lhe agradecer pelo tempo comigo, um abalo percorre o seu corpo e a mulher começa a rir. Pequenas explosões de som, como soluços — ela está reprimindo o riso.

— Às vezes acho que fiquei louca — diz ela, e quando finalmente se vira para mim, vejo que chora, e fico tão chocada que não consigo dizer nada. — Tem filhos, srta. Williams?

Nego com a cabeça. Ela enfim se controla, levanta-se e vai à mesa. Volta com o telefone e passa o aparelho para mim: no papel de parede da tela, uma menina bonita, uma adolescente — morena como a mãe, com os mesmos olhos grandes e a mesma estrutura óssea.

— Esta é Amy — diz ela. — Começou o ensino médio este ano.

— Ela é linda — digo, depois de uma olhada rápida e de lhe devolver o aparelho. Sinto-me estranhamente ressentida dela por ela se abrir na minha frente. Este é o acordo que fazemos com estranhos, que vamos fingir, e eles também, e assim podemos nos afastar rapidamente sem culpa nenhuma.

— Agora ela está indo muito bem. — Ela coloca o telefone no bolso do paletó. — Durante a sindicância, fiquei estressada. Trabalhava o tempo todo. Tentava manter a cabeça acima da água. Ela ficou muito sozinha. O pai só ficava com ela nos fins de semana. — Lilian fechou os olhos e os abriu de novo.

— Entendo — digo, embora não entenda nada.

— Ela era do primeiro ano — continua Lilian. — Escapulindo por aí, bebendo, nenhuma loucura, mas precisava de atenção, e eu não estava lá. Ela passava muito tempo na internet, falando com gente que nunca conheceu. Eu não sabia de nada, é claro. Só descobri... depois.

— Depois do quê?

— Um dos *amigos* dela on-line... — Sua voz falha e ela respira fundo. — Ele pediu que ela mandasse algumas fotos. Ela mandou. Como eu disse, ela queria atenção.

Vem a mim de novo a imagem de uma menina pedindo ajuda, debatendo-se na água, sua voz quase sepultada pelos risos.

— No dia seguinte, as fotos estavam por toda a escola. Enviadas por e-mail à turma toda. Até os professores receberam. Até o diretor. Eu... — Mas ela para, consternada.

— Eu sinto muito — digo, e sou sincera. — Isto é medonho. Os adolescentes podem ser horríveis. Acredite em mim. — Procuro empurrar tudo o que sei, tudo o que carreguei naquelas três palavras. — Mas você não pode se culpar. Não foi culpa sua.

Ela levanta a cabeça incisivamente.

— Sei disso. Foi culpa de Colin.

— Não está falando sério.

— O filho de Colin está na escola em Crossville. Eles jogam contra Barrens o tempo todo. Têm os mesmos amigos no Facebook.

— Isto não chega a ser prova de... — Paro, sem saber exatamente no que ela acredita. Que Colin pressionou o filho a conseguir fotos da filha de Lilian? Tudo para impedir que ela insistisse na ligação dele com a Optimal? — O que você está dizendo... quer dizer, isto é um crime. Sua filha tinha... o quê? Quinze anos na época?

— Quatorze. Sei que parece loucura. É loucura. Eu nunca teria feito a ligação. Mas depois... — Ela se levanta de repente e vai à mesa. Abre uma gaveta e procura por algo fora de vista.

— Nas fotos, Amy usava meias. E nada mais. Elas eram de losangos. Rosa e verde. Eu sempre comprava para ela, pelo menos, um par de Natal.

Ela ajeita o corpo. Contorna a mesa. De repente não quero saber e desejo não ter perguntado, não ter vindo, nem mesmo ter ouvido falar de Lilian McMann.

Sem dizer nada, ela estende a mão, deixando que as meias fiquem penduradas como se fossem um cadáver que talvez ainda revivesse. Losangos. Rosa e verde. Sem uso e ainda com a etiqueta.

— Ele as deu para mim quando eu saí — diz ela. — Deixou em minha mesa com um bilhete. *Meias ótimas fazem uma roupa ótima. Espero que estas a mantenham aquecida pelas noites frias no futuro.*

As palavras de Lilian despertam uma lembrança há muito sepultada: Jake Erickson, um dos amigos de Brent, invadindo o meu espaço no laboratório durante o último ano, na aula de química. Ele sempre mexia comigo, trocava minhas substâncias, derrubava meus tubos de ensaio, apagava meu bico de Bunsen para que eu não conseguisse terminar a tempo, mas naquele dia ele estava ocupado demais se gabando de ter apalpado uma segundanista atrás das caçambas de lixo entre as aulas.

Ela é totalmente pirada, disse ele, e eu sabia que ele sabia que eu ouvia. *As loucas são sempre as mais fáceis. Elas abrem para os trabalhos no segundo em que você olha para elas.*

— Ele queria que eu soubesse. — Agora sua voz salta a uma nota aguda de angústia. — Não só que ele tinha visto as fotos. Mas que ele as conseguiu dela, antes de mais nada.

A gente pode fazer o que quiser com elas. A voz de Jake Erickson enche minha cabeça. *Elas* deixam. *E por que não? Até parece que elas vão reclamar depois.*

Levanto-me com uma vertigem repentina.

— Sinto muito – digo, sem saber exatamente por que estou me lamentando.

Pela filha dela, por seu emprego, por aquela segundanista atrás das caçambas, pelos homens que conseguem fazer tudo o que querem e pelas pessoas que se aproveitam disso.

Porque não é a isso, em última análise, que a questão se resume?

No mundo, existem os que espremem e aqueles que sufocam.

Capítulo Dezenove

O bar mais próximo não fica tão perto assim. O Ray's Tavern – uma espelunca que divide o estacionamento com um Fireworks Emporium – já está com metade de sua lotação, apesar de serem apenas quatro horas da tarde. Alguns clientes dão a impressão de estar incrustados nas mesmas banquetas desde o início dos tempos. Parecem ter brotado na decoração, como cracas alcoólatras. Não consigo parar de esfregar um guardanapo nas palmas das mãos, como se a história de Lilian McMann tivesse se imiscuído em minha pele.

Não sei se posso acreditar nela: não porque esteja mentindo, mas porque ela simplesmente pode estar enganada. O problema de passar uma vida inteira procurando padrões é que isto ensina você a vê-los em toda parte; mas coincidências acontecem. Colin Danner pode simplesmente ter tomado conhecimento das fotos por intermédio do filho e decidiu torcer a faca uma última vez antes de Lilian ir embora. Com toda probabilidade, *foi* isto o que aconteceu.

Mas a história dela me deixou com uma sensação ruim, como se eu tivesse acabado de nadar em água oleosa, e a pia do banheiro está tão suja que lavar as mãos só faz com que eu me sinta mais suja ainda. Meu primeiro uísque com água gasosa pouco ajudou, e o segundo só me deixou triste. Não consigo parar de pensar em Becky Sarinelli e naquela pobre fotografia esvoaçando que caiu no corredor naquela festa na concentração: sua pele, um clarão no flash da câmera, seu corpo exposto. Isso foi antes de as fotos poderem ser instantaneamente compartilhadas como são agora.

Pensar em Becky Sarinelli me leva a pensar novamente em Condor e me perguntar por que e como ele pode ter feito aquilo com ela.

Erros antigos, ele dissera, sobre a mãe de Hannah. Mas os erros antigos nunca são antigos. Nós os revivemos continuamente. Nós os repetimos e torcemos para que desta vez as coisas aconteçam de uma forma diferente.

Não quero que Condor seja um erro.

Ou talvez eu não queira ficar sozinha. Barrens está me lembrando do quanto eu era solitária aqui. Está me lembrando de que nunca deixei realmente de ser solitária.

Foi o que me uniu a Kaycee na infância: éramos as duas melhores amigas mais solitárias da história do mundo. Meu pai estava perdido em sua religião, o pai dela, perdido no álcool, em suas fúrias, em seus negócios no mercado negro e nas pessoas que compravam e vendiam com ele. Minha mãe estava morrendo. A dela poderia muito bem estar morta.

Ser a melhor amiga de Kaycee, porém, podia ser tão solitário quanto não ter amiga nenhuma. Ela era muito imprevisível, mesmo naquela época. Podia ser cruel e distante, explosiva. Podia bater em você, depois acariciar o hematoma, prometendo que ia passar. Fosse como fosse, eu absorvi a atenção. Lembro-me de construir fortes com ela na mata e que eu sempre transformava tocos de árvores em turmas de amigos, em irmãos imaginários que me reconfortavam e me animavam. Kaycee não inventava amigos, mas súditos. Assim, disse ela, nunca desobedeceriam quando mandasse que eles ficassem.

Às vezes penso em Chestnut — um desgarrado, como eu, magricela, desesperado e cheio de medo, até que consegui atraí-lo a mim com um pouco de frango desfiado —, ele foi o único verdadeiro amigo que tive na vida.

De um jeito doentio, fez sentido que Kaycee tivesse de matá-lo.

No início de meu terceiro drinque, sei que o telefonema é uma ideia muito ruim, mas, no fim dele, pouco me importa.

Atenda, penso. E: *Não atenda*.

Ele atende, no segundo toque. Parece limpo, mesmo ao telefone.

— Abby — diz Brent, e tento fingir que era a ele que eu queria telefonar o tempo todo. — Que loucura. Eu estava pensando em você agora mesmo. E aí?

Rasgo o guardanapo molhado embaixo de meu copo agora vazio e olho o relógio acima do balcão. Quatro e quarenta e nove.

— Acabei de sair do escritório — digo. — Que tal uma bebida?

— Como você descobriu esse lugar? — pergunta Brent, enquanto se atrapalha ao sentar na banqueta a meu lado. De camisa social e paletó de terno, ele parece deslocado.

— Uma amiga me recomendou — digo. Ninguém em seu juízo perfeito me indicaria este lugar.

— Gosto dele. — Ele faz com que o comentário soe convincente. Mas em vez de me sentir tranquilizada noto uma batida rápida de ansiedade. Brent sabe mentir.

Ele pede uma tequila, e eu, outro uísque com água gasosa, fingindo que é o primeiro, e o barman, com uma cara desgastada da vida difícil, não faz comentários.

— Eu ia te ligar — diz ele. — Quando você viu Misha em minha casa... eu não queria que entendesse mal...

— Entender mal como?

— Misha sempre teve uma queda por mim — diz ele sem rodeios. De algum modo, é um alívio ouvir essas palavras em voz alta. Porque, naturalmente, pensando agora, vejo que ele tem razão, que isto sempre foi evidente.

— Por um tempinho, depois que Kaycee desapareceu, ela tentou forçar um pouco... — Ele se interrompe, meneando a cabeça. — Mas nunca pensei nela desse jeito. — Ele acrescenta, um pouco mais baixo: — Gosto de você. Muito.

— Eu também gosto de você — digo. Mas, assim que falo, sei que não é verdade. No colégio, eu teria dito que o amava. Sonhei com todas as formas improváveis em que eu pudesse ficar sozinha com ele: um incêndio repentino que forçava nós dois para uma parte da escola, esperando que o corpo de bombeiros nos alcançasse; um pneu furado que me deixasse presa só a poucos metros da rua dele. Mas agora me ocorre pela primeira vez que não sei bem o quanto desse sentimento existia simplesmente porque Brent pertencia a Kaycee. Talvez eu sempre pretendesse me vingar. Talvez eu quisesse tomar algo dela, como Kaycee havia tomado de mim.

Ou talvez, de um jeito estranho, eu pensasse que, se Brent pudesse me amar, Kaycee talvez me amasse também.

— Por que você me beijou naquele dia na mata? — solto.

— Era o último dia de aula — diz ele. Não sei dizer se eu o surpreendi. — Acho que... quando vi você ali, na mata, como se tivesse simplesmente *aparecido*... — Ele sorri. — Parecia um sinal.

Foi o que ele disse na outra noite, na fogueira: que minha chegada era um sinal.

— Você foi meu primeiro beijo. — Imediatamente, sinto vontade de me esmurrar por dizer isso a ele. Minha língua está solta. Baixo a bebida.

Brent sorri em alta voltagem. O sorriso que antigamente arrancava meu fôlego no refeitório.

— Sabe, na época parecia que estávamos mesmo no fim de alguma coisa. Todas aquelas meninas adoecendo, e ninguém explicava nada. Foi como se Kaycee tivesse transformado uma mentira em uma infecção de verdade. Como se um dia todos nós pudéssemos pegar. — Ele leva a mão a meu rosto, como fez naquela noite na fogueira. — Mas não você. Eu sempre soube que só estávamos começando.

Afasto-me dele. Será que ele realmente acredita nisso? Ele sinceramente pensa que *eu* posso acreditar nisso?

— Você nunca tentou encontrá-la depois que ela foi embora?

Ele suspira, como se eu o tivesse decepcionado.

— Tentei ligar para ela, é claro — diz ele. — Ela nunca atendeu. Misha disse que ela não queria falar com ninguém. — Isso chamou minha atenção. Talvez Misha estivesse mais sintonizada do que alega com sua antiga melhor amiga. Virando-se para o balcão, Brent mexe no guardanapo úmido da bebida. — O engraçado é que Misha e eu só ficamos próximos depois que Kaycee fugiu. — Ele toma um longo gole da bebida. — Acho que as tragédias fazem isso. Ligam você às pessoas. Acho que era esperança dela que isto fizesse mais do que nos ligar.

Penso em ter surpreendido Brent e Misha juntos no Vale. Brent ou a estava reconfortando, ou argumentando com ela — eu não saberia dizer. Na época, eles pareciam próximos. Mas, mesmo então, tive a impressão de que Kaycee estava com eles; que ela pairava, invisível, fora do círculo de seus corpos. Que eles estavam falando *a respeito* dela.

— Foi isso o que você pensou quando Kaycee partiu? Que era uma tragédia? No restaurante, você parecia feliz com isso.

— Você nunca deixa de ser advogada, não é? — diz ele de brincadeira, mas ouço ali a censura. — Não pode ser as duas coisas? Eu estava... feliz por me livrar dela. Mas foi trágico que tenha chegado a esse ponto. Ela... destruía as coisas. Entende o que quero dizer?

Por um momento, imagino Kaycee atraindo Chestnut para ela com guloseimas. O quanto ela estava furiosa quando Chestnut começou a avançar e rosnar. *Tem alguma coisa errada com esse cachorro. Deve ser raiva. Alguém devia dar um tiro nele.*

— Sim — digo simplesmente. Depois, sem pensar: — Algum dia você a amou?

Brent fica em silêncio por um tempo. Mexe sua bebida, depois esvazia o copo de um gole só. Por fim, olha para mim.

— O que eu sabia? Eu era jovem. — Agora seu sorriso revelou um cansaço prolongado. — Dá para você amar alguém que não é capaz de corresponder?

É estranho, mas meu pai me vem à mente. *Os cachorros vão para o paraíso?*, perguntei a ele uma vez, com a garganta ardendo de tanto chorar depois que Chestnut morreu.

Não, respondeu ele sucintamente. Depois, porém, pegou um saco de lixo no galpão de ferramentas e colocou o corpo de Chestnut dentro dele e me disse para pegar a pá. Fomos até a beira da represa, e, em silêncio, ele cavou uma cova e baixou Chestnut nela. *O paraíso é para os pecadores redimidos*, disse ele, depois de horas de silêncio. *Os cachorros não precisam disso. Eles passam a vida inteira no paraíso.*

E eu o amei mais naquele dia do que jamais amei alguém.

— Ah, claro — digo. Minha bebida tem gosto de spray para cabelo. Deixei que ficasse parada por tempo demais. — Acho que deve ser o amor mais verdadeiro de todos.

* * *

Do lado de fora, o sol se põe, e um brilho dourado se demora nos carros estacionados.

— Escute, Abby. — Brent segura minha mão quando eu já me despedi — constrangida, na luz súbita, por ter dito alguma coisa ou telefonado para ele. Ele se aproxima um passo e, por um segundo, tenho certeza de que vai me beijar. — Sei que você veio procurando sangue, está bem? Você não vai encontrar nada.

— Não vim procurar sangue, Brent. — Estamos tão próximos que consigo ver os veios de cor em seus olhos. — Vim aqui em busca da verdade.

Ele franze a testa como se não acreditasse.

— Sei que parece loucura, mas esta cidade adora a Optimal. *Eu* adoro a Optimal. — Ele procura em meu rosto algum sinal de que acredito. — Eles fizeram um bem enorme. Devia ver o novo centro comunitário... devia ver o teatro que eles construíram, com uma ala de artes inteira para uso da escola. Eles deram *vida* a esta cidade.

Ele fala como os convertidos falam sobre a igreja.

Desvencilho minha mão da dele.

— Se eles não fizeram nada de errado, não têm com o que se preocupar.

Ele balança a cabeça.

— Não estou preocupado com eles. Estou preocupado com *você*. Eu só não quero... que nada mude entre nós, está bem? — diz ele por fim, mas tenho quase certeza de que não era o que pretendia falar originalmente. — Depois de todos esses anos... — Ele puxa o ar. — Eu sempre quis ver você. Sempre torci por isso.

E, então, ele me beija. Sua boca é fria e tem gosto de tequila barata. É também um pouco metálica.

Como se ele é que estivesse atrás de sangue.

Capítulo Vinte

A casa que aluguei está às escuras e zumbe do ar reciclado. Dou um soco nas janelas e abro uma na cozinha e em meu quarto, embora vá me arrepender quando acordar transpirando. De imediato, o som do campo me relaxa. O vazio é pontuado pelo cricrilar dos grilos e o piado de uma coruja. Por dezoito verões, adormeci com este mesmo som.

Isto me transporta para o passado, pedalando minha bicicleta – uma coisa recuperada que meu pai encontrou atrás de um dos locais de trabalho dele e reformou – pela trilha cravejada de pedras que levava à represa. Isto me transporta de volta para o momento em que tirei toda a roupa com Kaycee, inclusive a de baixo, para nadar na represa, competindo para saber quanto tempo conseguíamos prender a respiração embaixo da água, e de como Kaycee costumava boiar de bruços, deixando o cabelo se abrir à sua volta, fingindo estar morta.

Foi no verão depois da sexta série que encontrei Chestnut – ou melhor, ele me encontrou. Kaycee estava muito gripada, e não a vi por uma semana seguida. Passei horas sozinha na mata. Eu estava deitada no chão contando as nuvens quando ouvi alguma coisa gemer atrás mim e me sentei reta, imaginando um lince, um urso, ou não sei o quê. Em vez disso, um cachorro magro e meio morto de fome me olhava através dos galhos das árvores. Ganindo e abanando o rabo ao mesmo tempo.

Uma das únicas coisas que me dei o trabalho de tirar da mala foi uma antiga caixa de joias feita de madeira que pertenceu a minha mãe e, imagino, de vez em quando, que ainda solte um pouco do cheiro dela.

Por cima do forro de veludo manchado que está descascando da madeira está uma coleira vermelha e simples, desbotada pelo tempo.

Chestnut Williams, diz, ao lado do número do telefone de casa, que meu pai ainda usa.

Pedi a meu pai para me levar à pet shop para comprá-la; ele me disse que era idiotice minha tentar colocar uma coleira em um vira-lata desgarrado, que Chestnut só estava atrás de uma refeição de graça, que logo ele ia sumir, que eu estava desperdiçando meu dinheiro comprando brinquedos e uma coleira que ele nunca ia usar. Mas quando passei a coleira por sua cabeça seu rabo ficou empinado. Como se ele estivesse orgulhoso de finalmente pertencer a alguém. Meu pai achava que Chestnut ia ser um fardo para nós dois. Mas não demorou muito para papai ceder e deixar que ele dormisse aos pés de minha cama.

Kaycee nem acreditou no que tinha perdido. Ficou gripada por sete dias, disse ela, e eu a troquei por um bicho sarnento. E também amuada, e pensei que fosse brincadeira. Disse que ela ia adorar Chestnut quando o conhecesse. Contei-lhe que ele comia direto de minha mão, que sua perna parecia tocar rabeca quando a gente coçava sua barriga de certo jeito. Eu disse a ela que Chestnut podia ser o *nosso* cachorro.

Eu sempre quis ter um cachorro, ela me confessou, num sussurro.

Depois de introjetar a ideia, ela não conseguia parar de falar de Chestnut e de toda a diversão que teríamos juntos, que podíamos ensinar truques a ele, e que no Natal o vestiríamos de rena e o atrelaríamos a um trenó.

Não sei exatamente o que deu errado. Talvez ele estivesse doente. Talvez nós o tenhamos assustado. Talvez ele tenha dado só uma farejada em Kaycee e compreendido. Mas Chestnut começou a rosnar para ela, rosnar de verdade, com o dorso arrepiado, os dentes arreganhados, mostrando as gengivas. Eu nunca o havia visto daquele jeito. Chamei-o, tentei acalmá-lo, enquanto Kaycee ficou parada ali, apavorada.

— Ele me odeia. — E foi a primeira vez na vida que eu a vi chorar. Duas lágrimas — e só.

— Ele não odeia você. Só está com medo porque você é uma estranha — eu disse, embora soubesse que não era verdade. Num instante,

A FOGUEIRA

Chestnut partiu para cima dela, batendo os dentes a centímetros de seus dedos.

– Ele tentou me morder! – gritava ela.

Eu nunca a vi daquele jeito. Era fúria, uma fúria pura, como eu só havia visto em meu pai.

– Qual é o problema desse cachorro idiota?

– Ele não tem problema nenhum.

Ela me olhou.

– Ah, é? Então você acha normal tentar arrancar a mão de alguém a dentadas?

Depois, porque eu estava com raiva:

– Talvez tenha algum problema com *você*.

De pronto, eu queria não ter dito isso. Kaycee ficou petrificada. Uma garota normal de 12 anos teria chorado, gritado ou me respondido aos insultos.

Mas não Kaycee. Ela só ficou parada ali, imóvel.

– Talvez – falou, por fim. Ela se virou. Depois, acrescentou, quase como quem pensa melhor: – Cachorros assim deviam ser abatidos.

AGORA FECHO a coleira em minha mão. Miro a lixeira, sabendo, naturalmente, que não faria isso. Durante anos ameacei me livrar da coleira. Durante anos fingi que a guardava só para me lembrar dele. Mas eu a guardei para me lembrar *dela* e para me lembrar do que ela fez.

Ela não envenenou Chestnut de cara. Não sei bem por quê. Talvez tenha pensado que assim se safaria.

Quando a acusei, ela nem piscou.

Ele é tão burro que deve ter comido o veneno de rato sozinho, disse ela.

Só que ela havia roubado a coleira dele. Então, eu sabia que não havia sido um acidente. Mesmo naquela época, Kaycee gostava de virar a verdade pelo avesso, fazer com que parecesse uma mentira e vice-versa, até que você não conseguia distinguir a diferença.

A parte mais louca foi que ela realmente culpou *a mim* quando eu disse que nunca mais voltaria a falar com ela. Parecia sinceramente magoada, como se não conseguisse entender por que eu estava sendo tão má com ela.

Nos seis anos seguintes, depois que ela cresceu, depois de ter reunido todos os súditos que tinha imaginado para si, ela não admitiu nem uma vez ter tocado em Chestnut.

E então, no último dia de aula, fui retirar as coisas de meu armário e encontrei a coleira de Chestnut pendurada perfeitamente em um gancho.

Ela a guardou.

Por todos aqueles anos, ela guardou.

Algumas horas depois, ela pediu uma carona a Misha até Indianápolis, dizendo que queria procurar emprego de garçonete e que pegaria um ônibus para voltar. Mas nunca pegou o ônibus para casa. Nunca voltou para casa.

Por que ela fez isso? Por que esta foi a *última* coisa que ela fez?

Deixo a coleira cair de volta na caixa de joias de minha mãe e fecho a coisa toda.

Às vezes, penso que Kaycee, de seu jeito louco, deixou-me essa coleira porque sabia que ia me magoar, e era me magoando que ela sabia que eu nunca me esqueceria dela.

Em outras ocasiões, penso que talvez ela só estivesse dizendo adeus.

Capítulo Vinte e Um

No dia seguinte, quinta-feira, estou acordada em um horário que nem meu pai poderia criticar.

Preparo meu café tão forte que fica com gosto de lama. Talvez tenha dormido no máximo quatro ou cinco horas, embora tenha chegado em casa antes das oito. Passei a noite botando o álcool vagabundo para fora pelo suor, encarando o teto e me revirando entre diferentes lembranças e ideias meio formadas.

Bebo meu café-lama e observo Barrens se livrar de sua névoa noturna. Tento ver Barrens como veria um estranho, e, na luz do início da manhã, é bonita. Talvez Brent tenha razão, e eu esteja em uma espécie de caça às bruxas. Talvez eu queira que a Optimal seja desonesta só para ter alguma coisa, qualquer coisa, para consertar.

Talvez minha obsessão não passe de uma fantasia.

Ou talvez não. Mas, esta manhã, vou seguir o conselho de Brent. Está na hora de uma excursão pelas boas obras da Optimal.

O CENTRO COMUNITÁRIO BARRENS-OPI fica a meio caminho entre a escola e os portões do Optimal Plastics Complex, bem em frente da loja Westlink Fertilizer & Feed, do outro lado da rua. O teatro mencionado por Brent é completo; tem uma fachada moderna de vidro e aço inteiramente contrastante com os caixotes de tijolos aparentes que definem a arquitetura de Barrens. Nem são nove horas da manhã, e já tem carros no estacionamento recém-criado, e embora as portas estejam trancadas, quando aperto a cara no vidro consigo divisar um borrão de movimento lá dentro. Fico surpresa ao ver Misha no saguão, andando de um lado para outro, o telefone apertado entre o ombro e a face.

Quando me vê, ela desliga sem se despedir e coloca o aparelho no bolso. Hesita por uma fração de segundo e destranca a porta.

— Abby. — Hoje ela está vestida no papel de vice-diretora, em um terninho barato e uma blusa lilás. — Você aparece em todo canto, não é? Estou começando a pensar que talvez esteja me seguindo.

— Cidade pequena. Você mesma disse... não há nada para fazer a não ser se meter na vida de todo mundo. Além disso, não é todo dia que Barrens ganha um centro comunitário.

— É bem verdade. Mas na realidade ainda não abrimos. Posso ajudá-la com alguma coisa?

Na noite passada, Brent me disse que, depois que Kaycee foi embora, Misha contou que ela queria um novo começo. Mas se Kaycee confessou-lhe o desejo de desaparecer, pode ter revelado outras coisas.

— Eu devia me encontrar com alguém da Optimal para um tour antes de abrir — minto, aproveitando a oportunidade para conversar com ela. — Marquei uma hora, mas infelizmente ela pensou que eu disse ontem. Não admira que não esteja atendendo a meus telefonemas.

Ela hesita de novo, depois esbarra o quadril na porta, abrindo-a um pouco mais.

— Entre — diz Misha. — Mas não há muito para ver. Só a primeira fase está concluída.

— Eu só fiquei curiosa. Que projeto ambicioso.

— Ah, não é nem a metade dele. Um dia teremos uma área de recepção, além de um ginásio para programas esportivos fora do horário de aulas. Salas para educação alternativa também.

A construção é ampla, aberta e arejada, e o sol se infiltra pelas claraboias.

— Nossa. É... — Feia. O tipo de feiura que só uma tonelada de dinheiro de merda pode produzir. Mas é claro que não digo isso.

— Ambicioso. Nem mesmo parece Barrens aqui, não? Deve estar custando uma fortuna — digo alegremente.

Os olhos dela resvalam nos meus brevemente.

— A Optimal financia a maior parte do projeto. Também conseguimos dotações do governo. Os impostos pagam pelo resto.

— Você parece muito... entusiasmada. — O que realmente quero dizer é: muito *envolvida*.

— O diretor Andrews e eu lutamos por isso. Antes, nossos alunos não tinham para onde ir e nada para fazer depois da aula — diz ela. — Em geral, a vida doméstica deles é grande parte do problema. Quando não há outra coisa para fazer... mãos ociosas encontram problemas. — Ela chega a uma porta que aponta o caminho para o palco do teatro, e novamente a abre para mim.

— Alguma vez já pensou que pode ser um problema que tanta gente dependa de uma só empresa? — Mantenho o tom despreocupado, como se só estivesse pensando na pergunta.

Ela me olha de lado.

— E por que seria um problema?

— Há anos a Optimal vem sendo perseguida por boatos de poluição, corrupção, ocultação.

— Boatos não são fatos, Abby. Graças a Deus. Caso contrário, *todos nós* teríamos tido problemas na escola. Especialmente você.

Mais um ponto para Misha. Abro o sorriso mais doce possível.

— É verdade. E fumaça não é fogo. Mas, às vezes, onde uma aparece, a outra... ninguém quer considerar a Optimal responsável. Na verdade, ninguém jamais vai entreter essa ideia.

— Temos orgulho da presença da Optimal aqui — diz Misha incisivamente. — Não entendo como isto pode ser um *problema*.

Escolho as palavras com cuidado.

— Eles compraram muito amor, é só o que estou dizendo.

Receio que ela fique furiosa. Ou talvez eu esteja torcendo por isso — uma rachadura em seu verniz. Mas isto só parece diverti-la.

— Da última vez que soube, não era crime.

— Bem, depende de quem está comprando — digo.

— O problema é que as pessoas pensam em preto e branco. Elas pensam que podem ter o que é bom, sem a parte ruim. Mas tudo o que é bom para uma pessoa provavelmente é ruim para outra. A vida não é como diz a Bíblia. Não é uma escolha entre o bem e o mal. A vida é escolher que males você pode suportar.

— Então, você admite que a Optimal é um mal.

Isto, enfim, consegue fazê-la sorrir.

— Só estou dizendo que se a Optimal cometeu erros, provocou umas brotoejas aqui e ali, significa que devemos fechar as portas da maior empregadora na região?

— Não estamos falando só de brotoejas, e você sabe disso. Estamos falando de substâncias químicas que provocam danos graves. As pessoas não são descartáveis. Não deviam ter que sacrificar a própria vida e sua saúde para colocar comida na mesa.

— Ah, Abby. — Ela suspira. — Tenho inveja de você. Deve ser bom saber que está certa em grande parte do tempo.

Um nó de raiva se ergue em meu peito.

— Não sei se estou certa. Mas sei o que *não é* certo.

— Sabe? — Ela vira a cabeça de lado e estreita os olhos para mim. — Tome como exemplo Frank Mitchell. Ele ganha a vida vendendo *pornografia*. — Pelo jeito com que ela fala, a palavra tem umas cem sílabas.

— A pornografia não é ilegal — digo.

Ela alteia uma sobrancelha.

— Tudo bem. Claro. Mas digamos que ele tenha um cliente, um homem normal, marido e pai, que guarda um pequeno estoque de pornografia escondido, nada sério. E então, digamos, a certa altura, ele diz que, na verdade, está atrás das meninas mais novas. *Muito* mais novas. E por acaso este homem bacana e honrado, com sua família bacana e honrada, tem fetiche por meninas em idade escolar. — Ela diz tudo isso calmamente, com um enorme autocontrole, como se ainda estivéssemos falando dos planos para o auditório. Todo o meu cabelo fica eriçado na nuca. — Agora digamos que Frank Mitchell venda a ele uma revista em que as mulheres parecem muito mais novas do que realmente são. Mas é claro que elas são maiores de idade. Profissionais remuneradas. O homem vai para casa feliz. Se não, o homem sairá e procurará o produto genuíno.

Fico tão espantada que me limito a encará-la.

Ela abre as mãos. Inocente.

— Como vê, algumas pessoas pensariam que Frank Mitchell fez uma coisa horrível quando vendeu esse tipo de revista. Mas ainda seria a coisa *certa*.

— Ou — digo, procurando eliminar o tremor em minha voz — ele simplesmente poderia chamar a polícia.

— O homem simplesmente negaria. — Misha dá de ombros, como se a questão fosse tão óbvia que nem precisasse ser declarada. E depois: — Vamos continuar a visita?

Eu só quero fugir — de Misha, deste palácio frio construído com dinheiro da Optimal para salvar as crianças que a empresa pode estar entupindo de veneno, da economia louca de sacrifício em que acredita Misha. Mas a acompanho, muda, por outra porta de vaivém.

Misha acende as luzes, e o corredor toma forma diante de nós: paredes escuras e uma fila de fotografias de estudantes emolduradas dos dois lados, cercadas por constelações de estrelas de papel.

— São nossas Estrelas da Optimal — diz ela, animada. — Os que receberam a bolsa de estudos da Optimal. Lembra do programa de bolsas que mencionei? Há vários anos, trabalhamos com a Optimal para conferir bolsas integrais ou parciais a alguns estudantes que se mostram academicamente promissores. A maioria tem uma vida difícil em casa. Alguns têm problemas disciplinares. Mas o programa os transforma verdadeiramente. — Ela parece recitar o texto de um panfleto. E, pelo que sei, talvez esteja mesmo. — A primeira foi Mackenzie Brown. Ela fazia dança de salão. Isso não é muito comum por aqui.

Ela aponta para uma menina com um lindo sorriso de rainha da beleza. Na verdade, todas têm lindos sorrisos de rainha da beleza — e dos dezoito que receberam a bolsa, só dois são meninos. Um retrato em particular me faz parar. A menina é parecida com Kaycee: uma cascata de cabelos loiros, olhos azuis e bem espaçados. De acordo com a plaquinha de bronze, seu nome é Sophie Nantes.

— Por que tantas meninas? — Não consigo deixar de perguntar.

— Bem, pensamos na *necessidade* tanto quanto no talento — responde Misha. — Muitas universidades oferecem suas bolsas esportivas, mas a maior parte do dinheiro vai para as equipes masculinas, é preciso considerar isto. E há mais oportunidades locais para nossos alunos homens que não querem fazer faculdade. A agricultura e a construção estão retornando, cargos de nível de entrada na Optimal. Esse tipo de coisa.

A porta no fim do corredor nos leva ao auditório.

— No ano que vem, vamos montar nosso primeiro musical — diz ela. Sua voz é tragada pelo espaço imenso. Filas de assentos sobem no escuro. — E já temos quarenta estudantes matriculados para a colônia de férias de música de duas semanas em agosto. Metade tocará instrumentos doados. Dá para imaginar? Durante anos, a banda marcial precisou se reunir no estacionamento dos fundos enquanto as *cheerleaders* ensaiavam no refeitório depois da aula. Agora eles vão ensaiar aqui. — Ela abre os braços para o palco silencioso. Pela primeira vez, parece feliz. Não só feliz, mas em júbilo, cheia de energia e orgulho. Ela se vira para mim. — E sabe o que havia aqui antes?

Meneio a cabeça em negativa.

— Nada. — Há uma satisfação sombria em seus olhos. — Absolutamente nada.

Capítulo Vinte e Dois

Joe parte para mim assim que entro pela porta.
— Estive ligando para você por uma hora — diz ele. — Onde você esteve?

Baixo a bolsa, elegante e lentamente.
— Bom dia para você também. — Estendo a mão para meu computador, mas ele é rápido demais, e o fecha.

— Você escapuliu ontem também. — Ele me olha de um jeito estranho. — Precisa de um curso para relembrar o que significa *trabalho em equipe*?

Ele tem razão; nunca tive problema para partilhar estratégia com Joe. Mas, estranhamente, me ressinto dele por perguntar. A Optimal é minha — minha confusão, meu mistério, meu caso.

Tem que ser. Caso contrário, a magia não vai funcionar, e descobrir a verdade não me ajudará a esquecer o que aconteceu.

Mas Joe está olhando para mim, e não há motivos para mentir.
— Dei uma volta pelo centro comunitário — digo. — Parece cada vez mais que a Optimal está decidida a comprar as boas graças da cidade.

— E as nossas — diz Joe. Ele gira o corpo e vai à sua mesa, voltando com vários fichários tão abarrotados de papel que podem fazer as vezes de porretes. Quando os larga em minha mesa, preciso segurar a bolsa para impedir que saia pulando dali.

— O que é tudo isso? — pergunto. Mas assim que abro um dos fichários, antes mesmo de entender a declaração de renda, eu sei. — A Optimal entregou.

— Eles não entregaram — diz Joe. — Eles largaram. A maior parte ainda está encaixotada no porão do tribunal.

Olho fixamente para ele.

— Tem mais? — Cada fichário tem mais de dez centímetros de espessura e está abarrotado de dados. Vamos precisar de semanas para formar um quadro das despesas, mesmo que toda a equipe não faça nada além disso.

Todo o humor desapareceu do rosto dele. Joe odeia erros — em particular os próprios.

— Cento e dezessete fichários, no total. E sem ordem nenhuma, pelo que podemos saber.

— Eles nos enterraram.

— Eles fizeram o que pedimos — diz Joe, entredentes. Ele mal consegue abrir um sorriso. — Mas, sim, eles nos enterraram.

— E não sabemos por onde começar — acrescenta Flora.

Obrigada, Flora.

Folheando páginas e mais páginas de relatórios de despesas e de imposto de renda, sinto uma desesperança cada vez maior. É claro que a culpa é nossa. Não sei o que eu estava esperando. Setas vermelhas e grandes, alguns Post-its sinalizando pagamentos à Agência de Proteção Ambiental, talvez algumas despesas educadamente arquivadas como "Subornos".

P<small>ASSAMOS</small> o dia tentando encontrar alguma história entre mil páginas de dados — ou o começo de uma história, pelo menos. Faz calor demais para raciocinar — ao meio-dia, a temperatura chega a 36 graus lá fora —, e cada vez mais tenho a sensação de que a resposta que quero não pode ser encontrada em número nenhum.

Às seis, desisto e coloco as caixas de documentos na mala do carro, jurando para mim mesma que as olharei mais tarde. Prometi encontrar meu pai para jantar e, embora não consiga pensar em nada que eu queira fazer menos, fiquei sem ter como rejeitá-lo. Passo em casa para tomar o banho mais frio que consigo suportar, ensaboando-me muito, como se eu pudesse lavar alguma frustração do dia.

Fico surpresa ao encontrar a porta da garagem aberta quando chego, e o carro do meu pai está ligado, embora a porta do motorista não esteja fechada. Quase ouço meu coração bater no peito.

— Pai? — Enquanto entro na sombra da garagem, o medo cai sobre mim como a pressão da mão de alguém. Estendo o braço para dentro do carro e desligo o motor. — Pai? — Continuo chamando por ele, embora ele claramente não esteja ali.

A casa está aberta, e vou de um cômodo a outro ainda chamando por ele. Nada.

O porão está às escuras, e não há sinal de que ele tenha descido ali há séculos — o monte de tralhas está intocado, e é intransitável.

E então eu me lembro: o galpão de ferramentas.

Corro escada acima. Antes mesmo de sair pela porta, eu o localizo — no galpão, mas a uns dez metros de distância, deitado e imóvel na grama.

— Pai! — Disparo da varanda. Caindo de joelhos, coloco as mãos em seu peito. Seus olhos palpitam. — Pai! Está me ouvindo? *Pai*.

Ele abre os olhos. Seu rosto está queimado de sol. Os lábios estão descascando. Ele deve ter ficado aqui fora durante horas.

— Abby? — Ele pisca uma, duas vezes, e finalmente seus olhos encontram o foco.

— Há quanto tempo está aqui? — Tenho medo de tocá-lo, de movê-lo, lembro-me de que não se deve mover as pessoas que estão caídas. Ou talvez sejam as pessoas que se envolveram em um acidente. Não consigo raciocinar direito. Um pânico animal e estúpido tritura meus pensamentos, tornando-os inúteis. — O que aconteceu? Está machucado?

Seus olhos vagam, passando por mim e voltando.

— Eu... acho que caí.

— Você acha?

— Não me lembro. — Ele franze a testa. — São os esquilos. Tem esquilos no sótão de novo. Pensei em consertar o telhado...

— Não existe sótão, pai — digo a ele. — Isto era na casa antiga, lembra? — Nós nos mudamos do outro lado da Plantation Road quando eu tinha 5 anos, por causa de problemas com o vizinho: meu pai se convenceu de que ele nos espionava, depois o acusou de ter parte com o diabo, e em seguida passou a ser ele o espião a fim de provar isto. Eu não pensava nos esquilos havia anos.

— Eu os ouço andando por ali.

— Isto foi na casa antiga, lembra? Quando mamãe era viva.

Ele fecha os olhos. A pele de suas pálpebras é tão fina que mostra o movimento dos olhos por baixo delas.

— Eu me lembro — diz ele. Mal consigo ouvi-lo. Depois, um pouco mais alto: — São as minhas costas. Por isso não consegui subir. Devo ter torcido.

Eu o pego pelos ombros, e mal consigo levantá-lo quando ele se contrai de dor, gritando tão alto que por pouco não o deixo cair.

— Pai, por favor. — Minha voz parece frágil. Desesperada. Jovem. Não faz mais de uma semana que estou de volta a este lugar e a velha Abby surge das sombras escuras como um esqueleto. — Estou tentando ajudar!

Na segunda tentativa de levantá-lo, ele só parece mais pesado. Suor escorre de minhas axilas. A dor deixou a pele dele cerosa, e quando repito seu nome, ele meneia levemente a cabeça.

Levanto-me, e o chão parece rodar abaixo de mim, como se quisesse me jogar para fora. Uma sombra circula no alto. Uma coruja, talvez, ou um falcão. Mau augúrio. Minhas pernas parecem estranhamente lenhosas, como as de uma marionete puxada por cordas fantasmas.

Na cozinha, encontro minha bolsa onde a larguei e procuro pelo telefone, tremendo tanto que digito o código errado duas vezes antes de conseguir.

Condor atende no primeiro toque.

Estou com meu pai, segurando sua mão, tentando reconfortá-lo, quando chega Condor, em silêncio e sem comentar nada. Juntos, vamos devagar, escorando meu pai entre nós até o carro dele.

Nem me ocorreu dizer a Condor que está tudo bem, que posso levar meu pai à clínica de emergência em Dougsville, que ele pode ir para casa, e ele não sugere isso. No carro, não digo nada, mas meu pai se reanima o bastante para arengar contra médicos, para alegar que todos são charlatães atrás do nosso dinheiro. Estou cansada demais até para ficar constrangida.

Os raios X mostram que deve haver uma costela quebrada: uma lesão dolorosa, mas que deve se curar. O médico prescreve analgésicos e diz severamente a meu pai que ele terá que ir com calma.

Falando em particular, ele me pergunta quando foi a última vez que meu pai fez exames. No mesmo instante, minha pele esquenta.

— Não faz muito tempo — digo, convencida de que o médico tem como saber que estou mentindo, que eu não sei, que sou uma filha horrível. — Um ou dois anos, talvez.

— A pressão sanguínea dele é muito alta — diz o médico. — E ele ficou confuso com algumas perguntas que fiz. Ele reclamou com você de dores de cabeça?

Parece que estou de volta à escola, diante de uma prova oral para a qual não estudei.

— Não — respondo.

O médico fecha a boca em uma linha fina.

— Ele tem dores de cabeça. — Depois: — Leve-o ao médico dele para fazer exames. Logo.

É quase meia-noite quando levamos meu pai de volta à casa dele. Assim que tento passar o braço por sua cintura, ele fala: "Entendi, entendi." Em vez disso, ele se apoia no braço de Condor, e vou atrás deles. Condor ergue os olhos para encontrar os meus, e vejo a solidariedade ali. Tenho que engolir o impulso de chorar.

Enfim, quando meu pai está dormindo, depois de eu deslizar ao volante de meu carro de novo, descubro que só se passaram algumas horas desde que parei o carro na entrada.

Acompanho Condor de volta à minha casa alugada, guiada por suas luzes traseiras. Vamos lentamente, como que numa procissão. Condor para na entrada de sua casa, mas sai imediatamente para atravessar o jardim pardacento até meu carro, levando a mão à porta para abri-la para mim antes mesmo que eu desligue o motor. O som dos grilos é tão alto que parece um oceano.

— Obrigada — digo. Todo o meu corpo está pesado de exaustão. A luz da varanda se acende. Sinto os olhos dele correndo por todo o meu corpo.

— Não foi nada de mais. — Ele mantém a voz leve, mas não está sorrindo. — Você vai ficar bem?

Faço que sim com a cabeça. Mal suporto ficar tão perto dele. Faz meu corpo doer por motivos inteiramente diferentes.

— Quer entrar para tomar uma bebida ou coisa assim? — ele me pergunta.

Não me arrisco a olhar para ele. Se olhar, direi que sim.

Condor atendeu no primeiro toque. Ajudou meu pai claudicante a ir para a cama. E dez anos atrás tirou aquelas fotografias da pobre Becky Sarinelli e as distribuiu a todos como uma brincadeira.

Verdadeiro ou falso? Bem ou mal? Estou começando a pensar que Misha tinha razão em alguma coisa. Talvez a fronteira, afinal, não seja tão nítida.

— Eu devia dormir um pouco — digo a ele.

Mas, enquanto me afasto, ele põe a mão em meu ombro, e basta aquele toque para me deixar petrificada.

— Escute. — Ele passa a língua nos lábios. Imagino acompanhar a linha de seus dentes com minha própria língua. — Não é minha intenção passar dos limites... quer dizer, você evidentemente tem muitos problemas. Eu entendo mal as coisas... — Ele parece inseguro e, por um momento, jovem. — Eu entendi mal as coisas?

Todo o meu corpo arde de ficar tão perto dele. Sinto o ritmo do meu coração bater nos ouvidos.

— Você me disse que cometeu muitos erros quando era mais novo. Becky Sarinelli foi um deles?

A mudança é imediata. É como se um portão batesse por trás dos olhos dele.

— De onde isso veio? Com quem você falou? — Até a voz dele está diferente. Por um momento, sinto medo de Condor. De seu tamanho. Do escuro. Do fato de que não há ninguém ali para testemunhar o que vai acontecer agora.

Empino o queixo.

— Responda à pergunta.

Por um bom tempo, ele fica parado ali, me encarando. O olhar longo de seu ódio me prende bem na barriga, deixa-me tonta de culpa e remorso.

Por fim, ele ri. Mas não existe humor nenhum nisso.

– É – diz ele. – É, aí você me pegou. Becky Sarinelli foi um daqueles erros.

Eu me viro, tropeçando na grama, e corro para a porta. Não sei bem por quê, mas minha garganta está áspera, e de repente parece que vou adoecer. Deixo cair a chave na varanda, pego e a enfio na fechadura.

– Por que realmente você me ligou esta noite, Abby? – grita ele a minhas costas. Provocando-me.

– Não sei – digo a ele. Passo para dentro, fecho a porta e tranco. Por um bom tempo, tenho medo de olhar para fora, medo de vê-lo ali. Mas, quando finalmente crio coragem para olhar pela janela, não há nada lá fora além da noite.

Capítulo Vinte e Três

O telefone me arranca do sono pouco antes do amanhecer.

Ele fica em silêncio antes que eu consiga encontrá-lo – ainda enterrado no fundo de minha cama, embaixo de uma pilha de meias, roupas íntimas, embalagens de chiclete e recibos amassados da véspera. Está quase sem bateria, é claro – mas começa a tocar novamente de pronto.

Joe. Pelo amor de Deus. Quase aperto a tecla para ignorar a chamada.

– Você não tem o direito de ser um pé no saco antes das nove da manhã – digo.

– Houve um incêndio – diz Joe. E mais nada. Sem detalhes. Sem pânico. Somente: houve um incêndio.

Levanto-me e oscilo um pouco, tonta.

– Onde? – digo, embora eu já saiba.

– Gallagher – diz ele. – Venha para cá. – Ele desliga.

Quando chego à fazenda, os bombeiros voluntários tinham cercado as chamas, apagando o fogo de diferentes ângulos, como se fosse um animal monstruoso que eles tentavam domar. Os campos são lenha seca, frágeis da falta de chuva, só esperando queimar.

O celeiro estava acabado. Restava pouca evidência do que tinha acontecido. Apenas uma parte plana das fundações e um túnel de cinzas girando quente para o céu. A casa de Gallagher foi queimada também, mas não tanto. Os danos se limitavam principalmente à pintura, embora parte do lado leste tenha sucumbido ao calor e desmoronado, deixando parte de sua cozinha exposta. O barulho parece uma trituração violenta, como um gigante que bate os maxilares. Os cães também estão enlouquecidos, e por um terrível segundo penso nas vacas e no burro que Gallagher mantém por ali.

Joe deve saber o que estou pensando, porque a primeira coisa que me diz é: "Nenhum animal foi ferido." Ele acrescenta, quase pensando melhor:

— Gallagher também está ótimo. Era atrás do celeiro que eles estavam.

Foi só o que ele teve a dizer. Quem quer que tenha feito isso, foi uma atitude idiota, desesperada e desajeitada. Talvez o incêndio pretendesse nos afugentar dali. Talvez tenha sido alguém preocupado em ter um emprego, um centro comunitário novo em folha e balanços de plástico instalados no parque.

Parada ali na manhã sufocada de fumaça, olhando fixamente a silhueta espectral de nosso escritório improvisado, agora nada mais do que cinzas e entulho, eu me senti quase inebriada. Este incêndio prova que temos razão. Prova que estamos chegando mais perto do centro do labirinto. Haverá respostas nos registros da Optimal. Agora tenho certeza disso. E esses registros estão na mala de meu carro. Perfeitamente intactos.

Ao meio-dia, o incêndio foi completamente apagado, e desperdiçamos uma hora vasculhando os escombros. É apenas algo que encontramos para fazer, um jeito de dar de volta ao dia algum tipo de ordem enquanto esperamos que os homens do gabinete do xerife terminem de xeretar, como se pudessem encontrar um galão de gasolina com endereço e assinatura. Joe responde a algumas perguntas, sempre do mesmo jeito (Viu alguma coisa? Não. Sabe de alguma coisa? Não. Alguém criou problemas para vocês? Não.), até que a conversa enfim cai na Optimal.

Agora eles querem saber o que estamos fazendo, o que soubemos, que histórias ridículas Gallagher andou nos contando e se sabemos que ele foi flagrado um dia com fogos de artifício ilegais em quantidade suficiente para explodir a cidade inteira, e se sabemos que a Optimal emprega 60% de Barrens em cargos de horário integral ou meio expediente, sem contar os moradores que administram os bares, o mercadinho e o correio, todos eles ocupados novamente depois que a cidade estava quase morta, e se vocês pensarem dessa forma, vão ter que contar as pessoas em Barrens que não estão na folha de pagamento de um jeito ou de outro...

E *se houver alguma coisa na água, é claro que não está saindo da Optimal.*
E *vocês sabem no que estão se metendo?*

À tarde, reunimos toda a equipe na sala de estar minúscula de minha casa até encontrarmos uma solução melhor. Dividimos os vinte fichários e partimos para o trabalho. Exceto pelo silvo ritmado das páginas sendo viradas, trabalhamos principalmente em silêncio, e inesperadamente tenho uma sensação de tranquilidade que não tinha não sei há quanto tempo.

Flora é a primeira a localizar uma discrepância: não há dinheiro desaparecendo, mas dinheiro *demais* contabilizado. A Optimal esteve pagando à Clean Solutions Management, uma empresa que contrataram para lidar com os dejetos químicos, somas enormes e quase trimestrais.

O site da Clean Solutions Management na internet é todo de baixa tecnologia e cheio de jargão sem sentido.

Sempre vale a pena seguir o dinheiro.

Lembro-me de que Lilian McMann me contou sobre avaliações limpas demais que entraram no sistema federal em nome deles. Deve ter havido um suborno por ali em algum lugar.

— Será que a Optimal está redirecionando o dinheiro por intermédio de uma empresa como a Clean Solutions?

Joe estreita os olhos para mim.

— Como assim, redirecionando?

— Não sei. Pense no que eles fizeram por Aaron Pulaski. A empresa mãe da Optimal pagou a Pulaski para que ele não fosse atrás deles por violações trabalhistas, não foi? Talvez uma das terceirizadas também esteja recebendo cheques.

— Isto seria muito esforço.

— Bem, talvez sejam muitos bolsos.

Os olhos de Joe são como navalhas — posso senti-los tentando mergulhar diretamente em meus pensamentos.

— De quem, por exemplo?

Por exemplo, o de Colin Danner, penso. E talvez seu amigo Michael Phillips, que limpou os relatórios que colocou no SIIC. Talvez toda a porcaria da cidade.

— Não sei — digo em vez disso. Não contei a ele sobre o que ouvi de Lilian McMann, exceto em termos gerais. — Só estou especulando.

Ele não parece convencido. Por um bom tempo, fica me olhando.

— Por acaso você se esqueceu de que estamos trabalhando nesse caso juntos? — diz ele.

— Não me esqueci. Não tenho nada que possamos usar. — Meu coração acelera. A sala ficou em silêncio, e a sensação confortável que tive antes desapareceu. — Olha, se soubéssemos para onde foi Kaycee Mitchell... se pudéssemos conseguir saber o lado dela da história...

Mas Joe não me deixa terminar.

— Se o caso Kaycee Mitchell fosse legítimo, se ela adoeceu, isto só confirma o que nós *pensamos*. Não podemos provar porque não podemos perguntar a ela, e não podemos perguntar a ela porque não sabemos onde ela está, e não podemos encontrá-la porque não é por isso que estamos aqui. Abby, precisamos nos concentrar no que a Optimal está fazendo *agora*... e não no que ela fez dez anos atrás.

— Não me diga como fazer meu trabalho — vocifero. Joe não compreende que em Barrens não se pode simplesmente desligar o presente do passado. É como tentar tirar chiclete do cabelo: quanto mais você tenta separá-lo, mais fios ficam presos nele.

— Isto não gira em torno de Kaycee Mitchell. — Ele me diz em voz baixa. — Não se trata do que aconteceu naquela época. — E depois: — Talvez possamos salvar algumas pessoas, Abby. Mas não ela. Você entende isso, não é?

Apesar do absurdo de sair intempestivamente de minha própria casa, estou ao sol antes de perceber que não tenho para onde ir.

O que faz de Joe um bom advogado também faz dele uma porcaria de amigo: ele tem razão quase o tempo todo.

Capítulo Vinte e Quatro

Recebi quatro mensagens de voz da linha fixa de meu pai e meia dúzia de mensagens de texto de TJ, o veterano de guerra de 33 anos que mora na rua e passa seu tempo indo de casa em casa, procurando sinais de praga de insetos nas árvores. TJ é o mais próximo que meu pai tem de um amigo.

Suas mensagens beiram a incoerência, cheias de abreviaturas e pontuação errada, mas recebo o recado com clareza: estou atrasada para buscar meu pai para a consulta com o médico.

TJ ainda está recurvado pelo quintal quando chego. Ele levanta a mão para acenar, depois volta à sua inspeção, separando as folhas de uma de nossas macieiras selvagens. Seu braço esquerdo balança inútil quando ele se mexe.

Não há nada de errado com o braço de TJ, só que, graças a um episódio de estresse pós-traumático, ele não sabe que o braço está ali.

— Perda de tempo, desperdício de dinheiro, esses supostos médicos — meu pai resmunga enquanto se acomoda no banco do carona. — Só o que eles fazem é tirar seu dinheiro e mexer num monte de geringonças, e no fim, vem o quê? Eles te mandam para casa com uma oração, uma conta de quinhentos dólares e uma receita para procurar outro médico.

Ele impede minha mão quando tento fechar seu cinto de segurança.

— Posso fazer isso, droga. Eu torço as costas e você age como se eu fosse aleijado.

Mas noto que ele precisa de várias tentativas para encaixar o cinto de segurança. Sua mão treme.

Quando eu era criança, não íamos ao médico. Meu pai dizia que só precisávamos do amor de Deus, e quando fui à minha primeira consulta – aos 9 anos, com minha mãe limitada pela doença –, achei o consultório do médico o lugar mais limpo e mais iluminado em que já estive. Mas na época eu sabia que não ir ao médico era uma das coisas que faziam de mim um monstro; então, a sala de espera parecia o paraíso de que meu pai sempre falou, um lugar onde nada existia a não ser silêncio e uma brancura ofuscante que abate cada sombra. Ganhei um pirulito da recepcionista e, quando meus pais estavam com o médico, folheei revistas, passando amostras de perfume nos pulsos e em minha blusa.

Depois, foi o setor de oncologia de um hospital em Indianápolis, embora, para mim, fosse um consultório médico, só que maior, ainda mais miraculoso. Mais revistas. Mais ar frio levemente tingido do cheiro de chiclete de menta. Mais gente de jaleco branco e limpo, como anjos com as asas dobradas em volta do corpo.

O dr. Aster passou muito tempo examinando meu pai. Olhei cada revista na sala de espera: exemplares da *People* de dois meses antes, uma *Home & Garden* cheia de donas de casa sorridentes, exemplares da *Outdoor* e da *Fishing*. Pergunto-me quantas pessoas ficam sentadas aqui, nesta sala de espera, lendo sobre um peixe lacustre pouco antes de receber a notícia que as transformará para sempre.

— Você é de Barrens também?

Levanto a cabeça e vejo, olhando para mim, a única outra mulher na sala de espera, balançando um bebê silencioso nos braços.

— Chicago – digo com energia.

— Ah. Erro meu. É que pensei ter reconhecido você. – Se ela nota que a pergunta me irritou, não deixa que isto a incomode por muito tempo. Ela dá de ombros.

— Estudei na Barrens High – digo, sem me estender ou explicar que também fui do ensino primário e fundamental de Barrens.

— Foi o que eu pensei! Você estava dois anos à minha frente! Meu nome é Shariah Dobbs – diz ela. Depois, indicando o bebê nos braços: – Eu me levantaria, mas...

— Está tudo bem. Abby. — De repente, tenho vergonha de minha bolsa colocada no assento a meu lado — quatrocentos dólares, comprada na Neiman Marcus com meu primeiro salário, e muito mais cara do que eu podia pagar, mas ainda assim —, e de meus sapatos e jeans. Tudo isso é escolhido para me proteger exatamente da pergunta que ela fez primeiro. *Você é de Barrens também?*

Porém, vendo sua cara de lua, sua saia barata e os tênis falsificados, e o jeito descontraído com que ela me olha — ao mesmo tempo animado e solidário, como se ela soubesse exatamente o que penso dela e não se ressentisse de mim —, fico tomada de culpa.

Levanto-me e chego mais perto para arrulhar para seu bebê, tão embrulhado que de longe podia ser uma camiseta dobrada.

— Menino ou menina? Que idade tem?

— Menino. O nome dele é Grayson. Doze meses. — Ela começa a retirar o cobertor de seu rosto e, inesperadamente, sua cara se tolda. — Os médicos na clínica ajudaram muito. No início todo mundo me dizia que ele só ia crescer até aqui...

Estou prestes a perguntar o que ela quer dizer quando ela vira o cobertor e eu puxo o ar. O bebê é pequeno, pequeno demais, e seu crânio parece mole e malformado. A testa quase não existe. É como se as sobrancelhas viessem diretamente do couro cabeludo.

— Ninguém sabe se ele vai poder falar também — diz ela em voz baixa. — Falta de sorte, acho. Mas é um bebê bonzinho — acrescenta ela rapidamente. — Ele é o meu menino, e não ligo para o que os outros dizem. Fiz tudo o que me mandaram fazer, parei de fumar e até tomei aquelas vitaminas que me deram... — Ela cobre o rosto dele de novo e me olha de lado, como se esperasse que eu a acusasse de alguma coisa.

— Você ainda mora em Barrens? — pergunto, e ela faz que sim com a cabeça.

— No Creekside. — Ela se ruboriza. O Creekside é um campo para trailers — bem na beira da represa, com vista para a fábrica. — Ainda moro com minha mãe. Minha irmã e o marido se mudaram para lá, são vizinhos, então eles ajudam muito. — Sua expressão se desanuvia, e ela sorri. — Minha irmã está grávida também. Então, Grayson vai ter um priminho logo, logo.

Antes que eu consiga responder, a porta se abre, e o dr. Aster aparece com a mão enganchada no cotovelo de meu pai, que avança com dificuldade, enterrando a bengala no carpete, parecendo meu velho pai mais do que em qualquer momento desde que voltei para a cidade.

— Desculpe-me pela demora — diz o dr. Aster. — Já faz algum tempo. Pensei que devíamos fazer tudo em detalhes.

— Exames, exames e mais exames — diz meu pai. — É só o que gente como você sabe fazer? — A melhor medida da saúde de meu pai é o nível de sua grosseria.

— Está tudo bem? — pergunto-lhe, afastando-me de Shariah.

Os olhos do dr. Aster cintilam.

— Saberemos daqui a alguns dias, quando chegarem os resultados de todos os exames — diz ele. — Enquanto isso, ele deve pegar leve. Descansar. Seria bom usar uma almofada térmica e tomar ibuprofeno.

Meu pai balança a cabeça e vira os olhos para o teto.

— Quinhentos dólares — resmunga ele — e uma oração.

Enquanto ajudo meu pai até a porta, Shariah Dobbs me chama:

— Foi um prazer ver você, Abby. Se cuida.

— Você também — digo. Mas não consigo olhar nos olhos dela. Não consigo respirar por uma explosão repentina de medo com a ideia de bebês com crânios moles e cérebros que não vão se desenvolver. *Pontos fracos.*

Capítulo Vinte e Cinco

Um reluzente Lincoln Town Car está estacionado junto ao meio-fio quando chego em casa – eu o deixei esperando. Um corvo bica a terra. Não consigo parar de ver o bebezinho Grayson, suas sobrancelhas bastas e o couro cabeludo puxado para baixo.

Um para a tristeza.

Hannah está ajoelhada na calçada na frente da casa de Condor, sombreando uma flor de giz gigantesca, que brota ao lado de um grupo de caras sorridentes, todas cor-de-rosa ou verdes. Só lhe restam dois pedacinhos de giz. Aceno. Ela se senta nos calcanhares para olhar, passando os braços pelas pernas.

— Esse carro é seu? – pergunta ela.

— Só por esta noite. Bacana, né?

Seus olhos vão de mim ao motorista e voltam a mim.

— Você é famosa?

Isso me faz rir.

— Nem chego perto.

— Um dia vou ser famosa. – Ela volta a seu desenho, pressionando com força o giz para passar cor na calçada.

— Ah, é? Pelo quê?

Ela dá de ombros.

— Talvez dançar. Ou desenhar. Ou talvez por descobrir alienígenas.

— Alienígenas, é? – Na casa, Condor está perfeitamente emoldurado pela janela. Parece que ele canta, acompanhando alguma coisa no rádio. Está sem camisa. O cabelo é penteado com os dedos; imagino que ainda esteja molhado do banho. Lembro-me da pressão de seus lábios, como senti suas mãos segurando minha cintura. — Desde que você os mantenha longe de mim.

— Os alienígenas não machucam gente, sua boba! — Ela me olha com serenidade. — Só gente é que machuca gente.

Esse é o lance com as crianças: elas são bem mais inteligentes do que você pensa.

As PESSOAS FAZEM E falam muitas loucuras em táxis, e os serviços de carro particular não são exceção. Algo na divisória entre o banco da frente e o de trás faz com que os passageiros pensem que são invisíveis. E por esse motivo os motoristas são minas de ouro de informações. A Prestige Limo aparece repetidas vezes nos registros fiscais da Optimal. É um tiro no escuro, mas se Lilian McMann tiver razão — se a Optimal está conquistando, levando para jantar e subornando políticos em troca de favores — deve haver provas em algum lugar, e é provável que os motoristas tenham testemunhado algo, quer tenham percebido ou não.

O motorista é uma mulher, o que eu não esperava. Estou torcendo para que isto a deixe mais inclinada a falar, mas na primeira meia hora não consigo nada dela além de respostas-padrão e monossilábicas.

Você leva e traz muitos clientes de Indianápolis? *Às vezes, senhora.* Onde você mora? *Não muito longe, senhora.* Há quanto tempo está nesse emprego? *Quatro anos, senhora.* Gosta dele? *Sim, senhora.* Ela podia ser um robô programado com uma dúzia de respostas.

Tento novamente encontrar alguma coisa, qualquer coisa, que a inspire a falar.

— Você trabalha em tempo integral para a Prestige?

Sobre o assunto dos horários, ela se anima de imediato.

— Faço quarenta horas, às vezes mais. Mas meu horário sou eu que faço. Isso é bom. Tenho um filho de 4 anos, e outro de 6. Antigamente eu trabalhava na Target, mas no dia que precisei abandonar minha família no Dia de Ação de Graças para abrir a loja, me demiti.

— E você nunca se sente insegura, dirigindo tarde da noite?
— Ah, não — responde ela rapidamente. — Não pegamos *esse* tipo de cliente, não na Prestige. A maioria é de clientes já conhecidos, em particular neste trecho, entre a Optimal e Indianápolis. Não consigo imaginar fazer esse trajeto de ida e volta todo dia eu mesma...
— Pelo menos rende boas gorjetas?
Enfim, consigo: ela bufa.
— Quase nunca. Esses caras que trabalham em empresas grandes. Já notou que quanto mais gorda a carteira, menos ela é aberta?
— Ah, eu sei. Já fui garçonete — faço o mesmo jogo. Isto de certo modo é verdade. Passei um recorde de dois meses trabalhando como *hostess* em um bar de hotel em Chicago antes de ser demitida por ir para casa com um dos frequentadores. Não teria sido problema nenhum se não fosse pelo fato de que eu *não* ia para casa com o gerente.
— Então, você sabe. Alguns, eles são maiorais, sabia? Estou falando de Washington, verdadeiros poderosos, que acham que a merda deles não fede.
Minha pulsação se acelera.
— Alguém famoso? — pergunto, tentando não aparentar ansiedade demais. Mas eu passei dos limites.
— Não posso dizer, senhora. — Ela se retrai. — Faço meu trabalho como todos os outros. Entro no carro e dirijo.
Sei que não vou conseguir mais nada dela, então me viro para a janela, vendo os campos passarem numa geometria de estradas, casas e centros comerciais que anunciam os arredores de Indianápolis. Metade do mal no mundo, segundo penso, deve se resumir a alguém que só faz o seu trabalho.
Talvez seja paranoia, mas digo à motorista para me deixar a umas boas dez quadras de meu destino, e a instruo a esperar. O bairro é desinteressante e bem afastado do distrito comercial central. Passo por vários depósitos fechados e fachadas que exibem placas de *Aluga-se*. Uma sem-teto revira uma lata de lixo.
A Clean Solutions Mangement fica metida no segundo andar sujo acima de um almoxarifado e ao lado de uma sala comercial vaga que a certa altura parece ter abrigado uma firma de advogados de divórcios. Não tem placa, nada para anunciar sua presença além de um adesivo

que está descascando acima de uma campainha que não é atendida, por mais que eu toque.

— Nunca tem ninguém aí.

Viro-me e vejo um sujeito de cavanhaque fumando na porta aberta do almoxarifado. Ironicamente, ele parece nunca ter visto o interior de escritório nenhum: dá para contar os trechos de sua pele que *não estão* tatuados.

— Sabe o que eles fazem lá em cima? — pergunto a ele.

Ele dá de ombros. Seus olhos correm por todo o meu corpo, da cabeça aos pés, voltando à cabeça, com tal lentidão que ele parece fazer uma declaração.

— Importação e exportação, uma merda dessas — diz ele.

— Importação e exportação — digo com a maior doçura possível. — Ou uma merda dessas? O que seria?

Seu cigarro paira a meio caminho para a boca.

— É tipo assim, né? — Ele sorri, como se estivéssemos partilhando uma piada, e depois puxa um trago longo, dirigindo a fumaça para longe de meu rosto como se me fizesse um favor. — O cara me disse importação e exportação. Então, acho que é o que eles fazem.

— Cara?

Ele dá de ombros.

— Um imbecil de terno. — Ele sorri de novo. Seus dentes são podres. — Ele é seu ex ou coisa assim?

Olho feio para ele, e seu sorriso murcha.

— Tudo bem, olha aqui. Ele me deu o número dele, para o caso de chegar alguma entrega. Para ligar quando chegar um pacote para ele, esse tipo de coisa.

— Deu, é? Já chegou um pacote?

— Claro — diz ele. — Tenho um nos fundos agora mesmo. Ainda não levei para cima.

Ele revira os olhos quando fico parada ali, na expectativa.

— Ah, merda. Você não é da polícia, é?

— Pior — digo. Abro para ele meu melhor sorriso de garota bonita. — Sou advogada.

Capítulo Vinte e Seis

Barrens, pouco depois das oito horas de sábado, chega o mais perto que pode da agitação. Endireito o corpo quando passamos pelo Donut Hole: alguns manifestantes estão reunidos no estacionamento, segurando placas.

O QUE TEM NA SUA ÁGUA?
VENENOS OPTIMAL, SA.

Passamos pelo protesto quase antes de ter tempo de percebê-lo, mas ele me dá um leve surto de confiança. Pelo menos a Optimal não comprou todo mundo – ainda não.

O Mel's e o bar VFW têm tantos clientes que eles ocupam o estacionamento e mantêm as portas abertas para que a música saia e a fumaça entre. Uma garota e seu namorado estão se agarrando no capô do carro. O short jeans dela puxado para cima, onde ele a agarra. Ela tem os braços no pescoço dele. Rindo como louca enquanto os amigos os bombardeiam com tampinhas de garrafa.

Se as coisas tivessem sido diferentes, eu podia estar de pé no bar ao lado de Kaycee Mitchell, reclamando do trabalho, dos filhos e dos maridos, metendo para dentro uns drinques de vodca e fumando um cigarro quando já estivéssemos bem bêbadas.

Onde quer que ela esteja agora, eu me pergunto, será que sente falta de Barrens? Será que se arrepende do que deixou para trás? De algum modo, duvido disso. Começo a pensar que Kaycee Mitchell pode, afinal, ter conseguido sua indenização. Talvez tenha adoecido.

Talvez tenha sido paga para sumir, assim como a família dela – e até os amigos – foi paga para mentir sobre isso.

Deixando o VFW para trás, o silêncio parece entrar no carro como uma água escura. Sábado, oito da noite, e nenhum lugar aonde ir, nada para fazer, ninguém sente minha falta, nem em Chicago.

O carro de Condor está na entrada da sua casa, e as luzes estão acesas. Por um segundo pondero se devo bater em sua porta para me desculpar – mas pelo quê? E não posso me esquecer de seu rosto rígido de raiva e do salto repentino de terror em meu peito.

Uma corda de pular está enrolada no degrau da frente, e por algum motivo isso me enche de pavor. Como se Hannah tivesse sido abduzida no meio de sua brincadeira.

E então, Condor passa na frente da janela da cozinha e eu me viro rapidamente, percebendo que estive de olhos fixos ali.

Dentro de casa, ligo o ar-condicionado e ouço o aparelho ganhar vida no escuro.

A viagem de ida e volta a Indianápolis levou três horas, sem contar os quase quinze minutos que passei batendo papo com o cara do cavanhaque. A conta da Prestige fica perto de 250 dólares – quase três vezes minha conta de despesas semanal.

E cada dólar valeu.

Pego o cartão do Cavanhaque e faço uma busca por Byron Grafton.

Seu perfil no LinkedIn o relaciona como consultor, e o perfil no Facebook fala em gestão de investimentos e imóveis. Em nenhum lugar é dito que ele tem qualquer associação com a Clean Solutions, a Optimal ou a eliminação de resíduos.

Mas é a foto que quase soca meu coração pelo peito.

Byron Grafton tem o cabelo crespo e, nas poucas fotografias que aparecem no Google, veste o mesmo terno barato e chamativo que atraiu minha atenção para a foto que vi na casa de Brent. E agora eu me lembro – Brent me falou que tinha um primo, Byron, que tinha um amigo na Optimal que o apadrinhou.

Dou com uma imagem de Byron no jornal da Universidade de Indiana. Tendo terminado há muito a faculdade, ele ainda assim está vestido nas cores da universidade e acompanha, na frente de sua *alma mater*, um bando de outros garotos de fraternidade envelhecidos. De cinco a oito quilos mais gordos, o cabelo rareando, barrigudos de dinheiro, eles todos podiam ser gêmeos idênticos.

Só que um deles eu reconheço.

Digito o número de Joe, esquecendo-me completamente de nossa briga desta manhã, e solto uns palavrões quando cai direto na caixa postal.

— Me liga – digo. – Acho que encontrei alguma coisa.

Meu telefone toca praticamente assim que desligo, e atendo sem verificar o número.

— Espero não estar atrapalhando a noite de encontro – digo.

Há um silêncio.

— É Abby Williams? – Quem ligou tem o tom arrastado e rouco de quem fuma um maço por dia.

Endireito o corpo por instinto e fecho o meu laptop num estalo – como se alguém pudesse me ver pelas janelas.

— É ela mesma. Quem fala?

— Aqui é o xerife Khan. Falei com Joe Pabon esta manhã sobre o incêndio. Ele colocou você como contato. – O xerife Kahn está por aqui desde que eu era garotinha. Bigodão saído direto dos anos 1970, unhas amareladas, dentes de chiclete Adams. Kahn é o tipo de pessoa que você espera ver com botas de caubói e esporas, mas, em vez disso, todo dia de que me lembro, ele usou um par imaculado de tênis Nike de cano longo. – Quero que você saiba que fizemos uma prisão. Um garoto da cidade. Já se meteu em problemas. Fez umas ameaças a Gallagher no Dia das Bruxas passado. Mas duvido que ele pretendesse causar os danos que causou. Você sabe como são as crianças.

— Esse garoto tem nome? – Pego uma caneta e a primeira folha de papel em que consigo pôr as mãos: canhotos de cheque da Optimal, detalhados, cerca de dois mil deles, abertos em leque no chão de minha casa.

— Monty Devue – diz ele, e fico petrificada. Fui babá de Monty quando ele era um bobão magricela, só cotovelos e joelhos, que queria ser um operador de trem de carga ou Bill Gates quando crescesse. Um garoto bom, gentil, de coração manso. Lerdo para aprender, mas obstinado e curioso.

— Deve haver um engano — digo. Monty nunca atearia fogo no meio de uma seca na propriedade de Gallagher, pelo menos por causa dos animais. Monty sempre adorou animais, costumava resgatar lesmas e tartarugas da estrada.

— Não há — afirma Kahn e desliga.

Fico sentada ali por um bom tempo. Monty. O incêndio. Lilian McMann e sua filha naquelas meias com losangos, e Becky Sarinelli com a saia puxada para a cintura.

Abro novamente o computador. A página de resultados surge da tela escurecida.

Wallace Rush, diretor financeiro da Optimal, com Byron Grafton em um evento.

Wallace Rush e Byron Grafton, ainda universitários, sem camisa e pintados com o mesmo símbolo da fraternidade.

Wallace Rush e Byron Grafton, vestidos de terno em um jantar de ex-alunos de sua fraternidade. Com eles está Colin Danner.

E finalmente: uma censura formal a Wallace Rush, Byron Grafton e Colin Danner emitida pela Universidade de Indiana por "abusar da posição de poder que têm como representantes de sua fraternidade".

Pelo visto, velhos hábitos custam a morrer.

NÃO VOU DORMIR, não sem beber, e, se eu o fizer, sei que ficarei tentada pela proximidade da casa de Condor, por suas janelas iluminadas contra a escuridão como uma espécie de placa.

Antes de me dar conta, estou em meu carro, indo para o guarda--móveis de Frank Mitchell, como que atraída para lá involuntariamente pela gravidade.

A segurança é ainda mais vagabunda do que da última vez: um portão secundário está escancarado, e assim passo de carro por ali até a unidade 34 sem nem mesmo mandar um beijo ao gerente recurvado sobre o telefone no escritório principal. Todo o lugar é um quebra-cabeça de celas trancadas, uma miniatura pós-apocalíptica de uma cidade em que não ficou ninguém.

A FOGUEIRA

Desta vez a tranca se abre um pouco mais fácil, e rolo a porta para cima, estremecendo com o barulho de ondas se quebrando no silêncio. Ainda assim, não vem ninguém, e lembro que estou aqui legalmente, mais ou menos, que recebi permissão para entrar legalmente, mesmo que tenha obtido a permissão mentindo. As luzes piscam depois de um curto intervalo, e baixo a porta depois de entrar, mais uma vez desejando que houvesse ventilação. Todo o lugar tem um leve cheiro de química que formiga em minhas narinas e deixa um gosto adocicado no fundo da garganta. Enquanto avanço para as obras de arte de Kaycee, imagino que as próprias pinturas transpiram acrílico, que a aparência molhada e escorregadia da tinta não é um truque da luz, mas porque ela esteve aqui recentemente.

Estou a poucos quilômetros de casa quando um SUV encosta atrás de mim e quase me deixa cega com os faróis altos. A luz rebate em meu para-brisa e devora a estrada à minha frente. Ponho a mão para fora da janela, sinalizando. Mas o motorista não sai de trás.

Frustrada, entro à direita em uma faixa de concreto que me levará de volta à County Route 12, do outro lado do posto de gasolina.

Um segundo depois, o SUV vira também.

Meu coração dispara. Piso no acelerador, e o SUV arranca para me acompanhar. Não pode ser coincidência.

Não há luzes por aqui, nada além de campos escuros se estendendo dos dois lados. Foi idiotice minha fazer a volta. O SUV chega mais perto. Eu mal consigo enxergar. O para-brisa é todo clarão. Meus pneus batem em um sulco, e o volante escapa de minhas mãos antes de eu perceber que vaguei para fora da estrada, e volto num solavanco.

Viro à direita em uma estrada de terra, e tenho um breve momento de alívio: o SUV perdeu essa entrada. Um segundo depois, porém, ele para cantando pneu, dá a ré e entra na estrada. Agora vem rapidamente.

Dez metros. Cinco. Um grito fecha minha garganta.

Assim que giro o volante, saio da vala e entro dando *pancada* em pés novos de milho, o SUV dá uma guinada à minha volta. Está fazendo 90, 100 quilômetros por hora, rápido demais para que eu consiga ver quem dirige. Piso fundo no freio. Folhas batem na grade de meu carro, no para-brisa, e eu quico em terreno acidentado.

Enfim, recoloco o carro na estrada. Nesse momento, o SUV não passa de um par de luzes traseiras tragadas pela noite.

Capítulo Vinte e Sete

Quando Becky Sarinelli morreu, o xerife Khan foi falar com os alunos.

Lembro-me de que estávamos reunidos no ginásio e as janelas tinham gotas da condensação de todos aqueles corpos quentes; do lado de fora, fazia um outubro frio. Não sei por que pediram ao xerife Kahn para dar a notícia – até parece que algum de nós já não sabia.

– Algumas tragédias não podem ser explicadas – disse ele. Lembro-me disso porque era claramente uma mentira. Todos nós sabíamos por que Becky tinha se matado. Não era nada inexplicável. Foi por causa das fotos. – A srta. Sarinelli passou por muito sofrimento. Estou aqui para dizer que vocês têm opções. Se estiverem com problemas, podem conversar com seus pais. Podem conversar com os professores. – Eles o fizeram usar um microfone, e eu me lembro de que aquilo parecia errado. – Vocês podem ir até a Blyck Road e conversar comigo.

Manhã de domingo, era exatamente onde eu me encontrava. Depois, como agora, o xerife Kahn parecia a última pessoa no mundo com quem você iria querer conversar se estivesse com problemas. Toda sua boca caía junto com a linha do bigode, e o franzido brusco de sua testa parecia um cartaz que dizia *Cale a boca e aguente*. Ele está mais bronzeado do que me lembro, e mais cheio de joias também: além do anel de formatura grande, um colar de ouro está aninhado abaixo do uniforme, e ele olha um grosso relógio de ouro com frequência o suficiente para que eu saiba que ele me acha uma inconveniência.

— Vou te contar. — Ele fala com um forte suspiro, depois de gesticular para uma cadeira de frente para sua mesa. — Voltei para casa faz apenas alguns dias, e queria poder dar meia-volta direto para as férias.

— Onde vocês estavam? — pergunto.

— Sarasota. Dividi uma casa de veraneio lá. Um pântano dos infernos nessa época, mas gosto quando acaba a temporada de turismo. Além disso, só o que faço é ficar sentado na frente de uma piscina. — Seus dentes estão mais brancos do que me lembro também. Posso vê-lo em Sarasota, besuntado de óleo e com cor de mogno, o bronzeador tremendo em seu peito peludo. — E então, o que posso fazer por você?

— Vim falar de Monty Devue. — Pelo menos é uma meia verdade.

— Ah, claro. — A expressão do xerife Kahn fica ainda mais azeda. — Lamento, mas não posso ajudá-la nisso. A coisa toda foi entregue ao promotor do condado.

Penso em Monty quando ele tinha 6 ou 7 anos, recurvado para pegar uma lagarta no asfalto, segurando-a com cuidado na palma da mão.

— Acha que eles pretendem indiciá-lo?

Kahn se recosta na cadeira, cruzando as mãos na barriga, e assim seu relógio reflete a luz.

— Incêndio criminoso é uma coisa séria, em particular em época de seca.

Atrás dele, um quadro de avisos está repleto de recordações, antigas notificações municipais, recortes de jornal de cinco anos atrás sobre os últimos sucessos da polícia e um folheto anunciando a data do piquenique do Departamento de Polícia do Condado de Monroe. Sem surpreender em nada, a Optimal está na lista dos patrocinadores.

O ar no escritório é tão seco que é como tentar respirar serragem.

— Ele disse que não fez isso — observo.

— O que você espera que ele diga?

— Todas as provas são circunstanciais.

— Ele se gabou de que ia se vingar. O garoto também é piromaníaco. Tem todo tipo de problema disciplinar. — Kahn está perdendo a paciência. Ele se curva para frente de novo. — Escute aqui, Abigail...

— Srta. Williams. — Eu o corrijo, e ele sorri como se eu tivesse acabado de lhe dizer o nome de minha boneca em um chá festivo.

— Você conheceu Monty quando era criança. Mas as crianças mudam. E nem os pais sabem a diferença. — Ele se curva para a frente. — Sabia que Monty teve problemas em setembro passado por ameaçar uma colega de turma?

Ele sorri quando reajo.

— Você *não* sabia? Tatum Klauss. *Cheerleader*, uma aluna nota 10. Uma boa garota.

— Ele a ameaçou como? — pergunto.

— Ficando perto demais dela. Seguindo-a depois da aula. Aparecendo quando não era convidado. — O xerife Kahn obviamente está se divertindo. — Certa vez, ela chegou de uma festa e o encontrou esperando por ela.

Quero acreditar que não seja verdade. Ao mesmo tempo, conheço Monty e me lembro que ele ficava obcecado por algumas coisas. Certa vez passei 45 minutos tentando retirar uma tartaruga morta de seus braços. Ele simplesmente se agarrou a ela, queria fazer com que ressuscitasse.

— Eu nunca disse que ele não tinha problemas — respondo. — Mas isto não significa que ele começou o incêndio. Escute. Você mesmo disse. Monty esteve ameaçando se vingar de Gallagher desde o outono. Mas só recentemente chegamos para investigar a Optimal. Não acha que é coincidência demais? Talvez tenhamos perdido uma trilha importante de documentos.

Se ele entende o que estou insinuando, não aparenta – o que faz dele um sujeito ou muito burro, ou muito inteligente. Ele nem mesmo pisca.

— Então, justo você devia valorizar a seriedade disto.

Fico tentada a contar ao xerife Kahn sobre o carro que me seguiu ontem à noite, mas tenho certeza de que ele é do tipo que reduz tudo a hormônios femininos.

Mudo de tática.

— Você era xerife quando eu estava no colégio – digo –, na época em que Kaycee Mitchell desapareceu.

Desta vez, ele não é rápido o bastante para reprimir uma leve onda que altera sua expressão para o desprazer.

— Ah, claro. A maior comoção que esta cidade já teve. Histeria. Meninas adolescentes enlouquecendo. — Ele abre um leve sorriso. — Você não foi uma delas, foi? Uma das...? — E estende as mãos e imita um pequeno ataque, as mãos se agitando loucamente.

— Não. Não fui. — Eu vi como era a verdadeira doença. Sabia que adoecer não tornava ninguém especial. Só deixava a pessoa doente. — Só queria saber se algum dia você considerou a possibilidade de que ela não estivesse inventando.

— Não — diz ele rispidamente. — Foi tudo para chamar atenção. Todo mundo sabe disso. As outras meninas imitaram depois.

— Você falou em histeria. Isto se espalha por cópia, por imitação. Não quer dizer que não houvesse alguma verdade nisso.

Ele volta a sorrir.

— É típico de uma advogada. Sempre tentando complicar muito a simples realidade. Kaycee mentiu e ficou constrangida quando foi tudo revelado.

Cada pessoa com quem converso sobre Kaycee fala que ela era uma mentirosa. Mas se realmente adoeceu, foi a única que não mentiu. Pelo menos, não a respeito disso.

— Fugir porque não queria admitir que estava fingindo parece muito radical. Em particular se ela era uma boa mentirosa, como todo mundo diz.

Ele despreza a distinção com um gesto.

— Mas isso é uma história velha. Não entendo por que importa para você.

Uma lembrança me vem à tona: no segundo ano ou no primeiro, eu passava por Misha e Kaycee no corredor quando Misha começou a latir. Essa era sua mais nova crueldade — eu era feia como uma cadela, disse ela, que começara a rosnar sempre que eu passava.

Naquele dia, porém, Kaycee estava com ela. Virou-se para Misha e lhe deu um tapa forte, no rosto, com tal rapidez e tão inesperado que quase me passou despercebido. E, por um momento, ficamos nós três ali, petrificadas e espantadas — Kaycee, iluminada pela fúria e por outra coisa, algo que não consegui situar. Misha, em choque, seu rosto aos poucos se avermelhando.

Eu odeio cães, foi tudo o que disse Kaycee.

— Sabe onde ela está agora? — pergunto a ele.

— Não faço ideia. — Ele me observa atentamente. — Ela me telefonou, acho que algumas semanas depois de ir embora. Disse-me que estava em Chicago na época. Mas isso já faz dez anos.

— Ela ligou para você? Para cá? — Isto me surpreende. — Por quê?

Ele dá de ombros de novo.

— Deve ter ouvido falar que eu procurava por ela. A amiga Misha falou com ela algumas vezes.

Pergunto-me se existe uma possibilidade de que mesmo agora Misha esteja dando cobertura a Kaycee — e saiba exatamente onde ela está.

— O que ela disse?

— Isso já faz dez anos, srta. Williams. — Sua voz fica firme. — O que está morto e enterrado é melhor que fique assim. — Ele recua os lábios sobre os dentes compridos em um sorriso. — Não fica mais bonito quando sai da cova.

Capítulo Vinte e Oito

Mesmo antes de a Optimal chegar à cidade, havia um lugar em que nós nunca poupávamos: por mais de trinta anos, o Barrens Tigers sempre jogou em um estádio com capacidade para duas mil pessoas, doado pelo trineto do fundador da cidade. Barrens adora seu futebol americano. E o time sempre foi muito bom também, competia com escolas maiores do estado e colocava Barrens no mapa. Ia mais energia para o futebol e o time do que para qualquer outra coisa. De longe, parece uma nave espacial gigantesca pousada no meio de um campo arado. A escola ao lado fica mínima, e, às vezes, quando eu estudava lá, ele servia também de auditório para as assembleias.

Toda Barrens apareceu para o jogo PowerHouse do fim de ano, uma tradição que mistura o time juvenil e o time principal da escola, que competem entre si, e o jogo inclui toda a jactância, os palavrões e as dancinhas dos jogadores que, em geral, são proibidos nos jogos de verdade. Os times pintam a cara e usam fantasias por cima do uniforme. Uma pessoa, em geral o *quarterback*, usa asas encardidas de fada que são passadas de uma turma a outra.

Quando eu estava no ensino médio, teria matado para entrar no PowerHouse com Brent O'Connell. Agora fico quase sem graça – como se me espremesse em roupas que não cabem mais em mim.

Minhas mãos estão sensíveis por eu tê-las lavado com força demais antes de sair de casa.

Desde que voltei para Barrens, não consigo me livrar da sensação de sujeira incrustada por baixo das unhas. Lidar com os documentos da Optimal só piorou isso. É como se a empresa fosse coberta por um filme químico que me deixa com ardência e coceira.

Quando Brent tenta segurar minha mão, finjo não perceber, e meto os punhos no fundo dos bolsos.

Quinhentas pessoas, todas espremidas nos assentos do estádio, batendo os pés no ritmo da banda marcial – mas a loucura é que eu localizo Misha de imediato, ou ela nos vê primeiro, uma coisa ou outra. No exato segundo em que meus olhos a distinguem na multidão, ela levanta a mão para acenar – um espasmo rápido que pode ser ou um convite, ou um desejo de nos afugentar. Só quando vejo Annie Baum sentada ao lado dela percebo que Misha está exatamente onde sempre se sentou, quatro níveis acima, bem ao lado do corredor. Tem até um pequeno espaço, um intervalo no arranjo das pessoas, ao lado dela – como se uma Kaycee invisível ainda ocupasse seu lugar. Uma estranha assumiu o lugar de Cora Allen.

Por um segundo, olhamo-nos nos olhos. Ela me abre um leve sorriso estranho.

Tenho medo de que Brent vá querer se sentar com elas – Misha transforma seu aceno em um gesto frenético, com as mãos de *venham para cá* –, mas ele apenas levanta a mão e me conduz, colocando a outra na base de minhas costas, para uma parte inteiramente diferente da arquibancada. Sinto uma onda de alívio.

A partida começa: um borrão de jogadores de verde e branco se choca no campo. Encontro Monty e o perco novamente em um bolo de jogadores. Entendo pouco de futebol americano, exceto o que absorvi nos anos morando em Indiana e por assistir a *Friday Night Lights*, e ele me parece mais do que um jogador decente, embora depois se atrapalhe com um passe do *quarterback* e seu treinador o coloque no banco por um tempo. *Cheerleaders* do ensino médio balançam-se com seus pompons e, sempre que pulam ou dão saltos-mortais para trás, parecem ficar momentaneamente suspensas no ar, penduradas como enfeites de Natal em um céu que serve como pano de fundo escuro. Sempre penso no que pode acontecer se elas girarem alguns centímetros para o lado errado; vejo-as caindo por cima do pescoço, quebrando-se como bonecas de porcelana.

— Não éramos assim tão pequenos quando estávamos no colégio, éramos? — Brent se curva para falar comigo com o rugido da multidão e o bater de pés. — Acha que eles estão encolhendo? Definitivamente, eu acho que estão encolhendo.

Isso me faz rir. Eu nunca soube que Brent era engraçado, mas ele é. Ele me diz que, quando jogava futebol, inventou uma técnica para não ficar nervoso: escolhia um anjo da guarda qualquer na multidão, um desconhecido, e quanto mais esquisito, melhor, e lhe dava um nome. Se ele ficasse nervoso, simplesmente localizava o Anjo dos Chapéus Perdidos dos Anos 1990 ou o Santo Padroeiro dos Bigodes Espaguete e rezava rapidamente.

— Dava certo? — pergunto a ele.

Ele pisca para mim.

— Ficamos invictos no último ano.

Estranhamente, descubro que estou quase me divertindo. Com Brent. Com uma partida de futebol. Em Barrens.

Preciso lembrar a mim mesma sem parar que vim à procura de informações. Entretanto, o primeiro quarto passa, depois o segundo, e o terceiro, e embora a gente fique conversando quase continuamente, o mais perto que chegamos de discutir a investigação é debater o melhor lanche para dar energia a uma longa noite de trabalho. Brent fica com confeitos Skittles. Eu sou uma garota de M&M's de amendoim. Proteína e cafeína — são invencíveis.

É só no último quarto de jogo, quando a conversa se volta para nossas famílias, que encontro uma abertura. E nesse momento quase lamento aproveitá-la.

— Você me disse que tem um primo na Optimal também, não é? — pergunto com a maior despreocupação que consigo. — Byron Grafton?

— Você *é* boa mesmo. — Brent me olha ou com admiração, ou exasperado, ou um pouco das duas coisas. — Mas Byron não é da Optimal. É terceirizado. Mas aposto que você sabe disso. Foi Byron que me colocou em contato com o diretor financeiro, Wally Rush. Eles foram colegas de faculdade.

É claro que eu sabia disso também.

— No fundo, Byron é um bom sujeito. Teve alguns problemas. Andou bebendo. Casou-se, se divorciou, casou novamente, tem um filho, tomou algumas decisões ruins nos negócios. É do tipo que dá o passo maior dos que as pernas, tem ambição demais e bom senso de menos. Wally ajudou a colocá-lo em um novo rumo.

E prometeu a ele um contrato gordo por serviços de descarte de resíduos que, até onde sei, jamais aconteceu: um arranjo confortável.

— Então, a Optimal funciona como uma empresa familiar de verdade, né?

Brent não responde de imediato, e sinto as engrenagens de seu cérebro girando. Depois, ele se inclina para mim, a voz aos sussurros:

— Estou começando a pensar que você tem razão sobre a Optimal. Não sobre os dejetos. Mas tem alguma coisa estranha acontecendo na contabilidade. Mas isto precisa ser confidencial...

— É claro – respondo.

— A Optimal anda pensando em abrir o capital. Isso pode ser importante. Estou confiando em você.

— Obrigada – digo, e sou sincera.

Se a Optimal vai abrir o capital, por que se arriscar a violar leis regulatórias, por que se arriscar à investigação e à censura? Deve haver alguma coisa maior em jogo. Cada vez mais, estou convencida de que a Optimal esteve usando seu poder e suas ligações para atormentar, silenciar e influenciar – e para manter todos que podem investigá-la fazendo vista grossa.

O trovão de gritos e bater de pés abala o estádio e manda uma vibração até o meu peito: é o fim de outro ano letivo, o começo de um verão longo e pardacento. Brent vira-se e me beija de repente. Hoje seus lábios estão quentes e o peito também, e ele tem cheiro de sabonete e aparas de grama: um cheiro limpo e esperançoso. Procuro encontrar em mim alguma sensação boa, mas a multidão é barulhenta demais.

DEPOIS DA PARTIDA, perco dez minutos com Brent, dando uma desculpa para não sair para uma bebida. Ele me beija de novo, mas desta vez cai no canto de minha boca, como se quisesse me fazer pensar que pode ter sido um acidente. Nessa hora, os jogadores desapareceram, e há um engarrafamento de carros que saem do estacionamento.

Volto ao ginásio e dirijo-me a uma mesa de piquenique marcada por décadas de pichações entalhadas. A garotada não tem pressa de ir para casa: dúzias circulam aos bandos, como animais selvagens, visíveis apenas pelo clarão e o piscar das telas de seus telefones no escuro. Um grupo de meninas relaxa na grama não muito longe de onde me sento, e um bando de garotos não as deixa sozinhas por muito tempo quando chega para acender um baseado e passar pela roda uma garrafa de água que deve conter outra coisa. Por fim, o trânsito para a County Route 12 diminui a um pinga-pinga, e o estacionamento se esvazia. Mas os garotos continuam ali, perturbando o silêncio com um código Morse de gritos e risos adolescentes.

Os jogadores de futebol, agora de banho tomado, vestidos e carregando bolsas esportivas, saem do vestiário aos pares. Mas Monty sai sozinho. Preciso gritar seu nome três ou quatro vezes antes de ele olhar, já carrancudo, como se ainda estivesse no campo e esperasse um golpe.

Mas então sua expressão se desanuvia e se abre no mesmíssimo sorriso de que me lembro quando ele era criança.

— Oi, Abby — diz ele timidamente, como costumava me cumprimentar quando garoto. Como se em todos aqueles anos só estivesse esperando que eu aparecesse.

Sinto-me sem jeito de lhe dar um abraço, aquele gigante meio crescido, e me lembro de que ele não gostava disso; então, me limito a um cutucão com o cotovelo.

— Você tem crescido mesmo — digo.

Ele dá de ombros, mas parece satisfeito.

— Futebol. O que está fazendo aqui?

— Vim ver você jogar. — Quando um sorriso cobre o seu rosto, desejo sinceramente que fosse verdade. — Boa partida.

— Você devia estar aqui na temporada de verdade — diz ele. Depois, sua expressão escurece. — Não tenho jogado muito. Não desde o... — Ele puxa de volta o que pretendia falar.

— Você se meteu em problemas, não foi? Com Walter Gallagher?

— Ouviu falar disso? — Ele me olha de lado e, depois, vendo minha expressão, diz: — Você falou com a minha mãe?

— É, eu liguei para ela. — Monty arrasta os pés. — O que aconteceu?

Por um longo minuto, ele apenas olha o espaço entre os tênis esfarrapados, de repente se metamorfoseando em uma criança.

— No Dia das Bruxas passado, eu e uns amigos invadimos a fazenda do Gallagher. — Ele me olha através dos cílios — escuros e longos para um garoto. — Meu amigo Hayes queria roubar um dos 4X4 de Gallagher. Não íamos realmente pegar um — Monty se apressa em explicar. — Era só papo. Só fingimos que íamos. Entende o que quero dizer? — Quando faço que sim com a cabeça, ele parece relaxar. — De qualquer modo, era meio uma tradição mexer com Gallagher no Dia das Bruxas, nem fomos os primeiros a fazer isso.

— E você foi apanhado — digo.

Monty assente, infeliz.

— Ele soltou os cachorros em cima da gente. Hayes quase teve a perna arrancada. Mas só estávamos zoando.

— E você ficou irritado. — Ele concorda. — Você disse umas coisas sobre Gallagher, ameaçou se vingar.

Ele assentiu novamente, tão caído, com uma infelicidade de tal maneira evidente que parece um sabujo de desenho animado.

— Mas não falei sério — diz ele.

— Foi você que começou aquele incêndio na fazenda de Gallagher? — pergunto a ele com a máxima gentileza possível.

— Não — responde ele de imediato. — *Caramba,* não. — E acredito nele. — O xerife Kahn sente rancor por mim — diz Monty, agora furioso, bufando de raiva. — Ele jamais gostou de mim, desde a sexta série, quando me pegou pichando aquele muro velho atrás da fábrica. Ninguém nunca ia *lá atrás.*

Respiro fundo.

— Olha, Monty, preciso te perguntar uma coisa. Preciso que você seja sincero, está bem? — Ele assente. Apesar de ter no mínimo 1,90m e ser largo como uma trave, seu rosto é doce como de um bebê. — O que aconteceu entre você e Tatum Klauss?

— Não aconteceu nada — diz ele. As palavras mal são pronunciadas. — Como você soube de Tatum?

Não respondo, mas também não deixo o fio se perder. Um de meus professores de direito certa vez me disse que você pode defender qualquer mentiroso do planeta, desde que ele não minta para você.

— Você ameaçou machucá-la?

— Eu nunca machucaria Tatum — diz ele rapidamente e estremece, como se a ideia fosse dolorosa.

— O xerife Kahn disse que Tatum deu queixa contra você — digo. Coitado do Monty. — De acordo com Tatum, você não a deixava em paz.

— É, bem, eu só tentei fazer com que ela me ouvisse. — Um uivo de risos do grupo de estudantes parece assustá-lo.

Conheço esse riso: como o piado de uma coruja vendo um camundongo. Agudo. Predatório.

— Escutasse o quê?

Ele vira a cara. Um músculo se retesa e se solta no maxilar.

— Não era nada. Uma brincadeira idiota com as amigas dela. Mas elas não são amigas de Tatum. Não davam a mínima para ela.

O Jogo. Uma sensação ruim arranha meu pescoço. Deve ser coincidência. Mas ainda...

— Que tipo de brincadeira?

Mas Monty sente a mudança na corrente. Apesar de seu tamanho, apesar da camisa de futebol, em Barrens, Monty não é um falcão, é um camundongo: e como todas as presas de toda parte, sabe quando há perigo no ar. A massa escura de estudantes está inquieta, remexendo-se, inchando com o som repentino.

— Olha — diz ele, e sei que agora está impaciente. — Foi só uma brincadeira imbecil com uns caras mais velhos, zés-ninguém idiotas. Mas o xerife Kahn não perguntou a *eles*, perguntou? Só porque eles têm carros chamativos e roupas elegantes. — Ele meneia a cabeça. — Eu só queria ajudá-la. Só queria...

Ele se interrompe de súbito, enquanto a massa de garotos lança uma única palavra para o nosso lado, sem parar. *Monstro. Monstro. Monstro.*

— Os amigos de Tatum — diz ele com a voz estrangulada. E depois: — Preciso ir.

Ele parte do estacionamento numa meia corrida, mantendo-se o mais próximo possível do ginásio, cabisbaixo, como se pudesse deslizar, invisível. Não é assim tão fácil. Nunca foi fácil: uma garrafa de água erra por pouco sua cabeça; depois, uma lata de cerveja vazia, que bate na lateral do ginásio assim que ele desaparece depois de virar uma esquina.

Capítulo Vinte e Nove

— Devia ter cuidado, moça.
Não sei quem disse isso. Virando-me, por um segundo nem mesmo sei se o comentário foi dirigido a mim, mas então uma sombra vem na minha direção. Uma garota. Com o ar calmo de todas as moças bonitas, como se o mundo lhe vertesse e a menina só precisasse ficar ali e esperar. Ela repete:
— Devia ter cuidado.
— Do que você está falando?
Há uma pausa. Ela anda pela grama, cambaleando um pouco; está embriagada, ou talvez só tenha dificuldade para andar equilibrada no escuro.
Ela para a uns bons seis metros de mim, aproximando-se da luz.
Reconheço a cascata de cabelos loiros. Olhos azuis bem espaçados. Um rosto estranhamente parecido com o de Kaycee.
— Eu disse que devia ter cuidado — repete ela. — Ele pode te matar. Ele podia te matar queimada. — Como não digo nada, ela acrescenta: — Ele carrega bombas na mochila. Age como uma pessoa normal, mas a cabeça dele é toda ferrada.
— Quem? — pergunto no automático.
— Depois não diga que eu não avisei. — É tudo o que ela fala, e se afasta.
— Sophie. — Ela fica petrificada quando chamo seu nome. — Sophie Nantes, não é?
A menina não se vira para mim, mas vejo que enrijece.
Engulo em seco.
— Parabéns pela bolsa das Estrelas da Optimal.

Ela então se vira, só por um momento. O suficiente para que eu veja como as palavras tomaram todo seu rosto e o reduziram a um olhar duro de ódio.

No meu tempo, o Jogo era um segredo conhecido, uma tradição de que todos sabiam, até os professores. Mas em certa época, lá pelo meu último ano, o Jogo assumiu uma nova dimensão: em vez de só as garotas mais bonitas, as meninas mais gatas, os meninos veteranos começaram a visar as esquecidas, as solitárias e as impopulares também.

Mas, na época, não se tratava mais só de fotos. O grande esquema estava na extorsão que vinha depois: dinheiro, boquetes e punhetas atrás do estádio, exigidos como pagamento para esconder as fotos dos pais, mães e professores.

Foi o que aconteceu com Becky Sarinelli. E se Condor tirou as fotos, deve ter sido ele que as liberou também.

O que significa que: Becky foi uma das poucas meninas que não pagaram.

Não me surpreende inteiramente descobrir que o Jogo ainda acontece. Essas coisas têm um jeito de se transmitir de uma geração a outra, distorcendo-se como fazem os vírus, tornando-se mais poderosos e vazando pelas fronteiras para escolas de todo o mundo.

Mas Monty falou em dinheiro e carros chamativos, e não acho que ele teria se referido a qualquer um dos garotos da cidade dessa forma. Até mesmo os mais ricos em Barrens ainda têm sorte de herdar o Ford velho do pai quando completam 16 anos.

Então, que tipo de homens o Jogo está atraindo agora?

Isso não devia importar. Joe tem razão. Eu devia me concentrar no que a Optimal está fazendo. Monty e seus problemas com as meninas não chegam nem a cem metros de meus assuntos.

Só que não consigo me livrar da sensação de que chegam.

Sempre que fecho os olhos, ando novamente pelas telas de Kaycee e paro atrás da maior de todas: uma garota mal esboçada num tom claro, a boca num grito, os olhos se revirando como um cavalo em pânico e, em volta dela, um grupo de homens, altos e estreitos como lápides. Dentes brancos, ângulos limpos. Um flash.

Capítulo Trinta

É manhã de segunda-feira, e Flora vem me cumprimentar em nosso escritório novo em folha atrás do Sunny Jay's, onde trabalha Condor. Agora, Condor não só está perto de mim em casa, como também no trabalho. Flora agita os braços no alto como um sinalizador de aeroporto, tentando me fazer manobrar para o lugar certo.

— O Laboratório de Testes Ambientais mandou os resultados — diz ela, antes mesmo que eu tenha entrado pela porta. — Tentamos ligar para você.

— Já? — pergunto. Normalmente, conseguir resultados do LTA é como esperar que alienígenas venham à Terra trazendo presentes.

— Chumbo — ela solta antes que eu consiga perguntar. — Chumbo, cinco vezes acima do limite permitido por lei.

— É verdade? — Viro-me para Joe.

Ele responde me passando o relatório sem dizer nada: a investigação preliminar da composição química e de metais pesados do abastecimento de água pública de Barrens, Indiana. O documento é breve, e vai direto ao ponto: a represa está poluída, contaminada não só por chumbo, mas por níveis vestigiais de mercúrio e poluentes industriais com nomes impronunciáveis. É claro que o relatório não menciona a fonte da poluição — será nossa tarefa ligá-la à Optimal —, mas isto nos dá mais do que o suficiente para entrar com uma queixa formal com o juiz.

Então, por que não tenho vontade de comemorar?

Esta prova é suficiente para justificar o fechamento do escritório e a volta para Chicago. Podemos muito bem fazer o resto de nosso trabalho lá, de nossas próprias casas e nossas camas. Eu podia dar o fora daqui. Ainda assim...

Só consigo pensar em Kaycee. Tossindo sangue. As fraquezas, o desmaio.

— Que saco você teve de puxar para conseguir o resultado com tanta rapidez? — pergunto. Esta é a verdade abstrata: documentos, números e teorias. E existe também a verdade *real*: as lavouras arruinadas de Gallagher, a ruína das economias de sua vida; o pequeno Grayson, com crânio mole e o cérebro malformado; Carolina Dawes e as erupções cutâneas que coçam de seu filho.

— Na verdade, não posso levar o crédito por essa — diz Joe. — Seu amigo, o promotor Agerwal, foi quem conseguiu. Ele estava falando sério sobre eliminar a corrupção do condado de Monroe.

— Um político honesto. Quem diria? — Todos me olham, esperando que eu pareça feliz. Continuo folheando a pilha de papéis, virando as palavras e gráficos de um lado para outro. — Quais são os sintomas de envenenamento por chumbo?

— Para começar, irritações cutâneas. Assaduras, como aquelas de que as pessoas reclamaram. — Joe vai marcando os sintomas com os dedos. — A exposição de longo prazo pode provocar anomalias congênitas, distúrbios cognitivos graves.

— E as queixas de Gallagher sobre sua produção correspondem aos efeitos na agricultura — acrescenta Flora. — Tudo se encaixa.

— Se encaixa com o que as pessoas estão relatando *agora* — Portland fala. Graças a Deus não sou a única que precisa dizer isso. — Mas não se encaixa com o que aconteceu com Kaycee Mitchell.

Joe franze a testa.

— Você também não — diz ele a Portland. E depois: — Gente, isto é moleza. A CTDA vai arrumar mais verba para outra rodada de testes. Nesse meio-tempo, podemos sair daqui. Nunca mais verei um milharal ou uma espingarda na vida.

— Esnobe. — Tento dar o tom de uma piada, mas nem mesmo consigo abrir um sorriso forçado. Minha boca está seca. A língua parece uma meia. Eu devia estar emocionada, mas tem coisas demais me atolando aqui, em Barrens: o estranho incêndio no celeiro e Monty, acredito, acusado injustamente. Meu pai definhando diante de meus olhos. Brent me beijando o tempo todo como se eu fosse sua namorada ou coisa assim. Misha. Condor, a filha e seu bambolê.

Shariah e a cabeça mínima de seu filho. A filha de Lilian McMann, com nada além das meias.

Os subornos.

O Jogo.

— E o caso de corrupção? — solto.

Joe me lança um olhar confuso.

— Por que acha que Agerwal se interessou? Ele já está cuidando disso. Falei com ele hoje de manhã e lhe passei suas anotações... sobre Pulaski e a ligação entre a Optimal e a Clean Solutions. A Clean Solutions parece ser o lugar para onde o dinheiro vai para ser lavado, como você disse. Com sorte, estaremos em Chicago bem a tempo de comer ostras a 1 dólar cada no Smith and Wollensky.

Dá para ouvir o quanto Joe está verdadeiramente animado em voltar para casa — voltar para sua vida em Chicago, onde um gay negro se mistura bem. Onde ele pode facilmente fazer malabarismos com um rodízio de sete namorados, e também ser visto com qualquer um deles em público. De volta à perfeição de seu apartamento, cheio de excentricidades fabulosas, o sistema de som de última geração, taças de vinho do mesmo conjunto e uma estranha "cascata artificial" que essencialmente não passa de uma fonte.

É outro lembrete de como ele e eu somos diferentes. A perspectiva de voltar a meu apartamento — novo, impecavelmente *clean*, moderno, e praticamente vazio — me enche de pavor.

Agora sei que existe um buraco dentro de mim. Um buraco que não pode ser remendado nem preenchido com processos, papelada ou casos judiciais, nem com roupas novas, milhagem, nem happy hours ou barmen.

Nunca se tratou da água. Nem mesmo de Kaycee, não de verdade.

Trata-se de mim.

— Isto é exatamente o que viemos fazer, Abby — acrescenta Joe, agora mais brando.

Mas é aí que ele se engana.

* * *

Quando eu era criança, a represa era a maior massa de água que eu tinha visto, e era o centro de todo o mundo. O lado sul sempre foi o lado bom, a área com pessoas cujos pais tinham empregos de eletricistas, em telemarketing e, posteriormente, na Optimal. O lado oeste é um ninho bravio de mata. Foi no lado leste que aos poucos se ergueu o esqueleto da Optimal, como um navio naufragado ao contrário.

E, ao norte, existe um antigo cortiço de casas decrépitas, muitas delas desocupadas, as árvores crescendo densas entre elas. Fica só a um quilômetro e meio de caminhada pelas árvores a partir da casa de meu pai. Um quilômetro e meio de mata onde eu brincava quando criança — sentava-me encostada em uma pedra, cercada de árvores, imaginando que podia viver ali para sempre, como uma fada, quando soube que minha mãe estava morrendo. Onde eu brincava de esconde-esconde com Kaycee, e onde enterramos Chestnut.

Pego as estradas de terra em vez da mata, estradas assadas pelo calor. Moscas zumbem sobre alguma coisa morta, e, pelas árvores, a represa cintila.

Quando saio do carro, sinto um pouco que estou do lado errado de um microscópio. Aqui também os moradores despejam seu esgoto diretamente na mata, morro abaixo. Uma conexão nova com a rede de abastecimento de água pode custar 4 mil dólares, e ninguém por aqui tem tanto dinheiro. Devem estar enchendo suas torneiras e chuveiros com a água da represa, como fazem todas as famílias mais pobres. Não admira que o filho de Shariah tenha nascido desfigurado.

Shariah Dobbs mora no número 12 da Tillsdale Road, difícil de encontrar porque essas estradas mais parecem trilhas, e nenhuma delas tem placa. Ela não está em casa; então, escrevo um bilhete em uma folha de papel que desencavo da bolsa e meto em sua caixa de correio junto com meu cartão de visitas.

De volta ao carro, meus olhos caem na casa térrea do outro lado de um quintal tomado de autopeças. Uma caixa de correio inclinada na porta de entrada tem a placa *Allen*. É um nome bem comum, eu sei, mas hesito, girando a chave na mão.

Cora Allen era uma das melhores amigas de Kaycee e Misha, que me contou que ela não estava indo muito bem, que as duas não tinham mais contato. É incrível como as meninas de ouro da Barrens High se deram mal.

Será coincidência? Ou aconteceu algo que explique a rapidez e a profundidade com que elas caíram?

Preciso saber.

Deixando a chave cair na bolsa, atravesso o gramado tomado de mato.

A casa mostra toda a sua idade e negligência: a pintura descascando, e até uma janela rachada que só não despenca graças a uma escora. Eu poderia pensar que estava abandonada se não fosse pela picape estacionada abaixo de uma cobertura de plástico.

Antes mesmo que eu consiga chegar à porta, ela se abre, e ali está ela. Cora Allen. Ou melhor, uma versão apodrecida dela, cheia de crostas, em tons de cinza. Só os olhos são os mesmos: grandes, castanhos e pensativos.

— Abby Williams — diz ela, antes mesmo que eu levante a mão. — Soube que você tinha voltado. — Ela coça a barriga, por baixo da camiseta. — Estive esperando você me encontrar.

— Oi, Cora.

Ela se vira e desaparece dentro da casa, e por um segundo fico parada ali, confusa, sem saber se quer que eu a acompanhe. Mas depois ela chega à porta e gesticula para mim.

— Bem, entre. Vamos acabar logo com isso.

Eu a acompanho para o interior da casa, que está enevoado de fumaça de cigarro antiga. A bancada da cozinha é abarrotada de garrafas de cerveja vazias, e ela pega uma nova na geladeira antes de se sentar. Não é a bebedeira de um dia de diversão. É algo muito mais sombrio. Dou uma olhada rápida dentro da geladeira: água, cerveja, suco de laranja e um pedaço mirrado de cheddar.

Sentamos na sala, e ela desliga a televisão. Apoia a cerveja na beira da mesa de centro, marcada de centenas de cervejas anteriores. E também não para de se coçar. Misha não estava mentindo. Ela é viciada em drogas. É aflitivamente evidente.

— E aí? O que você quer saber?

Fico mais perplexa a cada minuto.

— Parece que é você que tem algo a me dizer, não?

— Você esteve perguntando por aí sobre Kaycee Mitchell, não foi? — Ela toma um gole da cerveja. — O que todos os outros disseram a você?

— Nada. E exatamente a mesma coisa. Que eles não têm notícia dela há anos. Que ela era uma mentirosa. Que eles ficaram felizes ao vê-la partir. — Cora se retrai só por um segundo. — E você?

Por um tempinho, Cora não fala nada. Ficamos nos olhando até que tenho de virar a cara.

— Não. Às vezes ela me assustava. Mas não. — Ela toma um longo gole da cerveja. — Nós a deixamos na mão, todos nós. Ela estava doente, sabia? — continua Cora. Depois, reagindo à minha expressão de surpresa: — Doente da cabeça. O pai gostava dela um pouco demais, se é que você me entende.

De repente, meu estômago desaba. Lembro-me de Kaycee na quarta série, mostrando orgulhosa tubos de maquiagem e batom metidos no fundo da mochila. *Papai me deu*, ela me disse. *Ele falou que agora já sou grandinha, então, por que não?*

Penso em Kaycee, acendendo um isqueiro Zippo prateado, chocando minha pele com o calor do aço. *Você sabe que é amor porque começa a doer.* Eu era nova demais para entender.

O ar é sufocante — o cheiro de cerveja choca recobre tudo. Parece que mal consigo respirar.

— Ela tentou nos contar também. O que você faz com uma coisa dessas? Misha a acusou de querer atenção. Misha acusava todo mundo de querer atenção.

Dou um pigarro.

— Isto se chama projeção — digo, e ela ri, um riso gutural e surpreendentemente encorpado.

— Eu diria que sim. — De súbito, ela se curva para a frente, apoiando os cotovelos nos joelhos, os olhos lutando para acertar o foco. — Acho que ela adoeceu por causa disso. Nunca ouviu falar? Que a mente pode fazer você se sentir mal, mesmo quando você não está?

— Claro — digo com cautela. — Mas pensei que ela só estivesse fingindo.

Ela se recosta. De repente, parece completamente exausta.

— Não — diz ela em voz baixa. — Não foi fingimento. Ela estava doente de verdade. Todas nós estávamos. Não foi culpa de ninguém, só nossa. — Ela dirige as palavras para a cerveja, como se a bebida fosse prova disso.

Misha sempre disse que o que aconteceu no último ano foi uma pegadinha que rapidamente saiu de controle: à medida que mais meninas começavam a adoecer, ninguém sabia mais o que era real e o que era fingimento. A ideia de Cora é de que a doença foi uma espécie de castigo.

Mas pelo quê?

Ela evita meus olhos e fita a cerveja se esvair a cada gole, como se tentasse entender o que está acontecendo com a bebida. Não tem sentido eu me conter agora.

— Foi por causa do Jogo?

Na mosca. Ela levanta a cabeça de repente e me encara.

— Isso foi uma merda doentia. Lembro quando encontraram Becky Sarinelli enforcada. Achei que eu ia vomitar.

— Eu também.

— Foi ideia de Kaycee, sabia? — Ela usa o dedo indicador para dissipar um anel de fumaça. — Não o Jogo em si. Os meninos do último ano já competiam por nudes havia anos. Mas à parte do dinheiro.

A fumaça do cigarro me deixa nauseada.

— Isso era típico da Kaycee — diz ela. — Sempre armando algum esquema. — E sei que ela tem razão. Kaycee sempre estava tramando para conseguir dinheiro, mesmo quando éramos pequenas. A família dela vivia pior do que a minha ou até a de Cora. — Ela costumava roubar coisas sempre que podia. Todas nós roubávamos... cerveja, papel de seda para cigarro, chicletes, essas merdas. Mas parecia que ela não conseguia se conter. — Ela meneia a cabeça. — Então, Kaycee teve essa ideia, é, de que a gente podia pedir resgate pelas fotos que eles tiravam. Fazer as garotas pagarem, senão... Eu não quis. Mas você sabe como era a Kaycee... — Ela se interrompe e dá de ombros.

De todo modo, Cora não precisa terminar. Sei o que teria dito: era impossível dizer não a Kaycee. Ela podia convencer você a fazer qualquer coisa.

Cachorros assim deviam ser abatidos.

— O que ela fazia com as fotos depois que as pessoas pagavam? — pergunto. — Ela realmente as devolvia?

Cora franze a testa.

— O que você acha? — Ela se curva para apagar o cigarro. — Kaycee ficava com elas.

Capítulo Trinta e Um

A caminho da casa de Monty naquela tarde, recebo dois telefonemas do mesmo código de área de Indiana – Shariah, suponho, encontrou meu bilhete. A cara de Joe aparece como um desenho animado em minha cabeça, dizendo *foco*, dizendo que isso se trata do que está acontecendo *agora*, mas, em vez disso, envio as chamadas para a caixa postal.

Os resultados da água nos deram todo o tempo do mundo. Agora não temos nada além de tempo: anos de litígio, de trabalho repetitivo, de correções, culpabilizações e burocracia.

Mas já deixei Kaycee desaparecer antes. Não posso deixar que desapareça de novo – não quando estou mais perto do que nunca de descobrir a verdade.

As palavras de Cora se repetem sem parar em minha cabeça.
O pai gostava dela um pouco demais, se é que você me entende.
Sempre armando um esquema.

Ela tem razão em parte. Mesmo quando criança, Kaycee roubava coisas – coisas pequenas, quinquilharias da casa dos outros, coisas dos escaninhos da escola. Nunca se arrependia disso depois. Lembro-me de quando Morgan Crawley chorou até o nariz fazer bolhas de muco por um par de luvas que a avó havia tricotado para ela – luvas que Kaycee me mostrara, gabando-se, no fundo de sua mochila no dia anterior.

— Então, ela não devia ser tão descuidada com elas – disse ela quando a confrontei. – Se você adora uma coisa, tem de cuidar dela e mantê-la em segurança. – Ela ficou com tanta raiva de mim que pegou as luvas e jogou em um bueiro, e nunca vou me esquecer de como a vi naquele dia, parada na rua enquanto uma rajada de água da chuva levava rugindo as luvas esgoto abaixo. — Olha. Agora elas não são mais roubadas. Agora não são de ninguém. — Como se tivesse sido minha culpa o tempo todo.

Nada nunca era culpa dela. Ela era imune à culpa, e sua memória funcionava como uma daquelas antigas peneiras de garimpo, sacudindo toda a poeira para fora, todas as coisas ruins, deixando intactas apenas as coisas que ela realmente queria recordar, aquilo que a fazia parecer boa.

Foi por isso que a história da coleira de Chestnut sempre me deixou confusa também. O que a fez guardar a coleira e, tantos anos depois, devolvê-la? Por que isso foi tão importante para ela? Era como se a morte de Chestnut não fosse prova de algo horrível feito por ela, mas prova de algo horrível feito *a ela*.

Mas o quê? Isso não fazia sentido nenhum.

Seu problema, Abby, é que você não sabe desenhar. É que você não consegue ver.

Sigo o ônibus escolar até a entrada da casa de Monty, na expectativa de vê-lo sair pela porta aberta, todo o 1,80m dele. Mas só desembarca uma garota, recurvada quase totalmente com o peso de uma mochila enorme, e anda com dificuldade por um jardim castanho até uma casa vizinha.

Talvez Monty tenha apanhado uma carona para casa com a mãe: ela trabalha no refeitório da escola e, em meio período, em uma das cabines de pedágio da Interestate 70, que corre entre Columbus e St. Louis. Uma vez ela me disse que gostava de usar sua rede de cabelo lá também, tentava se vestir mal e parecer o mais simples possível, assim os motoristas da noite ficavam menos tentados a acariciar a palma de sua mão quando ela lhes entregava o troco, nem sussurravam obscenidades para ela.

Monty mora em uma estranha colcha de retalhos que dá a impressão de que duas casas de fazenda se chocaram e nunca conseguiram se desgrudar. Há uma bandeira americana pendurada acima da porta.

A casa, por dentro, está às escuras. Mas a mãe dele, May, vem à porta assim que bato, ainda usando sua rede de cabelo.

— Abigail — diz ela, e me dá um abraço enorme. Ela tem cheiro de desodorizador de canela. Eu sempre achei que May era como uma colcha preferida, colorida e reconfortante, macia ao toque. O tipo de mãe que de pronto faz você se sentir em casa. Minha mãe era igualzinha.

"É bom ver seu rosto." Ela segura minhas faces brevemente entre as mãos. "Outro dia apareci para visitar seu pai, mas ele disse que você está se hospedando em outra casa...?"

Faço que sim com a cabeça.

— Sim, aluguei uma casa atrás do salão de beleza — digo. Sentindo-me subitamente julgada, acrescento: — Eu simplesmente não queria deslocar o meu pai. E agora me acostumei com minha privacidade, morando em Chicago.

— Para mim, parece solitário — responde ela, e não sei se May pretende que seja uma crítica. Um segundo depois, porém, ela sorri.

— Entre, entre. — Ela me conduz para uma área de estar apertada e instável com troféus esportivos balançando e as fotos de família em porta-retratos: ela deve ter triplicado sua coleção desde que estive aqui, anos e anos atrás. — Sente-se. Fique à vontade. Quer beber alguma coisa? Uma água? Refrigerante? Tem um pouco do meu chá especial!

— Claro, chá está ótimo — digo, enquanto ela caminha até a cozinha esbarrando nas coisas. Sento-me ao lado de um santuário ao crescimento progressivo de Monty, da criança sorridente e banguela ao homem musculoso e enorme.

Ela volta um instante depois com um copo alto de chá tilintando com gelo.

— Monty me contou que viu você ontem à noite, no jogo. — Ela coloca um descanso na mesa e se senta de frente para mim, suspirando enquanto relaxa os pés. — Sabia que metade das crianças apareceram na escola hoje ainda cheirando a cerveja? Zona sem álcool, uma ova. Na última semana de aulas também. Alguns nem se dão mais o trabalho de levar livros para a sala.

— Você não foi?

Ela nega com a cabeça.

— Futebol e mais futebol. Parece que é a única coisa com que todos conseguem concordar.

— Ele está em casa? — pergunto. Mas antes que ela possa responder tenho minha resposta: do fundo da casa, o barulho de algo pesado batendo no chão.

— Só um minutinho — diz ela, rigidamente, e se impele do sofá. Desaparece, e ouço um diálogo abafado, o bate e rebate rápido da teimosia adolescente. Ela volta parecendo não zangada, só cansada.

— Querida, ele não quer conversar — diz ela num tom baixo. — Tive de buscá-lo na escola hoje. Ele virou sua carteira, entrou em uma competição de gritos com o diretor. — Por um segundo, ela parece que vai desmoronar. — Estou nos meus limites com ele. Mas o que eles esperam, dando uma notícia daquelas na assembleia?

— Que notícia? — pergunto, e ela me encara.

— Meu Deus, pensei que você tivesse vindo por isso. — Ela chega para a frente do sofá e baixa a voz, lançando um olhar nervoso ao quarto de Monty, como se ele pudesse entreouvir. — Uma coisa horrível, horrível. Mas ela vai sair bem dessa. Ainda assim, uma menina tão nova... boa aluna também...

— Que menina? O que houve?

— Tatum Klauss — diz ela, e meu coração para. A menina que acusou Monty de assédio, de acordo com o xerife Kahn. — Monty tem uma queda por ela há séculos... desde que eles eram calouros e costumavam pegar o mesmo ônibus, antes dos pais dela se divorciarem. Um doce de menina, e sempre muito educada quando me vê na fila. Não é como a maioria das crianças. Olham para você como se fosse lixo. Uma aluna brilhante também.

Falar com May sempre foi como tentar separar fios de espaguete que esfriaram em um escorredor. Cada ideia leva a outras dez.

— O que aconteceu com Tatum?

— Pegou um monte de remédios para transtorno de atenção do irmão e tomou todos de uma vez... ontem à noite, quando todos estavam na partida de futebol. — May faz o sinal da cruz. — Graças a Deus a mãe dela não estava se sentindo bem e chegou em casa cedo. Encontrou a filha botando as tripas para fora, quase inconsciente.

Levou-a correndo à emergência em Dougsville. — A mesma clínica para a qual levei meu pai às pressas, depois de sua queda. — Dizem que ela vai ficar bem. Dá para imaginar? E ela também é uma aluna nota 10. Conseguiu uma das bolsas da Optimal. Achamos que ia para a faculdade no outono... — May diz "faculdade" como alguém pode dizer "paraíso". De certo modo, isso não surpreende. Por essas bandas, é igualmente difícil entrar nas duas coisas.

Tomo um longo gole de chá, na esperança de que lave o gosto amargo e repentino que sinto.

— Eles sabem por quê?

May balança a cabeça.

— O xerife Kahn estava na assembleia, e foi tudo o que ele disse.

Uma imagem pisca em minha mente, centenas de mãos passando fotografias pelos assentos. E Becky Sarinelli descendo apressada da arquibancada, tentando fugir — mas não com rapidez o suficiente.

Nem perto disso.

Algumas coisas são inexplicáveis, disse o xerife Kahn naquele dia. Parece que há muitas coisas que ele não vem conseguindo explicar.

May acrescenta com uma ferocidade súbita:

— Bem, ele não vai atribuir os comprimidos a Monty, vai? Não quer dizer que ele não vá tentar. Eu juro que se o sol ficasse verde amanhã, ele diria que foi por culpa de Monty.

— O xerife Kahn disse a você se Gallagher vai dar queixa?

— Não é Gallagher — diz ela. — Até aquele velho maluco tem mais bom senso do que isso. O xerife Kahn insiste em dizer que eles precisam fazer dele um exemplo!

— Vou conversar com o xerife Kahn de novo. — Digo isso automaticamente, embora saiba que a promessa é vã. Se Gallagher não deu queixa, não há motivos para perseguir Monty. A não ser que Kahn esteja tentando acobertar alguém.

— Ele se recusa a comer — diz May. — A escola está dizendo que pode impedir que ele participe da formatura. *Se* ele se formar. — Os olhos de May lacrimejam, e ela os enxuga com as costas da mão. — Olhe só para mim, chorando sobre o leite derramado. Só fico pensando na mãe de Tatum...

— Pode avisar ao Monty que vim aqui? — De repente só preciso sair desta casa. Cem Montys sorriem para mim de cem passados diferentes: cem sorrisos idiotas, alegremente inconscientes do que vem pela frente. — Diga a ele para me telefonar, se ele quiser. Tome.

Ela segura meu cartão pela ponta, como se tivesse medo de sujar. Quando ergue os olhos, vejo a incerteza viajar da testa ao queixo.

— Por que você veio aqui, então, se não foi pelo que aconteceu com Tatum?

— Por motivo nenhum. — Levanto-me, alarmada por uma nuvem negra que temporariamente obscurece minha visão. Eu me firmo, encostada na parede. — Para dar um alô, é só isso.

Ela assente. Mas sei que não está convencida.

Já estou no carro quando ela põe a cabeça para fora de novo e grita:

— Dê lembranças a seu pai por mim, está bem?

Parece que diz mais alguma coisa, porém o motor engole o que quer que seja.

Meninas, jogos, venenos — o passado se repete, jogando marolas como a superfície da represa.

OUTRA CHAMADA PERDIDA para mim — desta vez não é um número local. Encosto em uma das estradas de terra sem nome, tão estreita que os campos batem nos retrovisores laterais. Desligo o motor e ouço um vento fraco levantar as folhas. Daqui, a estrada não faz nada além de sumir em pés de milho, e imagino que, se eu continuar dirigindo, vou sumir também, simplesmente me apagar do mundo. Como fez Kaycee.

A primeira mensagem de voz é de Shariah, que parece hesitante. Ao fundo, um bebê chora.

> Olá, srta. Williams. Recebi seu bilhete. Eu... bem, estou ligando, como você me disse para fazer. Ligue para mim a qualquer hora neste número. Se eu não atender, provavelmente estou colocando Grayson para dormir. Tudo bem. Tchau.

A FOGUEIRA

A mensagem seguinte é de um homem que não reconheço: ele explica que está telefonando para Abby Williams numa voz com uma calma de arrepiar.

Aqui é o dr. Chun, ligando do Lincoln Memorial, em Indianápolis.

Inconscientemente, endireito um pouco o corpo, olho pelo retrovisor, como se algo pudesse vir de trás.

O dr. Aster me mandou os resultados de uma ressonância magnética recente de seu pai e indicou você como contato. Por favor, me ligue assim que for conveniente.

Engraçada a rapidez com que o mundo todo se encolhe e se resume ao interior de um carro, ao espaço entre toques de telefone. Vejo passarinhos riscarem um céu azul-claro. Seis deles. Depois um sétimo, atrasado.
Aperto o telefone até que ele fica quente embaixo dos meus dedos.
Um para a tristeza, dois para a alegria, três para uma menina, quatro para um menino, cinco para o prateado, seis para o dourado, *sete para um segredo, jamais a ser revelado.*
Procuro uma recepcionista. Possivelmente, é a mesma recepcionista do consultório de cada médico, locadora de automóveis e escritório de seguradora a quem já telefonei. Possivelmente, só existe uma em todo o mundo, e ela passa a sua entonação entediada de uma mesa a outra, como um Papai Noel que não traz nada, mas que *não está nem aí*. Ela me informa que o dr. Chun me telefonará quando puder, de um jeito que sugere que terei muita sorte se isso acontecer antes do Natal.
Mas ele me liga de volta quase imediatamente.
— Abby? É o dr. Chun, da neurologia do Lincoln Memorial. Obrigado por retornar meu telefonema. O dr. Aster mandou alguns exames para que eu visse — diz ele.
Enfim encontro minha voz.
— Desculpe-me. Qual é a sua especialidade?

— Neurologia — diz ele, e eu quase, quase relaxo. Os neurologistas olham exames do cérebro. Normal. Mas, então, ele continua: — Na verdade, minha especialidade é patologias neurológicas. E oncologia — acrescenta, quase como quem se desculpa.

Fecho os olhos e me lembro de todas as vezes que desejei que meu pai morresse. Abro os olhos. O mundo ainda está ali. Uma picape passa, a caçamba cheia de adolescentes queimados de sol.

Isso me traz uma lembrança que devo ter enterrado há muito tempo: eu e Kaycee, talvez na terceira série, quando minha mãe ainda estava viva, a primeira e única vez que tive permissão para ir à Festa do Terror no Dias das Bruxas.

Fiquei morta de medo na casa mal-assombrada. Não por causa de todos os monstros que apareciam com máscaras e motosserras, mas porque Kaycee tinha corrido na frente, pensando que seria divertido fingir desaparecer. Corri de um cômodo a outro, apavorada, procurando por ela. Havia caixões em toda parte, e sangue falso, até um manequim de cabelo loiro e de pescoço frouxo em um nó de forca. Nem mesmo tinha o rosto, só olhos desenhados e uma boca de batom — mas, em meu pânico, no escuro, pensei que fosse ela.

Depois, pegamos carona na caçamba de uma picape. Estávamos na traseira, só nós duas, pois o pai de Kaycee tinha pegado o carro para tomar outra cerveja. Kaycee estava amuada porque eu não havia entendido a brincadeira.

Eu te deixei assustada, não foi?, ela dizia sem parar. *É uma casa mal--assombrada. Entendeu? Eu assustei você.*

E então, de repente, estávamos na mata. No gotejamento tranquilo dos galhos pendentes, com fantasmas de papel pregados nas árvores, ela se virou para mim.

— Não tenho medo de morrer — disse ela. — Nem um pouco. E você?

Para falar a verdade, eu nunca havia pensado nisso. Minha mãe estava morrendo, e era o bastante para pensar.

— Não — menti.

Ela segurou minhas mãos.

— Quando eu morrer, vou virar um anjo, assim posso cuidar de você o tempo todo. — Depois, ela apertou com tanta força que chegou a doer. — Mas primeiro vou me vingar de todo mundo que merece. Vou matar todo mundo de susto, um por um.

Um segundo, dois segundos, três: abro os olhos e o mundo ainda está ali. Ainda estou segurando o telefone em minha face suada. Kaycee ainda está desaparecida.

— Acha que pode trazer seu pai aqui para me ver? — diz o dr. Chun.

— Quando? — pergunto em voz rouca. Rezo para ele dizer: quando você puder. Rezo para ele dizer que não há pressa. Rezo para ele dizer: daqui a algumas semanas.

— Ficarei aqui até as sete da noite.

Capítulo Trinta e Dois

O dr. Chun evidentemente tinha muita experiência em fazer com que uma má notícia parecesse apenas a notícia que você esperava. Ele fala baixo e é paciente, caloroso e pragmático. Não titubeia. Olha nos olhos sem piscar. E acredito que se importa.

Ele pergunta se meu pai tem tido alterações de humor, se vem tendo problemas para dormir, se mostrou sinais de esquecimento. Se caiu recentemente ou teve problemas com o equilíbrio.

Explica que, em geral, nas pessoas mais velhas, os sintomas do glioblastoma multiforme são confundidos com outros sinais de deterioração mental, como o Alzheimer.

Explica que provavelmente o tumor estava crescendo havia algum tempo.

Ele nos diz que a taxa média de sobrevivência é de aproximadamente quinze meses. Mas também diz, com gentileza, que espera que meu pai, em vista do tamanho e da localização do tumor, venha a ter menos tempo do que isso.

Ele nos diz que nosso foco agora deve ser na qualidade de vida de meu pai, durante o pouco de tempo que lhe resta, e eu sei, bem no fundo, que ele já morreu.

Capítulo Trinta e Três

Voltamos para casa de carro, em silêncio na maior parte do tempo. Estou cheia de um ardor terrível, um impulso frenético de explodir alguma coisa.

Um mês. Seis meses. É difícil saber. Mas, a partir daqui, será rápido.

Meu pai não pode estar morrendo. Meu pai é indestrutível. Ele é a regra. Ele é lei.

Ele é tudo o que tenho.

Ele cochila com a cabeça encostada na janela. Seu hálito cheira a velho. Tem algo branco incrustado no canto da boca.

O clima está mudando. Uma melancólica cobertura de nuvens rola pelo céu, mas o calor ainda crepita, é elétrico, e o ar que se agita pela ventilação do carro tem cheiro de borracha queimada.

Quando meu telefone toca – Joe de novo –, meu pai acorda sobressaltado. Coloco o aparelho no silencioso. Depois de uma pausa, desligo completamente.

– Quem era? – interroga papai. Tendo visto o nome na tela, ele pergunta: – Joe? É seu namorado?

– Não tenho namorado, pai – digo a ele pela nonagésima vez. Desde que voltei para cá, meu pai tem encontrado formas criativas de falar da minha vida amorosa em quase todas as conversas. *Seu namorado não se importa de você trabalhar tanto? Por que você não pede a seu namorado para ajudar com esse problema na direção?* Não sei dizer se ele faz isso de propósito, se está jogando verde, ou se realmente se esquece, repetidas vezes, de que não tenho namorado nenhum. Joe é o mais próximo que tenho de um relacionamento funcional – e ele é gay, e quase sempre fica irritado comigo.

— Uma garota precisa de um namorado — resmunga ele, virando-se para a janela.

Penso no que disse o dr. Chun, e imagino o tumor de meu pai como um naco de metal duro, um resíduo de dejetos químicos.

— Já te contei como conheci sua mãe? — Meu pai declara para a janela.

— Contou, pai. Pelo menos umas cem vezes.

— ... Em 1980. Os anos Reagan.

— Eu sei — digo. Pergunta e resposta. — E ela trabalhava na fila dos bêbados no sopão, e você a viu do outro lado da rua. — *Amém.*

— Não. Isso foi no meio do inverno. Ela estava na cozinha, mexendo a sopa. O cabelo dela estava solto, e perguntei se tinha caído algum fio na minha comida; ela riu e disse: nós temos problemas maiores, você e eu.

Nunca ouvi nada disso antes. Espero que ele se corrija. Segundo reza a lenda, meu pai viu algum alcoólatra destruído, cujas mãos tremiam tanto que mal conseguiam segurar a caneca, dando em cima da minha mãe no abrigo, elogiando o cabelo dela. Meu pai viu a santa que ela era e partiu em seu resgate.

Mas ele continua com esta nova versão:

— Ela deve ter visto alguma coisa em mim, porque pôs a mão na minha e me disse que ia ficar tudo bem comigo.

É o contrário. Foi meu pai, movido por uma mensagem divina mandada diretamente para seu coração, que atravessou a rua até *ela*.

Só que de repente entendo que *esta* história é a verdadeira. Aquela que ouvi a vida toda era uma inversão. Ele era o alcoólatra. Era ele que precisava ser salvo.

— Sabia que nunca mais toquei numa bebida depois que ela pôs a mão em mim daquele jeito? Foi Deus tocando em mim também. Eu senti. Parecia que a mão dela pesava cinquenta toneladas, mas não pesou nem uma pluma.

Giro por cem perguntas diferentes, tentando encontrar alguma que faça sentido. Estou transpirando e morta de frio ao mesmo tempo, como se até meu corpo não soubesse o que é real.

Meu pai é o bêbado sem nome e abatido de suas próprias histórias.

Não sei o que isto muda exatamente, e ao mesmo tempo tudo parece diferente. Sinto-me como quando descobri que sempre que brincávamos cantando *Ring Around the Rosie* invocávamos uma peste de cólera e imitávamos as pessoas se afogando no próprio sangue, cantando pelo cheiro de suas cinzas. Tive medo de meu pai e o odiei e, só recentemente, passei a ter pena dele.

Mas nunca, antes disso, tive solidariedade por ele.

Penso que talvez esteja dormindo de novo. Tem os olhos fechados, e sua cabeça oscila no ritmo do carro. Mas, então, ele fala:

— Não tenho medo de morrer, sabia?

Isso me lembra de Kaycee.

— E não diga que não estou morrendo — acrescenta ele, antes que eu possa falar. — Ouvi o que o médico disse.

— Não existe morte — digo. — Só Deus. — É uma frase que ele costumava me dizer.

Ele fica sentado ali, balançando-se, de olhos fechados. Como se ouvisse uma música que não consigo escutar.

— Dois setembros atrás, encontrei uma gata no antigo galpão. Prenhe a ponto de explodir. Ela estava péssima. Pus um cobertor nela, dei água e um pouco de leite. Os gatinhos nasceram... seis deles, as menores coisinhas que já vi. Alguns podiam passar por insetos, se não fosse o pelo. — Ele balança a cabeça. Ainda de olhos bem fechados. — Preparei um ninho para eles, somente um pouco de papelão e cobertores velhos.

Espero que ele termine, mas ele fica em silêncio. Agora estamos entrando em Barrens. E, mesmo daqui, do outro lado da cidade, a fumaça das chaminés da Optimal é visível, como dedos abertos em um gesto, mas não sei o que significa.

— O que aconteceu com eles? — pergunto por fim.

Ele abre os olhos.

— Teve uma tempestade feia. Durante a noite, a temperatura caiu a 5 graus. Foi de repente, não deu nada no noticiário. Só uma mudança no vento, e um ar gelado derrubou todas as folhas das árvores, e da noite para o dia era inverno. — Ele leva a mão à janela e a pressiona no vidro; depois, afasta para ver as digitais desaparecerem. — Estavam todos mortos pela manhã, cada um deles, seis gatinhos mínimos, e a mãe também.

— Eu sinto muito — digo, e sinto de verdade, mas também fico confusa: por aqui, você se acostuma com coisas morrendo. Existem fazendas zumbindo de moscas; vacas, porcos e galinhas abatidos para encher freezers. Cervos caçados no inverno, gatos mortos na estrada e aves caídas do céu.

— Não sei se existe um Deus — diz ele. Ainda estamos em movimento, perfurando um quadro grandioso e pendurado na direção do nada. — Antigamente eu achava que havia um plano. E até o que acontecia de ruim, sua mãe adoecendo, uma criança triturada pelo aparador de grama, tudo fazia parte do plano. Mas que plano existe para filhotes de gato congelarem daquele jeito? Eles não significavam nada para ninguém. Que Deus faria isso? Por que não os deixou sem nascer, então? — Por um segundo, a raiva endurece seu rosto, e ele parece o homem de que me lembro. — Existe maldade neste mundo, Abby. Lembre-se disso. Procure por ela. Procure tanto que ela não consiga procurar por você.

O mundo expira. Este parece o pai que eu conheço. Fumaça se desenrosca nas nuvens.

— Vou me lembrar.

Ele se recosta no banco, satisfeito. Ao passarmos pelo grupo de borracharias, lanchonetes e novos restaurantes, a Optimal aparece de longe novamente, alastrada e feia entre as árvores.

— Olhe só isso — diz ele. — Toda essa fumaça. Vômito químico. É nojento. — Ele balança a cabeça. — Eles a mataram, sabia? — continua ele. — Ah, eu sei que todo mundo diz que não foi. Mas eles mataram. Eles a mataram com toda a sujeira deles. Veneno e ganância, e nada mais.

Minha mãe morreu pouco antes de a Optimal terminar a construção. No dia em que a enterramos, o primeiro filete de fumaça saiu das chaminés, e me lembro de pensar no início que era uma espécie de celebração.

— Eles não a mataram, pai — digo, embora não saiba por que isto importa. — Mamãe teve câncer antes.

— Não estou falando de sua mãe. — Ele se recosta no banco e volta a fechar os olhos. — Estou falando daquela garota, aquela de que todo mundo sempre fez estardalhaço. Kaycee Mitchell.

Capítulo Trinta e Quatro

É só quando a manhã chega que percebo que deve ter sido noite. Lembro-me de beber. Meus sonhos foram cheios de corpos em cores vivas. Tons de azul, laranja e vermelho. Havia fogo. Tinha cheiro de tinta.

Em minha sala de estar, uma garota deformada pelo pavor está recostada na poltrona, gritando: depois me assusto e percebo que quem gritava era eu. A garota é Kaycee, embalsamada em óleo em uma de suas telas. Um autorretrato.

Olho à minha volta. Na mesa, outras duas telas empilhadas, uma garrafa pela metade de Jim Beam e guimbas de cigarro flutuando em um líquido sujo.

Eu não fumava desde a faculdade. Mas sinto o gosto da fumaça.

Tento recapitular minhas lembranças, mas todas as imagens parecem balões que escapam de minha mão. Não me lembro de voltar à unidade de Frank Mitchell no U-Pack, mas devo ter voltado: não lembro por que e se fui vista, se tive cuidado, que diabos pode ter me impelido a roubar as pinturas e trazer para casa. Sou movida por um desejo desesperado e enorme de escondê-las, queimá-las, livrar-me delas. Mas elas me encaram, recusando-se a serem removidas dali.

Jogo-me no sofá.

Dez anos e meu pai nunca me disse uma palavra sobre o desaparecimento de Kaycee. Tentei arrancar mais informações, mas tinha pouco a dar: só que ele encontrou a bolsa de Kaycee na represa, meio escondida pelos arbustos pendentes, e achou que ela devia ter esquecido ali depois de uma das festas em volta da fogueira. Ele esperava que ela procurasse pela bolsa, e ouviu todos dizerem que ela havia fugido.

Quem foge e deixa uma carteira, celular e habilitação?

Perguntei por que ele não procurou a polícia, e ele se limitou a dar de ombros. *Não era da nossa conta*, disse ele. *Aquela garota era só problema mesmo.*

Mal consigo me lembrar de dirigir até minha casa, que agora era nosso escritório improvisado. O tempo se desloca aos saltos novamente. O restante da equipe já está reunido quando entro intempestivamente pela porta, e as palavras saem de minha boca antes que eu consiga segurar.

— Kaycee morreu.

Joe fica imóvel na cadeira, como uma presa pequena e petrificada à aproximação de um predador.

— Do que você está falando?

— Kaycee Mitchell. Ela não desapareceu. Não saiu da cidade. Ela morreu — repito, e assim que faço isso, tenho certeza de que é verdade. As palavras parecem certas. Dão a impressão de que arranco um estilhaço do peito. — Acho que ela morreu aqui, em Barrens. Porque ela *estava* mesmo doente. — A cara de Joe não se altera; então, continuo: — Acho que a família dela foi paga para mentir a respeito disso. Talvez Misha também. Talvez até o namorado, Brent.

— Você conseguiu dormir um pouco esta noite? — pergunta Joe de um jeito que não me agrada.

— Eu estou ótima — digo, porque estou, acho que estou, e todas as minhas lembranças parecem sonhos, então, devem ser sonhos. E conto a ele o que meu pai me disse, que achou sua bolsa perto da represa.

— Abby, seu pai está doente — diz Joe, bem devagar, como se segurasse uma linha de pesca e me pedisse para seguir o anzol. — Não podemos pressupor exatamente que ele esteja lidando com fatos. Ele não tem Alzheimer?

Não é hora de corrigir Joe, então, não corrijo. Os sintomas são os mesmos. Mas meu pai não perdeu as lembranças do passado; é o presente que parece escapar dele.

— Kaycee e as amigas faziam um jogo medonho no colégio — digo, ignorando o que ele insinuou. — Não foram as primeiras a jogar. Mas foi Kaycee que pensou num jeito de ganhar dinheiro com isso. — Brevemente, conto a ele, a toda a sala, o que me contou Cora Allen. — Chantagem — concluo, sem fôlego.

Pela primeira vez percebo como me sinto estranha. Mas não me sento; sentar-me seria admitir que Joe tem razão, que os estagiários com seus olhares nervosos estão certos, que estou de pé aqui tagarelando absurdos em vez de tentar explicar que finalmente enxerguei a verdade.

— Desculpe. — Joe passa a mão na testa. — O que isso tem a ver com o caso Optimal?

— Chantagem — repito. — Não está entendendo? Era o *padrão* dela. Ela tomou gosto por isso quando percebeu que podia usar o Jogo para extorquir dinheiro das pessoas mortas de medo de que suas fotos viessem a público. Mas quanto ela poderia ter extorquido? Quarenta, sessenta pratas por foto? — Estou preenchendo as lacunas enquanto falo. — Kaycee deve ter ouvido falar do acordo do caso da Optimal no Tennessee antes de a empresa se mudar para Barrens e mirou mais alto. Então, ela bola o seu pequeno golpe de fingir estar doente, e talvez convença as amigas a colaborar, pensando que elas podem conseguir uma indenização da Optimal. Mas ela não entendia como as coisas iam ficar sérias. A Optimal estava trabalhando em seus próprios golpes, infringindo regulamentações ambientais, cortando custos, escondendo dinheiro, subornando autoridades para que fizessem vista grossa. Não ia suportar a publicidade. Não ia suportar o *escrutínio*. — Então, eles a mataram. — Joe está inexpressivo.

E aqui, debaixo das luzes fortes e dolorosas ao lado de caixas de pastas e material de escritório, tenho a súbita sensação de afogamento: parece loucura. É claro que parece. Mas eu tenho razão. Preciso ter.

— Ou contrataram alguém para fazer isso. Em minha opinião, eles pagaram a merda do *pai* dela. Mas a história se encaixa.

Por um momento, há silêncio. Sinto o coração saltando ritmado no peito.

É Portland quem fala, lentamente:

— Mas a enfermeira da escola disse que Kaycee estava doente de verdade. As fotos provam isso.

— As fotos provam que ela era boa atriz — rebato, embora mais uma vez veja Kaycee no chão do banheiro, uma espiral de sangue na privada. E depois, outra imagem de Kaycee chega embaralhada do passado, desta vez de quando éramos crianças. O rosto de Kaycee, fechado como uma porta, quando a confrontei a respeito de Chestnut. *Eu não fiz isso*, disse ela calmamente, aparando todas as arestas de suas palavras para que parecessem uma fanfarronice. *Você deve estar mesmo louca, Abby, para pensar que eu faria isso.* — Ela era uma mentirosa. Sempre foi. Talvez *ela própria* tenha provocado sua doença.

Ainda assim, ninguém olha para mim. A raiva se eleva como uma maré rápida: quero enterrá-los nela.

— Estou dizendo, vocês não a conheciam. Fomos amigas quando éramos pequenas. Ela era maluca. Matou meu cachorro com veneno de rato.

Isto, enfim, assusta Joe e o faz falar:

— Ela fez o quê?

— Ela mentiu a respeito disso durante anos e me torturou por eu me recusar a perdoar-lhe, e depois, antes de morrer, ou antes de ter sido morta, ela me deixou a *prova*, só para que eu tivesse certeza.

Joe se levanta, arrastando a cadeira ao afastá-la da mesa, e fico sem ar, de pé ali, ofegante e transpirando, e percebo que estou a ponto de chorar.

— Podemos conversar em particular? — Joe é educado quanto um desconhecido. Não tenho alternativa senão acompanhá-lo, feito uma criança.

Lá fora, um esplendor de calor e do sol aquece meu rosto. A porta se fecha atrás de nós com um *baque* e um *estalo*. Do outro lado do estacionamento, o Sunny Jay's já está aberto. Pergunto-me se Condor estará lá. E se estiver, espero que ele não saia e me veja desse jeito.

— Olha aqui. — Respiro fundo. — Sei o que você vai dizer. Está bem?

— Acho que não sabe. — Ele parece preocupado. Torce a boca como se tentasse digerir. — Você esteve trabalhando demais.

Meu coração despenca. Ele não acredita em mim. Nem um pouco.

— Joe, isso é importante. — Minha garganta está tão apertada que mal consigo soltar as palavras. — Kaycee Mitchell morreu. E todos estiveram mentindo a respeito disso. Durante anos.

Mas ele não me ouve. Estreita os olhos em direção ao nada.

— Conheço você há muito tempo, Abby. Você é minha amiga. Sabe disso, não é? Desde nosso primeiro dia no CTDA, quando eu lhe disse que detestei seus sapatos. Lembra?

Não consigo mais conter o choro, e nem tento. Fico parada ali, humilhada, exausta e furiosa, sentindo que com apenas umas poucas palavras ele me arrancou a pele e me deixou em carne viva, aberta no vento quente. Meu pai está morrendo, e Joe não me ouve; eu voltei para enterrar o passado, mas, em vez disso, é o passado que me enterra.

— Estou preocupado com você — diz ele. — Você precisa de uma folga. Quando foi a última vez que tirou férias?

— Não preciso de férias! Preciso que você me escute!

— Você não está bem, Abby. — Sua voz fica um pouco mais firme. — Não quero que se repita o que aconteceu no nosso primeiro ano.

Apesar do sol, um arrepio súbito corre por mim.

— Isso não é justo.

— Não é? — Quando ele se vira para mim, seus olhos estão escuros. — Você parou de dormir. Começou a beber demais. E a atirar para todos os lados... Você achava que Bromley deixava mensagens codificadas nas *faturas*, pelo amor de Deus...

— Eu tinha ficado acordada por 72 horas. — Minha voz estala no ar parado. — Olha, sei que perdi a cabeça. Eu devorava Adderall. Estava péssima, tá bom? Confesso. Admiti isso na época. — *E você, seu merda, prometeu que nunca usaria isso contra mim.* — Mas isto é diferente.

— Isso não é uma negociação. — O rosto de Joe passa por uma metamorfose e adquire os olhos e lábios de um estranho, uma língua afiada e a expressão cruel de um desconhecido. — Já conversei com Estelle sobre isso. Você vai para casa. Para *Chicago*. — Ele enfatiza isso, como se eu pudesse ter esquecido. — Todos nós vamos. Vou continuar a investigação de lá. Eles vão trazer Casey Scheiner como apoio.

Ele podia muito bem ter me esmurrado. O ar é arrancado de meus pulmões.

— Vai se foder. — É só o que consigo sussurrar.

Joe suspira. Nem mesmo fica zangado. De certo modo, isto piora tudo.

— Você não está encrencada — diz ele, como se fosse isto que me preocupasse. — Ainda tem um emprego. Mas vai para casa e vai ficar bem, e esquecer toda essa merda sobre Kaycee Mitchell. — Ele faz menção de se virar para a porta; depois, gira o corpo e fica de frente para mim. — Ah. Isso me lembra de uma coisa. Kaycee ligou para você. Ao que parece, ela agora mora na Flórida. — O sorriso de Joe é frio e estreito, desanimador como gelo fino. — Ela deixou um número para você, se quiser ligar para ela.

Capítulo Trinta e Cinco

Estou sentada no carro, olhando o sol refletir no vidro do Sunny Jay's, e meus dedos tremem tanto que por duas vezes disco errado o número que Joe me deu, primeiro ligando para um salão de bronzeamento na Flórida e, depois, a um homem que me dispara um espanhol acelerado antes de desligar. Minha garganta está seca como poeira. Eu queria ter algo para beber, uma cerveja, um destilado, qualquer coisa, mas, se eu beber agora, isso vai significar que estou de fato entrando em colapso, e não estou.

Não vou desmoronar.

Não posso estar desmoronando.

A terceira vez é a da sorte. Fecho os olhos e sinto o coração pesado na garganta. Conto os toques. Um, dois, três, quatro. Ela atende depois do quarto toque, e uma sensação ruim palpita em meu peito.

— Alô? — A voz de Kaycee é mais grave e mais áspera do que eu me lembro. Uma voz que você espera ouvir sussurrando obscenidades em um telessexo. Ainda assim, meu coração se acelera só de ouvi-la. Não sei dizer se é ela. Achei que reconheceria de imediato.

— É Kaycee Mitchell? — pergunto e prendo a respiração, esperando por sua resposta.

— Ela mesma. Quem fala?

Fico em silêncio, subitamente tonta.

— Hmm... aqui é Abby Williams — digo, e ela ri, e prendo a respiração de novo, tentando ligar o som à minha memória.

— Abby. Nossa. Você parece diferente. — Isto ou é a verdade, ou alguma forma perversa de astúcia. Ou as duas coisas.

— Onde você está? — pergunto, e embora o código de área seja do sul da Flórida, por um segundo desvairado rezo para ela me surpreender e dizer que voltou para sua cidade natal, como eu. De repente, o impulso de vê-la — não para que eu prove alguma coisa, mas só por vê-la — estende-se de um espaço escuro e envolve meus pensamentos com a mão.

— Não muito longe de Sarasota. Já estou aqui há alguns anos. Eu me mudei logo depois que saí de Barrens.

Sarasota. Por um momento, um súbito *déjà vu* deixa minha visão dupla. O xerife Kahn voltou há pouco de Sarasota. Coincidência?

— Por que você foi embora? — solto.

— Por que não? — diz Kaycee, com outro riso. — Eu sempre quis. Não se lembra? A sra. Danforth costumava me pegar tentando escapulir pela janela quando eu usava o passe para o banheiro. Mesmo na terceira série, eu sabia que ia sair daí.

Eu tinha me esquecido da sra. Danforth e de que Kaycee tentava escapar pela janela ao lado do ginásio durante as aulas, porque as entradas e saídas eram controladas por uma lista rotativa de inspetores. Às vezes ela até conseguia.

Atrapalho-me para baixar a janela, mas ainda não consigo ar o suficiente. É ela. Tem que ser ela. Kaycee fugiu, como todos disseram, e eu estou errada e provavelmente enlouquecendo. Kaycee está viva, banhada de sol, ainda bonita; Kaycee está relaxando em um pátio, ou sentada junto de uma piscina em algum lugar ao sul de Sarasota. Não há nenhum significado mais profundo em nada disso. Ela simplesmente foi embora. Livrou-se de Barrens como quem sacode a poeira. Ela nunca olhou para trás.

E nisto, também, ela provou ser melhor do que eu.

— Quem te contou que eu procurava por você? — pergunto, através da sensação de chumbo no peito.

— Misha — responde ela, depois de uma pausa.

— Ela me disse que nunca falava com você.

— Eu pedi a ela para mentir. — Kaycee diz isso despreocupadamente, tranquila, como se fosse algo óbvio. — Não queria que meu pai soubesse onde eu estava, nem que atormentasse *Misha* para me dar recados, ou me pedisse dinheiro, qualquer coisa assim.

Uma resposta estupidamente fácil que jamais me ocorreu. É claro que Kaycee não ia querer que o pai tivesse algum jeito de localizá-la – ele era metade do motivo de ela ter fugido.

Aritmética fácil. Então, por que sinto que *é ela* quem mente?

– E aí, tem perguntas para mim? – indaga Kaycee.

– Eu só queria entender por quê – digo. – Por que você mentiu sobre ficar doente. Por que fugiu sem dizer nada.

Kaycee suspira. Atrás dela, uma voz de homem pouco audível. Imagino-a virando a cabeça de lado e a afastando do telefone para ouvir um marido ou namorado que a chama de dentro.

Ou, talvez, para ouvir instruções.

A ideia me vem repentinamente, é impossível me livrar dela.

– Escute. – Kaycee pressiona a boca no fone. – Não lembro por que fiz nada disso, está bem? Essa é verdade. Já faz muito tempo. Eu estava ferrada. Queria atenção. Talvez tenha pensado que havia algum dinheiro nisso.

Ela podia muito bem estar lendo um livro: *Todos os motivos para Kaycee Mitchell ter fugido.*

– Sinto muito – diz ela, um pouco mais baixo, e o mundo todo fica branco por um momento. – Sinto muito por todos que magoei e por todas as pessoas que perderam seu tempo procurando por mim. Sinto muito por *você*, Abby.

– Não precisa. – Alarmes berram na minha cabeça.

Kaycee Mitchell sente muito.

Mas Kaycee Mitchell *nunca* sente muito. Nem uma vez ouvi essa palavra dela.

Ela ficou sem recreio por uma semana inteira em vez de pedir desculpas a Matt Granger por roubar seus lápis de cera. Ela não conseguia se desculpar. Não era do feitio dela.

Kaycee Mitchell é imune à culpa.

Não sei quem está do outro lado da linha, mas não é Kaycee Mitchell.

– Bem, olha, sabe onde me encontrar – diz ela.

— Só mais uma coisa. — Meu coração bate tão pesado e imenso que mal consigo respirar em volta dele. — Sei que é idiotice. Mas eu sempre tive essa curiosidade. — Uma, duas, três batidas do coração. O sol risca o para-brisa e atravessa meu colo. Lembro-me do calor de Chestnut enroscado a meu lado na varanda da frente. — O que realmente aconteceu com Chestnut?

Há um longo silêncio.

Depois, Kaycee de novo — ou quem finge ser Kaycee —, desta vez parecendo indócil.

— Já faz muito tempo...

— Quer dizer que você não lembra? — Além do para-brisa, o mundo continua.

Ela ri em staccato.

— Refresque minha memória.

— Meu cachorro — digo rispidamente. — Aquele que você matou.

Outro silêncio curto.

— Preciso ir — diz Kaycee abruptamente. — Sinto muito por não poder ser mais útil — diz ela. — De novo aquelas palavras, *Sinto muito*.

— Não se preocupe — digo a ela. — Você fez o suficiente.

Alguém está tendo um trabalho danado para provar que Kaycee está viva.

O que significa, quase certamente, que ela não está.

A imitadora de Kaycee, quem quer que seja, disse que Misha contou que eu a procurava. E posso apostar que isto, pelo menos, é verdade. Alguém deve ter passado informações a ela. E os melhores mentirosos andam o mais próximo possível da verdade.

Além disso, não pode ter sido ao acaso o exemplo escolhido por Misha, quando nos encontramos no novo centro comunitário, para provar seu argumento a respeito da complexidade do certo e do errado. Misha se faz de burra, mas é tudo menos isso. *Digamos que Frank Mitchell tenha um cliente, um homem normal. E digamos que o que ele realmente procura sejam as meninas mais novas. Ela dissera que era melhor ter fotos do que eles saírem à procura do produto genuíno.*

Mas será que estava realmente falando de Frank Mitchell? Ou na verdade defendia *a si própria* também? Pode ter sido uma espécie de confissão. Sem dúvida foi uma pista.

Naquela época, quando o Jogo estava esquentando, Kaycee guardou as fotografias, mesmo quando suas vítimas pagavam. Talvez Frank Mitchell tenha achado um jeito de obter um lucro maior com elas. Certamente isso explicaria a casa nova e bonita do pai. E por que ele está tão ansioso para dizer a todos que perguntam que Kaycee fugiu sozinha?

E o que Misha tem a ver com isso?

Lembro-me da secretária que apareceu no escritório dela no dia em que fui visitar a escola. Misha recolhe os telefones dos alunos... para evitar cyberbullying, foi o que ela disse.

Mas não poderia ela estar procurando novos alvos?

Tudo remonta ao Jogo.

Penso em uma pessoa que talvez ajude: Tatum. Monty falou que ela e as amigas estavam envolvidas no Jogo. Preciso saber se as regras mudaram, quem são os outros jogadores e quem está marcando os pontos.

Embico o carro para Dougsville, para a clínica onde May contou terem levado Tatum. Sinto-me um pouco melhor, um pouco mais controlada. Não preciso de Joe. Não necessito de ninguém. Só preciso da verdade. Ainda assim, a periferia de minha visão fica se distorcendo no calor, tremeluz em uma miragem. Carência de sono, nada mais.

Dougsville fica a dezoito quilômetros de Barrens, acessível somente pelo tipo de estradas retas que fazem os limites de velocidade parecerem uma piada interna. O milho açoita, jogando seus braços verdes para o céu. Penso em meu sonho. Foi um sonho? De calor e fogo. Penso nos retratos de Kaycee espalhados pela casa que aluguei.

Meu telefone toca quase continuamente: primeiro, uma ligação de Joe; depois, um número local e Joe novamente. Ele deve estar se perguntando para onde fui. Silencio o aparelho.

Quando eu era criança, achávamos os meninos de Dougsville esnobes: eles tiveram a primeira Walmart de todo o condado, e logo depois, vieram a clínica e uma cervejaria. Seu time de futebol sempre era o número 1. Na realidade, é pouco mais do que uma rua comprida, cheia de revendas de carros, lojas de piscinas de superfície e igrejas. A clínica divide um estacionamento com uma grande varejista de caça e pesca; uma placa na vitrine orienta os clientes a irem aos fundos da loja para obter licenças e munição.

Vou à Walmart procurando por um buquê de flores enrolado em plástico e um cartão de votos de melhoras. As flores são bonitas, mas exalam um vapor mofado, e, por um segundo, é como eu me sinto, como algo apodrecido envolto por um vaso e boas intenções. Eu devia dar meia-volta. Deixar Tatum em paz e deixar que ela melhore.

Mas não deixo.

A clínica é pequena, iluminada e limpa. Uma recepcionista me pergunta educadamente se sou da família quando peço para ver Tatum.

— Sou advogada — digo. A palavra *advogada* é como *polícia*: o equivalente verbal de uma bomba. Ninguém quer ser aquele que é apanhado segurando o pacote. — A sra. Klauss está aqui?

Ela faz que não com a cabeça. Seus olhos se arregalam em uma caricatura de alarme.

— Pode entrar — diz ela. — Tenho certeza de que está tudo bem. — Então, contorno a mesa e passo pelas portas duplas.

A clínica só tem algumas salas de exame, e o quarto de Tatum é o último à esquerda. Foi transformado em uma estufa de cartões e cravos. Presa a um tubo intravenoso em um leito hospitalar, Tatum parece nova e muito pequena. Bonita também. Penso que deve estar dormindo, mas, enquanto fecho em silêncio a porta, ela abre os olhos. São de um verde chocante e impressionante.

— Quem é você? — pergunta ela. Mas não é uma acusação. Ela parece verdadeiramente curiosa.

— Meu nome é Abby. — Levanto as flores para que ela possa ver. — Trouxe isto para você. Parece que você não precisa delas.

Ela fecha os olhos e dá de ombros. Abro um espaço na bancada para sua mais recente oferenda.

— Não conheço você — diz ela novamente, como se observasse os fatos de longe. Pergunto-me se foi sedada.

— Não, não conhece. — Fico onde estou, não perto demais, dando-lhe muito espaço, deixando que ela me avalie. — Escute, Tatum, não vou fingir saber o que você esteve passando.

Isto, pelo menos, angaria um revirar de olhos de uma adolescente normal.

— Eu queria que todo mundo parasse de fazer tanto alvoroço com relação a isso.

— Você tomou muitos comprimidos.

— Foi uma ideia burra. Eu não estava tentando morrer. Eu só... tinha dor de cabeça. — Quando ela me olha, então, sua expressão se aguça em outra de desconfiança. É como se ela me visse pela primeira vez. — Quem é você? O que está fazendo aqui?

— Sou de Barrens também. Saí da cidade por um tempo. Mas agora voltei. — Detesto como soam essas últimas palavras. Mas não são, afinal, a verdade? Meu apartamento em Chicago parece tão distante de mim quanto um sonho. — Sou advogada. Voltei para descobrir o que aconteceu com uma menina dez anos atrás. Ela estava desaparecida.

— Kaycee Mitchell? — diz ela, e, é claro, percebo que seguramente teria ouvido falar de Kaycee. Só posso imaginar como as histórias foram passadas de uma geração à outra, como as histórias de Kaycee foram transformadas. — Ela se fez de doente, e todo mundo começou a fingir também. E daí? Acha que estou fingindo?

— De jeito nenhum. — Respiro fundo. — Acho que Kaycee estava com problemas. E acho que você também está. — Isto conquista sua atenção. Ela fica ainda mais imóvel, mais alerta, como se ouvisse uma música que toca muito longe. Depois: — Eu sei sobre o Jogo, Tatum.

Por um segundo, sua boca se escancara, e tenho medo de que ela vá gritar, ou chamar uma enfermeira. Mas, de súbito, ela relaxa.

— Quem te contou? — pergunta ela.

— Monty Devue. — Ela revira os olhos outra vez.

— Ele é obcecado por mim, tipo, desde a sétima série. — Mas ela não aparenta ter medo dele, só irritação. Por um bom tempo, fica sentada ali, evidentemente ponderando se vai falar mais. E então, de súbito, senta-se reta na cama. — Você não contou à minha mãe, contou? Ela não pode saber. Você não pode contar a ela!

— Eu não disse nem uma palavra.

Ela afunda de novo no travesseiro. Olha fixamente as próprias mãos, abrindo-as e fechando.

— Eu me sinto tão idiota.
— Por isso você fez o que fez?
— Tive medo. — Sua voz diminui para um sussurro.
— Por quê? Alguém está ameaçando você?
Ela afasta a ideia com um gesto.
— Não. Não é nada *disso*. — Como se ela, Tatum Klauss, estivesse acima da ameaça. — Mas tive medo de que todo mundo descobrisse...
Resolvo apostar.
— Por causa das fotos?
Agora ela ergue os olhos.
— E como...?
— O Jogo já existe há muito tempo — digo, e ela puxa o lábio inferior para dentro da boca e o rói como uma criança. — Conte-me o que aconteceu.
Ela dá de ombros.
— Eu soube das festas quando era do primeiro ano...
— Que festas? — pergunto. Ela torce os lençóis entre as mãos, e vejo que tenta engolir as palavras de volta. — Pode confiar em mim — digo, com um pouco mais de delicadeza. — Está bem? Não quero meter você em problemas. Eu quero ajudar.
Conto longos segundos. No silêncio, ouço um bipe mecânico e distante.
Enfim, Tatum solta uma longa lufada de ar, e sei que tomou uma decisão.
— Deviam ser só para convidados — diz ela. — Festas especiais, sabe como é, para as meninas do programa de bolsas.
— E os meninos? Eram convidados?
— Só meninas — diz ela numa voz tão baixa que quase não ouço.
— Quem dava as festas? Para que serviam? Quem mais foi convidado?
De imediato sei que a pressionei rápido demais. Ela se fecha.
— Não quero meter ninguém em problemas — diz. E depois: — Nós *quisemos* ir. Ninguém nos obrigou.
— Tudo bem. Entendi. — Respiro fundo, e lentamente puxo uma cadeira para perto de sua cama. Como Tatum não reage, sento-me devagar. Agora, ela é obrigada a olhar para mim. — Escute, Tatum,

a verdade é que você *está* com problemas. Não é? Não é por isso que está aqui?

De repente seus olhos se enchem: ela parece tão pequena, afogada em todos aqueles lençóis brancos. Sussurra algo que não consigo distinguir.

Curvo-me para a frente, prendendo a respiração.

– Que foi? – Mas agora ela chora, e só saem soluços quando tenta falar. – Respire, está bem?

– Eu só queria um celular novo. – Outro soluço a abala. – Meu telefone é uma porcaria, mas minha mãe... minha mãe disse que eu teria de comprar eu mesma... e eu pensei...

– Tatum. – Coloco a mão na cama, desejando poder abraçá-la em vez disso. Esta pobre criança. – Conte-me das festas.

Mas, de súbito, arquejando, ela fica imóvel. Escutando. Depois, ouço um coro de vozes agudas avançando para nós do corredor.

– Tatum. – Agora quero estender a mão e sacudi-la. – Tatum, por favor.

É tarde demais. A porta se abre, e reconheço duas das meninas que entram no quarto, todas radiantes e sorridentes, como Estrelas da Optimal. Uma delas é Sophie Nantes.

– Compramos donuts – diz Sophie, mas ela para assim que me vê. É incrível como alguém tão bonito pode ficar tão feio num instante. – O que *você* está fazendo aqui? – Ela gira repentinamente para fuzilar Tatum com os olhos. – O que ela está fazendo aqui?

Tatum enxuga o rosto com o braço.

– Ela trouxe flores – diz, como se fosse explicação.

Sophie joga o saco de donuts na bancada e se recosta nela. Até eu sinto sua presença, funcionando como um eclipse, encobrindo toda a luz. As outras meninas brigam para ver quem fica ao lado dela.

– Ela estava no jogo PowerHouse também, falou com Monty – diz Sophie, dirigindo-se diretamente a Tatum. – Parece que seu clube de *stalkers* está aumentando.

Tatum vira a cara. Levanto-me, feliz com esta pequena vantagem: sou uma cabeça mais alta do que todas elas e me visto melhor. Ainda assim, os olhos de Sophie correm por mim como se eu fosse um inseto pairando perto demais de seu piquenique.

— Tatum e eu só estávamos falando do Jogo – digo. Minha voz parece alta demais. Em minha cabeça, eu podia achatar essas meninas com ela.

Várias meninas se olham. Mas não Sophie. Ela é boa demais para isso.

— Não sei do que você está falando – diz ela com frieza. Depois, desprega-se da bancada e se senta na cama de Tatum, colocando a mão delicadamente no tubo intravenoso que leva fluidos para o sangue da menina.

Minha boca fica seca.

— Coitada da Tatum – diz ela, arrulhando. – Está chorando.

— Eu estou bem – diz Tatum mecanicamente.

Sophie balança a cabeça.

— Ai, meu bem. Não pode mentir para mim. Sou sua melhor amiga, lembra? Tatum mente muito mal – acrescenta ela para mim. – Mas isso não a impede de tentar. Ela é mitômana.

Ela se vira para Tatum.

— Mas nós amamos você mesmo assim, seja como for. – Ela se curva para cochichar a Tatum. – Mesmo que você seja uma puta.

— Afaste-se dela. – Tenho que cerrar os punhos para impedir que eles voem no pescoço de Sophie.

Ela se vira para me encarar.

— É você quem não devia estar aqui.

— Tatum, por favor. – Viro-me para ela, peço que escute, que olhe para mim. – Eu posso te ajudar. Se me contar a verdade...

— Eu pedi a ela para ir embora. Disse que não tinha nada para falar. – As mãos de Tatum tateiam pelo lençol à procura das de Sophie, que se curva para tocar seu rosto, soltando o intravenoso. Um tremor percorre todo o corpo de Tatum, como se o toque de Sophie tivesse uma corrente elétrica.

Antes que ela comece a gritar, sei que a perdi.

— Socorro! – Tatum força a voz o mais alto que pode. – Socorro! Socorro!

— Tatum... – Tento falar com ela pela última vez. Mas, quando parto para a cama, Sophie se coloca na minha frente. Por um bom tempo, seus olhos me prendem ali. E neste momento sei quem é esta menina — *o que* ela é. Ela é a Kaycee *delas*.

Ela sorri. Puxa o ar. Por um segundo, dá a impressão de que vai se desculpar.

— Socorro! Socorro! — Ela está apenas a centímetros de meu rosto. Sinto o cheiro de café em seu hálito.

Como bonecas animadas pelo som de sua voz, as outras meninas fazem eco.

— Socorro! Socorro! Socorro!

Passo explosivamente pela porta. Tropeço, disparando pelo corredor. Empurro um enxame de enfermeiras vindo no sentido contrário, saindo da recepção e correndo para escapar.

Socorro.

A palavra ainda ecoa em minha cabeça, mesmo quando já deixei a clínica bem para trás.

O sol é imenso, vermelho, terrível: como uma boca que se abre para engolir o horizonte.

Uma carreta toca para mim toda sua buzina antes que eu perceba que vaguei para a pista dela. Dou uma guinada no volante e piso no freio enquanto a buzina do caminhão rola explosiva até o silêncio.

Encosto por um tempo, só para acalmar meu coração.

Socorro, socorro, socorro.

Do fundo da bolsa, meu telefone solta alguns bipes insistentes. Outra chamada perdida. Passo à caixa postal com os dedos trêmulos.

Srta. Williams, aqui é o xerife Kahn. Eu tinha esperanças de que você passasse na delegacia hoje, ou me ligasse de volta. Tenho uma queixa do gerente noturno do U-Pack, diz que houve uma espécie de escaramuça, e você desobedeceu à ordem dele de parar seu veículo. As fotos da cerca parecem bem ruins, e ele tem um vídeo das câmeras de segurança também. Gostaria de ouvir o seu lado da história.

Capítulo Trinta e Seis

Condor aparece na porta antes mesmo de eu ter batido.

— Meu Deus do céu! Entre, antes que você derrube minha porta.

Talvez eu tenha batido. Os nós de meus dedos estão vermelhos e sensíveis. Minha garganta está inchada, como se eu estivesse gritando. Sinto gosto de remédios. Vodca. Ou uísque.

Lembro-me de um bar, vagamente, mas não consigo colocar a imagem em foco.

As horas passam rapidamente, levadas pela escuridão.

Lembro-me de ver duas ligações de TJ, o amigo de meu pai. Lembro-me de deixar meu telefone tocando sem parar, de deixar o som ser tragado pelo barulho do bar.

— O que houve com você? — pergunta Condor.

O que está havendo comigo?

— Você mentiu para mim — digo a ele. Uso minha fala arrastada para contar os drinques que devo ter bebido. Quatro, talvez cinco, talvez seis.

— Sente-se. Você precisa de uma água. *Sente-se.* — Ele me conduz até uma poltrona, e a sala roda mais devagar, como um carrossel chegando no fim de seu ciclo. A sala de estar, aquecida e confortável, seu visual barato polido e retocado por detalhes por toda parte — fotos de Hannah, fotografias emolduradas tomando as paredes, livros antigos empilhados no alto das prateleiras —, me enche de uma súbita timidez. A sala de Condor parece um porto desgastado pelas intempéries, e eu sou um navio naufragado que encalhou ali.

Uma vitrine cheia de penas decoradas atrai minha atenção e a fixa ali; prata, dourado, roxo, azul. Enquanto volta com um copo de água e se certifica de que eu beba tudo, ele me pega olhando.

— Iscas para peixe. Sempre dá mais sorte se você faz as suas próprias.

A água clareou só um pouco minha cabeça.

— Obrigada. Onde está Hannah?

— Passando a semana com os avós. — Ele gesticula para o copo. — Vou pegar mais para você.

Agora consigo me lembrar de sair de Dougsville e encontrar um bar a caminho de casa. Lembro-me do primeiro drinque, mas não dos outros. Meu estômago desaba. Penso nos calçados cor-de-rosa de Misha e como acabaram no chão ao lado de minha cama depois da festa na mata. Uma náusea percorre meu corpo, como se o mundo estivesse inclinando.

— Algo mais forte — digo. — O que você tiver.

— Não acho que você precise disso.

— Estou dizendo que preciso. — Faço um esforço para afiar minhas palavras. — Vamos lá, Condor. Eu estou bem. Consigo dar uma cusparada daqui e acertar a minha varanda.

Ele primeiro me faz beber outra água e, depois, abre uma garrafa de vinho e me serve um pouco em um antigo copo de geleia. Senta-se de frente para mim. Ele se mexe como se sentisse dor no corpo.

— Bem, a que estamos brindando?

Não consigo pensar em absolutamente nada.

— À Optimal — digo, tentando fazer uma piada. Mas minha voz falha. — Àqueles filhos da puta.

— Àqueles filhos da puta — repete Condor solenemente, e bate seu copo no meu antes de beber.

Por um tempo, ficamos sentados em silêncio, enquanto a noite passa pela sala e faróis ocasionais da rua principal atravessam suas janelas.

— Meu pai está morrendo — solto depois de um tempo. Eu nem pretendia dizer isso. Não vim aqui para me confessar. Mas também não sei por que vim aqui.

A mão de Condor enrijece momentaneamente no copo.

— Que merda, Abby. Eu... — Ele se interrompe, e quando vira a cara, vejo um músculo se contraindo em seu maxilar. — Você teve uns dias bem ruins.

Baixo os olhos porque olhar para ele só me dá vontade de chorar, e a vontade de chorar me dá vontade de desaparecer.

— Eu devia ficar com meu pai — digo. — Mas não consigo. Não consegui.

Talvez eu tenha vindo aqui para me confessar, porque, de súbito, o impulso de ser compreendida é dominador.

— Eu odiava meu pai. Queria o tempo todo que ele morresse. Antigamente, eu rezava por isso. Ele me mandava para meu quarto durante horas para rezar. Às vezes me trancava em um armário, porque sabia que eu detestava o escuro, e me dizia que os pecadores viviam na escuridão para sempre. Em vez disso, eu rezava para que ele caísse morto de um ataque cardíaco ou de um telhado.

— Não é sua culpa, Abby — diz Condor.

— E como sabe disso? — Bebo um gole para não sufocar. — Talvez exista um deus. Talvez minhas orações tenham funcionado.

— Deus não responde a orações assim. Não é isso que ele ouve — diz Condor em voz baixa.

— Então, o que ele ouve?

Ele hesita com o copo nos lábios, observando-me por cima da borda.

— A garotinha, sozinha e assustada no escuro.

Ele faz a gentileza de virar a cara, fingindo não notar que estou à beira das lágrimas. Só fica sentado ali examinando o copo, as paredes e o teto, enquanto eu controlo, respirando, o impulso de chorar, como a garotinha que fui na época.

Quando me recomponho, não me arrisco a olhar para ele. Em vez disso, concentro-me no quadrado de tapete entre meus pés.

— A Optimal vem engordando o resultado financeiro despejando resíduos no abastecimento de água — digo. — Provavelmente faz isto há anos. Os testes chegaram e provaram.

Condor me olha fixamente.

— Todos eles disseram que a água era segura.

— Todos mentiram. — Lembro-me de que Kaycee e eu uma vez encontramos uma colmeia abandonada, jogada na mata. Ela a cutucou com uma vareta até que a colmeia cedeu. Kaycee disse que a rainha deixa a colmeia depois de botar os ovos, e os filhos se matam. Desta vez, ninguém venceu. — É um ninho. É tudo corrupto. A Optimal, as agências locais, e parte dos agentes federais também. Estão todos envolvidos nisso.

— Dinheiro? — pergunta Condor.

— E o que mais seria? — Mas não consigo me livrar da imagem mental de Lilian McMann e sua filha posando nua com aquelas meias feias.

Aquelas meninas gritando em uníssono, *socorro, socorro, socorro*. A palavra vazando dos cantos de suas bocas bonitas.

— Vamos voltar para Chicago — digo. — Faremos o resto do trabalho de lá. Agora que temos provas, teremos ajuda de outras firmas, outras agências, verbas mais gordas.

— Me parece uma boa notícia — diz Condor.

— É *má* notícia. — Eu praticamente grito. Condor se recosta na cadeira, olhando-me inexpressivamente. Outra lembrança vem à tona, de passar pela sala do diretor e ouvir a voz de Kaycee flutuando pela porta aberta. *Não estou mentindo. Não estou inventando. Por que vocês não acreditam em mim?* — Tem mais. Eu sei que tem mais. Se pelo menos pudéssemos continuar cavando informações.

— E depois? — Condor meneia a cabeça. — Não é tarefa sua consertar todos os males. Você fez seu trabalho.

— O mundo está cheio de gente que só faz o seu trabalho — disparo de volta —, e olha o que nos restou.

— Claro — diz Condor tranquilamente. — E se todos nós cavarmos, adivinha o que vai acontecer? Seremos todos enterrados.

Ele tem razão. Mas o que ele não sabe é que já estou enterrada. Não estou tentando cavar para baixo. Eu tento cavar *para fora*.

— Por que você mentiu? — pergunto, e ele me olha, surpreso enquanto enche o meu copo. — Por que você me disse que foi um dos que tiraram as fotos de Becky?

Ele termina de servir, cuidadosamente, passando o polegar na tampa da garrafa.

— Não fui eu que disse a você — ele fala. — Você é que disse isso.

— Você me deixou acreditar. Deixou que todos acreditassem nisso.

Por um bom tempo, ficamos sentados em silêncio, e a casa respira como todas as casas, em estalos, tinidos e rangidos.

— Ela me pediu para mentir — diz ele por fim. Não sei o que eu esperava, mas isto, com essa simplicidade, arranca o ar de meu peito. — Éramos amigos. Minha mãe trabalhou com a mãe dela na prisão antes de ela ser fechada. Elas continuaram próximas. — Ele verifica seu copo, como se pudesse encontrar algo diferente dentro dele, e depois toma um bom gole. — Acho que nos perdemos um do outro na escola. Eu tinha meus próprios problemas. Mas dava carona a ela às vezes, ficávamos juntos quando minha mãe vinha para fofocar. — Ele dá de ombros.

— Por que ela quis que você mentisse?

Condor solta um suspiro longo e forte, como se a verdade fosse algo pesado que ele carregasse.

— Ela entrou em pânico quando soube das fotos. Teve medo de que a mãe descobrisse e, então, queria só pagar e acabar com tudo. — Seus olhos se fixam nos meus. — Fui eu que a convenci a não fazer isso — continua ele. — Eu disse para ela conversar com a mãe. Para explicar. Concordamos que os pais dela pegariam mais leve se pensassem que o responsável era eu. Como se tivéssemos saído, tomado um porre, e eu tivesse feito isso de brincadeira para mostrar a ela depois. Agora parece idiotice. — Ele vira a cara. — Quando se soube no fim das contas que as fotos eram de uma festa com toda aquela gente parada em volta, ela simplesmente... não conseguiu suportar.

Imagino um círculo de garotos, rindo, a cara vermelha do álcool: em minha cabeça, são as pinturas de Kaycee que vejo, os sorrisos predatórios, uma garota em posição fetal no chão.

— Não pensei que eles realmente iam distribuir as fotos — diz Condor, e tenho certeza de que é a primeira vez que ele faz uma confissão em voz alta. — Pensei que estivessem blefando. Agora você já sabe. Do meu segredo sujo.

— Não tão sujo, afinal.

— O bastante. Ela morreu.

— A culpa não foi sua — digo, inconscientemente papagaiando o que ele havia me dito.

Ele me abre um sorriso estreito.

— Obrigado. Mas parece que foi. — Ele termina a bebida. A garrafa está vazia. Ele se levanta para pegar outra.

— Foda-se, né?

— Kaycee Mitchell morreu. — Não consigo mais segurar isso. — Tenho certeza.

Por um bom tempo, Condor não fala nada.

— Kaycee Mitchell fugiu — diz ele rapidamente.

— Não. Por isso não consegui encontrá-la em lugar nenhum. Ela nunca saiu daqui.

— Então, todos na cidade estão mentindo? — A voz de Condor é curiosamente monótona, como se ele na verdade não estivesse fazendo a pergunta. Serve outro copo e desliza-o para mim pela mesa.

— Só quem importa. Todos os outros acreditam no que ouviram. — Minha cabeça já está girando. — Ela foi assassinada.

Pronto. Falei.

Mas Condor não demonstra choque. Só cansaço.

— Ah, é? Então, quem a matou?

Vejo que não acredita em mim, e digo isso a ele.

Condor suspira. Passa os punhos com força nos olhos.

— Por que alguém mataria Kaycee?

— Eu... ainda não sei — admito. — Mas sei que teve alguma coisa a ver com a Optimal. E com o Jogo também.

— Acha que Kaycee foi morta por causa de uma tramoia praticada pelos alunos da escola?

— Não. Foi por algo maior do que isso. Acho que o pai dela estava vendendo as fotos que Kaycee e as amigas recolheram. Acho que ele encontrou um mercado novo. E acho que ele a matou quando ela ameaçou contar.

— Isso é loucura — diz Condor.

— Ele costumava machucá-la. — Quase imediatamente, fico com vergonha. Parece uma traição de um segredo que Kaycee teria me feito jurar não contar a ninguém.

— Não duvido disso. — O tom de Condor se abranda. — Estou lhe dizendo que é impossível. Não há como Frank Mitchell ter matado a filha.

— Então, agora você é telepata. — Não ligo para a impressão que dou. Estou enjoada de que duvidem de mim, de ser desacreditada, e de que me façam sentir que imagino coisas. — Tem algum diploma especial para isso?

As palavras pairam incisivamente entre nós. Condor não tem diploma nenhum, e ele sabe que eu sei.

— Olha, eu vi Frank todo dia durante meses depois que Kaycee desapareceu. Toda manhã, ele comprava um engradado de seis latas de cerveja e um quartilho de vodca. Por algum tempo, foram doze latas e um quartilho. Foi como assistir a alguém cometer suicídio em câmera lenta. Um dia, não consegui me segurar, e disse a ele que beber não o ajudaria a esquecer Kaycee.

Ele entrelaça os dedos, apertando com tanta força que os nós se destacam.

— Ele me olhou como se eu tivesse enlouquecido. Sabe o que ele me disse? "Não estou bebendo para esquecer. Estou bebendo para acreditar." No início, não entendi o que ele quis dizer. "Acreditar no quê?", perguntei a ele. "Até eu acreditar que ela fugiu, até eu acreditar que ela está em algum lugar, e está bem." — Condor fica em silêncio por um segundo. — Não entendeu? Ele disse que ela fugiu porque queria acreditar nisso. Precisava acreditar. Mas ele não sabia. Morria de medo de não saber.

Levanto-me rapidamente. Meu corpo parece pertencer a outra pessoa.

— Esquece. — Eu não devia ter vindo. Por que eu vim? Tudo está desmoronando para onde quer que eu me vire. — Esquece que eu disse qualquer coisa.

Condor também se levanta.

— Estou tentando te ajudar...

Eu o interrompo antes que ele consiga terminar:

— Talvez eu esteja enganada a respeito de Frank Mitchell. Mas não estou enganada a respeito de Kaycee. Eles a queriam fora do caminho, sabia que ela podia expô-los...

— Quem são "eles", Abby? — Ele me olha como se tivesse medo de mim. — A Optimal? — Em sua voz, ouço a impressão que isso dá. Nos olhos dele, sou um reflexo encolhido, desesperado e pequeno. — E o xerife Kahn? E Misha? E todas as amigas de Kaycee? E *Brent*? — Ele cospe o nome como se fosse uma maldição.

— Você não entende. Você não sabe... a Optimal é dona de tudo nesta cidade... está em todo o canto...

— Quem não entende é *você*. — Sua voz falha com uma nota de dor e toca um lugar no fundo de mim, e de repente percebo que a raiva é só tristeza, só medo, só preocupação. — Foda-se Kaycee Mitchell. Morta, viva, que arda no inferno, onde quer que esteja. Ela que se foda. Ela arruinou coisas o suficiente. Não deixe que acabe com você também. Não...

Eu o beijo. Tiro as palavras de sua língua com a força bruta. Derrubamos uma pilha de livros da mesa, caímos na poltrona e, depois, no chão. Viramos a luminária e ela se quebra no chão, escurecendo a sala.

— Você não pode me usar para se consertar — diz ele, abrindo o cinto. — Sabe disso, não é?

— Não vim aqui para me consertar — digo, puxando-o para mais perto.

Porque talvez não exista conserto nenhum para mim.

Capítulo Trinta e Sete

Batendo. Alguém à porta, batendo sem parar.

Estou em minha própria cama, mas o cheiro de Condor está em toda parte e me cobre toda.

Mais batidas.

Meu telefone está morto, e preciso encontrar o micro-ondas para ler as horas: 8:12. Só as notícias ruins chegam assim tão cedo.

Abro dois dedos e meu coração para. O xerife Kahn está de cara amarrada para a minha porta, como se ela fosse responder. Não sei dizer, pelo modo como ele se porta, se está ali há algum tempo.

As telas ainda estão em minha sala de estar: cada uma delas parece algo arrancado de um corpo, como um segredo íntimo horrível.

Kahn recomeça a bater antes de eu meter uma delas embaixo do sofá.

— Um minuto. — O suor cola meu cabelo na testa. Estou com a blusa que vesti ontem, mas pelo avesso. — Um minuto. — Meto outras duas pinturas embaixo da minha cama.

Procuro uma mentira, uma desculpa, algo para dizer, mas não há nada. Certa vez, perdi o controle do carro na Lake Shore Drive e, depois de alguns segundos de pânico, enquanto meu carro rodava numa pirueta escura para a vala, tive um momento de paz como este de agora. A batida era inevitável. Eu só precisava esperar por ela. Foi quase um alívio.

— Abby. — O xerife Kahn parece estar de luto em um funeral que no fundo o deixou animado: é como se ele se esforçasse um pouco demais. *Algumas tragédias são inexplicáveis. As pessoas fogem. Meninas fogem o tempo todo.* — Sinto muito por incomodar tão cedo.

A luz matinal parece um hóspede terrível e não convidado. Fico parada ali piscando e transpirando, enquanto a luz se refrata dos ombros do xerife Kahn.

— Não sente tanto quanto eu — digo, e depois me arrependo de imediato. Tento de novo: — Posso ajudá-lo?

— Tenho más notícias — diz ele. Eu o vejo se obrigar a olhar diretamente para mim.

— Vi que você telefonou. — Faço uma pausa, apreendendo a expressão dele, mas não consigo entender. — E sinceramente não sei do que você estava falando.

Kahn se retrai. Gesticula como quem espanta uma mosca.

— Não vim aqui por causa disso. — A pausa é longa o bastante para contrair o mundo todo em uma batida do coração. *Não estou aqui por isso* significa *vim aqui por outra coisa*, e faço um giro repentino para possibilidades que eu nem sabia que devia temer. Por um segundo louco penso que ele deve ter vindo por Kaycee Mitchell ou por quem estava fingindo ser ela.

"Tenho uma má notícia sobre seu pai."

O estranho é que naquele momento parece que eu esperava que ele dissesse isso.

— Posso entrar por um minuto? — pergunta ele numa voz mais branda.

É INCRÍVEL QUANTAS maneiras diferentes existem de se asfixiar. Você pode se asfixiar em água rasa como uma poça, sufocando e se engasgando. Pode até se asfixiar respirando, se estiver aspirando o ar errado.

Foi TJ que o encontrou. Ele foi vê-lo algumas horas depois de nossa consulta com o dr. Chun. Fazia parte da rotina dos dois. Às segundas-feiras, em geral, ele passava para examinar as árvores e para tomar um refrigerante de gengibre. Parece-me importante dizer isso ao xerife Kahn, falar sobre essa rotina. Parece-me importante provar que eu *conhecia* a rotina dele – pelo menos, uma pequena parte dela.

Não sei por que sinto a necessidade de dar a impressão de que entendo mais sobre a vida diária de meu pai do que realmente sou capaz – como aconteceu quando justifiquei ter alugado minha própria casa à mãe de Monty. Os desconhecidos fazem com que você sinta que a família deveria ser a coisa mais importante na vida. O sangue conta mais do que a água, esse tipo de coisa. Como você deve agir quando não é assim?

A história de TJ é curta. Diz que meu pai parecia rabugento e confuso. Falou muito sobre a minha mãe. Arengou sobre o câncer e o governo, que a doença foi inventada por um laboratório americano nos anos 1950 para tirar a previdência social das pessoas.

Ele deu sua serra de arco de presente a TJ, uma de suas ferramentas favoritas.

Depois, TJ me ligou duas vezes, mas eu não atendi. O xerife Kahn não conta essa parte. Duvido que ele saiba.

Minha cabeça está cheia de ecos, vozes que não consigo distinguir, alguém pedindo ar aos gritos.

O xerife Kahn me diz que TJ ligou para seu escritório. *Ele se sente culpado*, conta-me ele, *por ter aceitado a serra de arco.*

Quando TJ o encontrou esta manhã, o carro ainda estava ligado na garagem, tossindo o que restava de seu vapor de gás.

O xerife Kahn me diz que ele não deve ter sentido dor nenhuma. É um jeito pacífico de morrer. Ele me diz que é como dormir.

Pergunto-me se ele já havia tomado essa decisão quando se abriu comigo no carro.

Por um momento, não consigo lembrar se o abracei quando me despedi.

Mas sei que não abracei.

Capítulo Trinta e Oito

Não durmo. Não como muito também. Mas, de algum jeito, passa um dia e, depois, dois.

Já faz dois dias que meu pai cometeu suicídio. Morreu asfixiado pela fumaça do escapamento do próprio carro. Talvez fosse a confusão, talvez ele só fosse orgulhoso demais para se deixar derrubar, ou talvez a perda da fé fosse sombria demais para ele suportar.

O xerife Kahn faz a gentileza de me dar aqueles dois dias antes de voltar para me prender. Arrombamento e invasão. Vandalismo. Talvez ele se sinta mal por mim, porque deixa as algemas de lado e apenas lê uma declaração ajuramentada feita pelo gerente da noite do U-Pack. Como um zumbi, olho os lábios de Kahn se mexerem enquanto explica o que fiz. Que não parei o carro e não apresentei a identificação ao gerente noturno. Quando ele tentou fechar os portões, passei direto por eles mesmo assim. Parece que não sabem sobre as pinturas de Kaycee que carreguei. Câmeras de segurança vagabundas, pelo visto.

As telas ainda estão escondidas embaixo de minha cama – quase sinto o cheiro delas. Não consigo me obrigar a confessar, nem a devolvê-las. Até temo vê-las de novo – tenho medo de que elas, como cadáveres, comecem a apodrecer.

— Para ser sincero, o que eles querem é um cheque. Mas Frank Mitchell é outra história. Ele é um curinga. Sei que não preciso te dizer isso. Ele pode dar queixa.

Curinga. A palavra me faz pensar em jogar cartas com Kaycee, sentada de pernas cruzadas em minha varanda. Quem vencesse a última rodada tinha de pegar uma carta para fazer as vezes de curinga, e Kaycee sempre pegava o rei de copas. "O rei suicida", ela chamava, por causa da faca que atravessa sua cabeça.

— O que você estava fazendo lá, afinal? — pergunta o xerife Kahn.

Estou cansada demais para mentir.

— Frank Mitchell pegou uma unidade logo depois de Kaycee supostamente ter fugido.

— Supostamente, é? — O xerife Kahn se levanta, rodando o chapéu nas mãos. — Pensei que você a tivesse localizado.

— Quem te disse isso? — Sinto uma faísca de interesse; a primeira faísca em dias, como um cigarro se acendendo em um estacionamento escuro.

— Seu parceiro. O cara da, er, das *camisas*. Disse que Kaycee te telefonou quando soube que você a estava procurando. — Ele põe o chapéu no lugar com uma só mão, como um caubói em um antigo faroeste.

— Joe não é mais meu parceiro — digo. — Fui suspensa.

— Lamento saber disso — diz o xerife Kahn com cautela. — O que eu te falei sobre desenterrar antigas confusões? Águas passadas não movem moinhos. Era o que a minha avó sempre dizia. Não se levante — acrescenta ele, embora eu nem tenha me proposto a isso. — Posso encontrar a saída sozinho.

Antes que ele saia, solto:

— Não quer saber onde ela está?

Ele para, vira o corpo, franze o cenho para mim.

— Onde...?

— Kaycee Mitchell. — Obrigo-me a olhar para ele. — Não está nem mesmo curioso para saber onde ela foi parar?

— Na verdade, não — diz ele, com um leve sorriso. — Não é da minha conta.

— Na Flórida — digo a ele, e por um segundo ele fica petrificado. Outra brasa faísca no escuro. — Sarasota. Você dividiu uma casa por lá, não foi? Ou foi um amigo que emprestou uma casa?

— Cuide-se, Abigail. — O xerife Kahn abre a porta. — Procure dormir um pouco. Você não parece nada bem.

A FOGUEIRA

* * *

Estive evitando os telefonemas de Condor, junto com os de todos os outros, e escondendo-me sempre que o via chegar, mesmo que ele ficasse muito tempo na varanda. Agora – três dias depois que meu pai morreu –, ele enfim desiste de bater. Mas ouço um farfalhar e, depois de ter certeza de que foi embora, abro a porta para o ar noturno. Metido atrás da porta de tela, está um envelope com o nome dele. Dentro, dobrado em um pedaço macio de algodão, encontro um belo anzol de pesca e uma isca feita à mão, com penas e contas em faixas suntuosas de ouro e azul, trabalho que meu pai teria achado impressionante.

Tem um bilhete curto preso ali. *Espero que você pegue seu peixe grande. – Dave.*

Ver seu nome de batismo, que ele quase nunca usa, abala algo em mim. De súbito acho que vou chorar, sou dominada pela lembrança de sua boca na minha, a urgência dele, sua raiva, sua preocupação.

Com cuidado, embrulho novamente o anzol e o meto no bolso do antigo colete de trabalho de meu pai. Ainda tem um pouco do cheiro dele: de óleo de carro, desodorante Old Spice e lascas de madeira.

O bilhete também. Não tenho coragem de jogar fora.

Dave.

A equipe volta a Chicago, e enterro meu pai apenas na presença de TJ, debaixo de um céu desolador que sugere uma tempestade que nunca vem. Embora algumas pessoas tenham expressado interesse em comparecer ao enterro – a mãe de Monty, Condor e Brent, entre elas –, sei que não conseguirei suportar o peso de sua solidariedade e o pouco que eu a mereço. Além disso, parece adequado que o enterro de meu pai seja tão solitário e brutal quanto sua morte.

Depois, paro no posto de gasolina para comprar um engradado de cerveja e o que meu pai teria considerado comida de festa: palitos de mozarela congelados, nuggets, um vidro de molho de queijo para nachos, molho picante e batatas fritas. A casa está quente e fede. Ainda não consegui me decidir a começar a limpar, e tem pratos sujos de uma semana na pia, que atraem um enxame de moscas.

Em vez disso, ficamos na varanda dos fundos, que dá para a mata. TJ leva uma garrafa de Jim Beam, e ele e eu nos revezamos bebendo direto do gargalo, com os pés apoiados na grade, balançando-nos em cadeiras que meu pai fez para minha mãe quando eu era um bebê. A bagunça de meu pai se espalhou até a varanda: pilhas de compensado, antigas telas de ar-condicionado, canos recuperados e aparelhos eletrônicos que não funcionam há décadas. Esta visão não mudou quase nada desde que eu era criança, só ficou um pouco mais indomada, um pouco descontrolada. Consigo ver o brilho forte do sol na represa – não a água em si, exatamente, mas pequenas chamas solares, como se algo atrás das árvores pegasse fogo.

Se eu respirar fundo, imagino que posso sentir o cheiro duradouro da fumaça de uma fogueira.

Só o presente é sólido. O passado é fumaça.

– Se precisar de ajuda para arrumar as coisas do seu pai, me fale – diz TJ. Ele se vira para segurar a garrafa de uísque com sua mão "boa", e por um tempo bebemos em silêncio.

– O que aconteceu com seu braço, TJ? – pergunto a ele quando estou bêbada o bastante para achar que isso é uma boa ideia. Já ouvi falar de membro fantasma, é claro, de gente que sente formigamento nos dedos perdidos ou coceira em um joelho amputado. Mas nunca ouvi falar de ninguém com o problema oposto.

– Dispositivo explosivo improvisado – diz ele. – Iraque, 2004. Explodiu metade de nossa unidade. Eu tive sorte. – E depois: – Meu amigo Walt perdeu a cabeça. Ele sempre me fez jurar que levaria sua aliança de casado para a esposa, mas eu não consegui. Eram corpos demais e gente explodindo para todo lado. Acabamos tendo que bater em retirada.

Assinto, embora sua história não responda à minha pergunta. Talvez o passado não precise explicar tudo. Talvez não possa explicar.

Não levo muito tempo para empacotar minhas coisas na casa que aluguei. A parte mais difícil é tentar tirar as pinturas de Kaycee dali.

Não posso simplesmente carregá-las como elas estão. Então, eu as embrulho e amarro todas juntas, mas agora elas adquiriram um peso horrível. Imagino que terei que carregá-las aonde quer que eu vá, para sempre.

Hannah, filha de Condor, voltou da casa dos avós com um brinquedo novo: um tablet plástico que ela mantém a três centímetros do nariz. Mas ergue os olhos de seu poleiro no primeiro degrau quando rolo minha mala para o carro.

– Está indo embora? – Ela me pergunta, muito solene, e quando faço que sim com a cabeça, ela franze a cara. – Vai voltar para Chicago? – Ela diz Chicago como alguém diria a Lua.

– Não. Ainda preciso dispor das coisas de meu pai, colocar a casa dele em ordem, arrumar todo o lixo que ele acumulou. Mas meu contrato de aluguel em Barrens acabou, e já tem um novo inquilino programado para se mudar.

Talvez o tempo todo meu futuro tenha me reservado justo isso – aquilo de que tentei tanto escapar e o que, por fim, é inescapável. O tempo não é uma linha, mas um saca-rolhas, e quanto mais eu pressionei, mais entrei no passado.

– Vou para casa.

Capítulo Trinta e Nove

TJ pega emprestada uma caçamba tamanho industrial com um amigo que trabalha com telhados, e na manhã seguinte eu separo as coisas e jogo fora. Principalmente jogo fora.

Os pertences de meu pai não trazem nostalgia nenhuma, nenhum sentimento além de estremecimentos de lembranças ruins. Talheres de plástico descasados, canecas comemorativas, camisas de camurça puídas, toalhas manchadas, uma poltrona reclinável, uma estante com três pernas: isto é a minha herança. Livro-me do conteúdo da geladeira de meu pai e borrifo toda a cozinha com desinfetante, afugentando insetos pelas janelas abertas com nuvens finas de limpa-vidro.

Eu jogaria fora a geladeira inteira, se conseguisse levantá-la.

Estou mais solitária do que nunca na vida. Minha caixa de entrada se enche de e-mails nos dias depois da morte de meu pai – até Portland manda-me um bilhete, com o título mórbido de "Cavando", que não me dou o trabalho de abrir –, e, depois, a comunicação, como é previsível, fica mais lenta. Brent telefona obstinadamente, todo dia, sempre deixando uma versão do mesmo recado. *Oi, é o Brent, estou preocupado, me liga, por favor.* Chega um arranjo de flores, uma coroa de lírios mais apropriada para um enorme serviço religioso. Vai direto para a lixeira.

Não quero ver ninguém. Não posso.

Por ironia, Barrens nunca esteve mais cheia; primeiro chegam canais locais de notícias para especular sobre um crescente escândalo de corrupção. Manifestantes começam a se reunir na frente dos portões da Optimal, pregando a importância da água limpa, e todo dia o acampamento improvisado deles aumenta. Depois, vêm os advogados baratos de danos pessoais e lobistas com suas conversas e motivações políticas.

Tudo isso parece distante, como se acontecesse em outra cidade. Nas poucas vezes em que ligo no noticiário local, sou surpreendida pela cara de Joe, dando coletivas de Chicago para fornecer informações atualizadas, e até pela gravação de toda a equipe trabalhando firme, parecendo ocupada e oficial no escritório de Chicago. Ninguém da equipe fala no meu nome.

A única exceção é o promotor do condado, Dev Agerwal, de repente o queridinho dos noticiários de Indiana: nunca deixa de mencionar que uma mulher da cidade, Abby Williams, deu a ele a dica de uma antiga rede de corrupção no escritório de seu antecessor, e inspirou sua missão atual de dar um fim à influência da Optimal na política do município e do estado. Um repórter intrépido da WABC até me localiza na casa de meu pai. Quando atendo à porta, carregando um saco de lixo chocalhando de porcarias dos armários do banheiro, ele dá um passo para trás e quase tropeça para fora da varanda. Digo-lhe que encontrou a Abby Williams errada.

Meus dias são dolorosos e quentes. Usando o colete de trabalho de meu pai, dormindo no sofá na marca deixada pelo peso de seu corpo, arrumando seus pertences, preparando um café que tem gosto de terra queimada na cafeteira elétrica barata: é como se eu aos poucos entrasse em meu pai, me transformasse nele, como se o trouxesse de volta à vida.

A única outra companhia que tenho, além de TJ, é o carteiro, que bate à porta para me dizer que não consegue colocar nada na caixa de correio porque ela não é esvaziada há duas semanas. Não há mais nada a dizer, mas ainda assim me vejo tentando adiar a partida do carteiro.

— Qual foi a coisa mais estranha que você teve que entregar?
Ele nem pisca.
— Não abro a correspondência, senhora. Isto é crime federal.
— Mas você deve ter uma ideia — insisto. — Corações ensanguentados embrulhados para presente para ex, bombas de purpurina explodindo, alguma coisa assim?

Ele olha a cerveja em minha mão.
— Esquece — digo. — Pergunta idiota.
— Não, só estou pensando. Tentando me lembrar — diz ele. — Todo Natal, algumas crianças mandam cartas para o Polo Norte. Recebo cartas para a fada dos dentes também.

Eu queria não ter perguntado. A solidão deixa de ser uma dor surda e passa a um soco forte. Penso em todas aquelas crianças de faces rosadas, todas aquelas famílias em suas mesas de jantar fazendo listas de desejos: globos de neve de normalidade.

O carteiro tira o boné para passar a mão na testa suada.
— Uma vez soube de um viúvo que ainda mandava cartas à mulher — acrescenta ele. — Alguns meses depois do enterro, as cartas começaram a chegar. Ele deixava uma para mim todo dia. Sem endereço, só um nome e Roma, Itália. Ele se convencera de que ela havia fugido com outro. Me disse que ela sempre quis ir para Roma. — Ele meneia a cabeça e brinca com os botões do uniforme com os dedos manchados. — Ele escreveu para ela todo dia até morrer, pedindo para ela voltar. Estranho, não é? O homem preferia que ela tivesse um caso. Queria a mulher viva, mesmo que isto significasse que ela o havia enganado. — Ele meneia a cabeça.

— Estranho — faço eco.

Ele assente e se vira para sua picape.

Fico parada ali por um tempo, olhando o nada, deixando que o suor se imprima na correspondência de meu pai, pensando naquele velho mandando cartas à esposa morta, pensando em Misha e Frank Mitchell, todos insistindo que Kaycee havia fugido. Talvez Condor tivesse razão — talvez não fosse tanto uma mentira, mas uma ilusão. Talvez eles só queiram acreditar que ela escapou.

Talvez queiram acreditar que eles a deixaram ir.

A correspondência de meu pai é toda de cupons e mala direta, além de um folheto — obviamente recente — apelando aos moradores para comparecer a uma reunião da prefeitura sobre a crise da água. Estou prestes a jogar tudo isso fora quando um envelope pardo desliza por entre um monte de panfletos e escapole para o chão.

Não tem endereço, só um nome escrito elegantemente em pincel atômico: *Srta. Abigail Williams.*

Quando estendo a mão para ele, todo o meu corpo parece se despejar para meu braço, para os dedos que se atrapalham com a fita que fecha o envelope. Instinto. Premonição.

Dentro do envelope não há bilhete, apenas uma dúzia de fotografias em polaroides, todas de meninas da escola. Garotas da escola sem sutiã, posando, fazendo beicinho apesar do evidente desfoque da embriaguez nos olhos. Meninas inconscientes em sofás, as pernas esparramadas deixando visíveis a calcinha. Uma delas inteiramente nua, seu rosto ofuscado pelo clarão de um flash.

Sophie Nantes está em uma das fotos, a saia puxada até a cintura, o cabelo grudando em brilho labial manchado, os olhos caídos do álcool. Vejo as fotografias atentamente, mais de uma vez, embora revirem meu estômago.

Além de Sophie Nantes e uma menina que identifico como uma das amigas que a seguiu para dentro do quarto de hospital de Tatum, reconheço outros três rostos.

Todos têm fotos penduradas no novo centro comunitário.

Cinco meninas, todas elas as estrelas mais brilhantes do programa de bolsas para a juventude da Optimal, escolhidas a dedo pela vice-diretora da Barrens High School.

Capítulo Quarenta

Lilian McMann parece surpresa ao me ver, embora eu tenha ligado para informar que chegaria. Ou talvez ela só esteja surpresa com minha péssima aparência. Vendo a mim mesma no espelho instalado atrás da mesa da recepção, tenho um súbito estremecimento do desconhecido: uma mulher de olhos fundos, a pele azulada. Uma estranha que tem apenas uma semelhança ligeira com o reflexo de que me lembro.

Provavelmente não ajuda que eu ainda esteja usando jeans manchados de tinta e o colete de trabalho de meu pai.

— Entre — diz ela. — Quer alguma coisa? Uma água? Um chá?

Aceito a água. Ainda estou meio zonza da cerveja, e preciso clarear a cabeça, preciso de foco. Assim que ela se senta novamente, vou direto ao que interessa.

— Gostaria de falar com sua filha sobre o que aconteceu com ela antes de você sair do DGAI — digo, e ela fica petrificada com a garrafa de água a meio caminho para a boca. — Preciso perguntar a ela sobre as mensagens que recebeu e se ela sabe de mais alguém... outras meninas... que foram visadas.

Ela baixa a água sem beber. Por um momento, fica sentada ali em silêncio, e tenho medo de que diga não. Mas ela fala simplesmente:

— Então você acredita em mim? Acha que ela foi visada de propósito?

— Acho que a Optimal vem usando meninas. Acho que eles vêm usando as meninas para diversão. Para subornar. Eles vêm negociando fotos, com toda a certeza. Mas também ouvi boatos de festas a que algumas meninas compareçam como parte do programa de bolsas. — Não consigo pensar no que pode ter acontecido com elas quando a lente da câmera não estava mais ali. — É assim que a Optimal consegue que tanta gente a proteja. Não é só dinheiro. São as meninas. Todos estão envolvidos. Não é suborno. — Engulo em seco. — Chantagem.

Por um bom tempo, Lilian fica em silêncio, segurando com força a água. E agora, no silêncio, ouço meu coração bater. Tenho medo de que ela não acredite em mim.

— Como? — pergunta ela por fim.

— Acho que Misha Jennings, a vice-diretora, pegou a ideia da amiga Kaycee Mitchell, dez anos atrás — digo. — Era um jogo que ela e as amigas faziam quando estavam na escola... um jogo muito doentio que inventaram. Elas atormentavam as meninas mais novas, dos primeiros anos, que queriam fazer parte do grupo. Convidavam a festas, embriagavam as meninas, convenciam-nas a posar. Depois, elas pediam resgate pelas fotos, ou ameaçavam divulgá-las.

Mal consigo suportar olhar para Lilian. Seu rosto é frio, rígido e furioso, e não consigo deixar de sentir que está me culpando — por trazer a notícia, por não conseguir impedir.

— Mas as fotos nunca foram devolvidas. Sei que pode parecer loucura, mas creio que eles, por intermédio do pai de Kaycee, encontraram um fluxo de receita e o exploraram. Alguns executivos da Optimal estiveram caçando meninas novas.

Se Misha se propôs vender as fotos por intermédio da loja de Mitchell, Kaycee pode ter tentado impedir. Não por dever moral, mas porque ela era assim: mudava de ideia, queria algo num dia e deixava de querer assim que os outros concordavam. Além disso, ela odiava o pai; talvez tenha visto isso como uma chance de enfrentá-lo. Ou simplesmente teve medo de ser apanhada. Mas não consigo me lembrar de Kaycee com medo uma vez que fosse na vida.

E se Condor tiver razão a respeito de Frank Mitchell, isso deixa apenas Misha com motivo forte o suficiente para matá-la: Misha, que sempre teve uma queda pelo namorado de Kaycee; Misha, a versão mais cruel, mais grosseira e mais feia de sua melhor amiga; Misha, que mentiu para Brent a respeito de falar com Kaycee por telefone;

Misha, que tentou concentrar minha atenção no pai de Kaycee, dando-me dicas no centro comunitário; Misha, que só se faz de burra.

Misha, que pode ser a mais inteligente de todos nós.

Pergunto-me se Annie Baum e Cora Allen suspeitavam do que aconteceu, ou se até ajudaram. Talvez isto explique por que elas passaram a última década bebendo ou se drogando para tentar esquecer.

Isto deixa no ar a questão sobre se Brent sabe também. Mas não consigo acreditar. Não importa o que ele diga agora, deve ter amado Kaycee no passado. Ele esteve tentando me ajudar, embora deva ser doloroso para ele. Esteve tentando ajudar Misha também. E não consigo acreditar que ele ajudaria se soubesse que ela é um monstro.

— Acho que Misha manteve o Jogo esse tempo todo — continuo —, mudando as regras, usando o dinheiro da bolsa como incentivo... e garantia. — Lembro-me do dia em que a visitei, sua secretária recolhendo telefones, entregando-os a Misha como castigo por trocar mensagens em aula. Alvos prováveis para uma operação muito maior.

Lilian levanta-se abruptamente e vai à janela. Não há nenhuma vista digna de nota: só um estacionamento meio vazio.

— Depois do que aconteceu, transferimos Amy para uma escola particular — diz Lilian. — Ela não sabe de nada.

— Ela pode saber mais do que você pensa.

— Ela deixou tudo isso para trás. — A voz de Lilian falha. — Isso quase a matou. Ela está feliz...

— Isso é maior do que ela — digo, com a maior gentileza que posso.

Numa atitude louvável, Lilian não chora. Vejo um impulso rolando por ela, cercando sua coluna e os ombros. Mas, quando volta a falar, parece calma.

— Vamos ligar para ela juntas? — pergunta. — Ou você prefere falar com ela a sós?

No FIM, opto por não falar com ela pelo telefone. A Culver Boarding School, onde Amy tem passado o verão num curso intensivo de artes, fica a duas horas ao norte de Indianápolis; começa a anoitecer quando chego, e embora eu não tenha dormido muito, sinto-me mais alerta do que em semanas.

Levo quinze minutos para localizar o centro estudantil onde ela concordou em me encontrar para um café. Receio que terá perdido a coragem no tempo que levo para dirigir o carro até lá.

Mas a menina está ali. Levanta-se e aperta a minha mão com firmeza, fazendo-me sentir um pouco como se ela fosse adulta, e eu, a garota que acabou de chegar para uma entrevista. Mesmo enquanto penso em explicar por que fui ali, ela chega à minha frente.

— Minha mãe disse que você queria conversar sobre o que aconteceu no segundo ano.

— Não exatamente. Estou aqui por causa das fotos – digo. – Não só as suas. Outras fotos de meninas da sua idade. Divulgadas. Vendidas também.

Ela vira a cara.

— Nenhuma amiga minha fez esse tipo de coisa.

— Mas você já ouviu falar disso? – pergunto. – Sabia de outras meninas que faziam?

— As pessoas contam histórias – diz Amy lentamente. – Não dou ouvidos. Metade do que as pessoas dizem é mentira, e às vezes todo mundo prefere acreditar em mentiras. Tipo assim, como pode ser que se um cara faz sexo é um herói, mas se uma garota faz, todo mundo diz que é uma puta? Isso não é justo.

— Não é mesmo – digo, na esperança de que sirva de estímulo. Mas ela apenas belisca o canto da mesa com uma unha lascada, evitando meus olhos. – Então você nunca ouviu falar de uma coisa chamada o Jogo?

Amy ergue os olhos.

— Claro, ouvi falar disso – diz ela, que parece genuinamente confusa. – Mas não tem nada a ver com as fotos.

Eu a olho fixamente.

— O Jogo tinha relação com as *bolsas* – diz ela, como se fosse a coisa mais óbvia do mundo.

— Como assim?

— A srta. Jennings é quem recomenda os alunos para o programa de bolsas. – Misha. – Mas todo mundo sabe que nem sempre funciona assim. — Ela fica sem jeito. — Havia... festas. Eventos para as meninas que queriam ser consideradas.

As palavras de Tatum Klauss no hospital me voltam. *As festas eram só para as meninas.*

— Sempre tinha gente da Optimal lá. Sabe como é. Gente mais velha. — Seus olhos se erguem brevemente em direção aos meus.

— Homens mais velhos — digo, e ela concorda com a cabeça.

— Então, o Jogo era isso — conclui ela. Ela lasca a beira da mesa com a unha. — Tentar ser selecionada.

— Como? — Minha garganta está tão seca que mal consigo pronunciar as palavras. — O que as meninas fazem para ser escolhidas?

— Eu nunca fui. Não era tão bonita. — Um sorriso triste patina brevemente por seu rosto. — Acho que foi por isso que eu fiquei lisonjeada quando aconteceu toda aquela história on-line.

— Então o programa de bolsas da Optimal não tem relação com as notas — digo, tentando manter a voz neutra.

Isso provoca uma gargalhada nela.

— Está brincando? Metade das meninas que conseguem as bolsas só passa de ano quando têm aulas com professores particulares do programa.

Agora posso imaginar: Misha e o desfile de meninas com problemas, meninas que veem isto como sua única chance. Fecho os olhos, agarrada à cadeira, enfim compreendendo: como Misha pode tê-las controlado, usando provas desses erros do passado para manipular e intimidar.

— Além disso, você as viu? Elas são sempre as mais bonitas da escola. — Amy balança a cabeça. — Sabe que chamam as crianças do programa de bolsas de Estrelas da Optimal, não é? Alguns garotos da escola têm outro nome para elas.

— Qual? — pergunto, embora metade de mim queira tapar os ouvidos, pedir-lhe que não fale mais nada.

Ela abre um sorriso amargo.

— As Vadias da Optimal — diz ela.

Capítulo Quarenta e Um

Em minha volta para casa, a estrada começa a se toldar. Estou tão tonta de nojo que preciso encostar o carro.

Agora estou convencida de que Misha sabe exatamente onde está Kaycee. O xerife Kahn deve estar nessa, ou pelo menos foi convencido pela Optimal a fazer vista grossa.

Tudo faz um sentido horrível: o jogo de Kaycee e a chance de ganhar dinheiro de verdade. Provavelmente começou com um só comprador; um dos figurões da Optimal pode ter dito a Mitchell o que procurava. Um comprador virou dois, depois três, em seguida mais do que isso. A certa altura, a demanda por fotografias se transformou no desejo de ter a coisa real, e evoluiu para uma cultura própria, uma economia própria. Executivos da Optimal podem usar esse tipo especial de entretenimento sexual – profundamente proibido, profundamente ilegal e, para certo tipo de gente, profundamente atraente – para manter felizes as agências reguladoras e autoridades do governo enquanto eles faziam o que quisessem fazer.

Mas como quer que as coisas tenham começado, Misha e seus contatos na Optimal claramente são aqueles que agora comandam o show. O programa de bolsas da Optimal é a isca. É assim que eles pescam os alvos.

O que faria de alguém como Misha, a vice-diretora, a pessoa encarregada de distribuir o dinheiro da bolsa a alunos em risco, ser capaz de convencer as *meninas* a fazer isso? Com que facilidade elas podiam confundir o que estava acontecendo com amizade, com atenção, como fez Amy on-line?

Nem consigo imaginar. Não imagino.

É de pouco conforto pensar que Kaycee morreu – deve ter morrido – porque se recusou a continuar participando.

Não vou ligar para Joe; ele só vai dizer que estou de luto ou que finalmente perdi a cabeça. Não procurarei a polícia porque o xerife Kahn está no bolso da Optimal – deve estar. Quem sabe há quanto tempo ele dá cobertura, ou quantos outros no departamento do xerife têm conhecimento disso? Confio em Condor, mas não sei se ele vai confiar em mim. Ele ficou nervoso quando sugeri que Kaycee não tinha saído da cidade, e praticamente me acusou de ser uma teórica da conspiração – o que pensará se eu disser que descobri uma conspiração de verdade?

Ainda assim, disco o número de Condor antes que possa pensar melhor. O telefone toca seis vezes, e a ligação cai na caixa postal. Desligo, depois desejo não ter desligado. Disco de novo, e desligo depois de um toque quando me dou conta de que ele vai pensar que quero vê-lo.

Em vez disso, mando-lhe uma mensagem de texto. Decido pela verdade ou algo próximo dela.

Já existem muitas mentiras nesta cidade.

Você disse que eu estava perseguindo uma conspiração. Encontrei uma. Não sei com quem mais vou falar. Ligue para mim. Acrescento *por favor*, depois deleto. Desesperada demais.

Aperto Enviar.

Será possível que Kaycee tenha fingido adoecer porque tentava transmitir uma mensagem sobre a Optimal? Será que ela não estava fingindo, mas *sinalizando*? Um jeito de fazer da Optimal o foco de atenção sem se implicar diretamente?

Assim que penso nisso, sei que deve ser verdade. Isto se encaixa. Kaycee adorava isso – mensagens secretas, formas de comunicação enigmáticas. No verão depois da quinta série, ela tentou inventar toda uma nova língua que só nós poderíamos entender, e ficou tão frustrada quando não aprendi com rapidez o suficiente que ameaçou deixar de ser minha amiga, cedendo apenas quando caí em prantos. Ela sempre era toda truques, códigos e dicas. O tipo de garota de quem você só podia se aproximar como se esgueira de lado a um animal selvagem, sem olhar nos olhos, assim ele não vai fugir.

Mesmo sendo louca, e também com tanta culpa por ter criado o Jogo, ela se arrependeu. Talvez pela primeira vez na vida estivesse tentando fazer o que era certo.

E ela morreu por isso.

Meu telefone toca.

Atendo no primeiro toque, e nem tenho tempo de olhar o nome.

— Condor? — Minha voz ainda está rouca.

Há um curto silêncio.

— É Brent. — Ele não se dá o trabalho de esconder a mágoa na voz. — Lamento decepcioná-la.

— Brent. Oi. Desculpe-me. — Meu peito se aperta. Será que ele sabe? Ele poderia saber? Penso no que ele me disse no jogo de futebol: *Estou começando a pensar que você tem razão a respeito da Optimal. Tem algo estranho acontecendo na contabilidade.*

— Eu liguei todo dia. Estive preocupado com você.

— Eu sei. Eu estava... ocupada. — Uma mentira óbvia. Por enquanto, Brent deve saber que estou fora do caso da Optimal. — Mas eu estou bem.

— Você não me parece bem — diz Brent de um jeito objetivo. — Parece que esteve chorando.

Hesito. Brent trabalha na Optimal. É amigo de Misha. Namorou Kaycee durante anos — ainda assim, ele me beijou.

Por outro lado, nunca me culpou nem me puniu por investigar a Optimal, nem tentou me mandar embora. Admitiu que Misha sempre teve uma queda por ele. Misha é especialista em mentir. Por que ela estaria mentindo para Brent?

— Abby? — Brent dá a impressão de que está pressionando a boca no telefone, tentando me alcançar através dele. — Ainda está aí?

— Estou. — Posso confiar nele? Sim ou não. Cara ou coroa.

Conto sete corvos no fio telefônico. *Sete para um segredo, jamais a ser revelado.*

— Fale comigo — diz ele. Caloroso. Preocupado.

— Você tem razão. Não estou bem. — Depois, antes que possa me arrepender: — O quanto você sabe sobre o programa de bolsas da Optimal?

— O...? — Agora Brent parece perplexo. Sem dúvida não era o que ele esperava que eu dissesse.

— O programa de bolsas — repito. — O que você sabe sobre ele?

Brent dá um pigarro.

— Sinceramente, não muito. Sei que Misha administra o programa. Nosso diretor financeiro supervisiona o financiamento. Mas por que...?

E agora tenho certeza de que ele não finge sua confusão. Não pode ser.

— Preciso saber se posso confiar em você. — Meu telefone está quente na mão. — Preciso que você prometa.

— Prometer o quê? Do que se trata isso, Abby?

E enfim não suporto mais segurar, não suporto o peso disso sozinha.

— Eles estão usando as meninas, Brent. — Minha voz falha. — Eles as usam como... como garantia. Moeda de troca. Suborno. Vem acontecendo há anos. Eu acho... acho que Kaycee sabia disso. Acho que ela foi morta. Acho que foi *por isso* que a mataram.

Há um longo silêncio.

— O que você está dizendo — fala ele por fim — não faz sentido nenhum. É... — Ele puxa o ar. — Não consigo acreditar nisso.

É a primeira vez que sinto pena dele. Penso novamente na ocasião em que o flagrei com Misha na mata atrás da escola. Que mentiras ela contava a ele na época?

— Sinto muito — digo. — É verdade.

Mais silêncio. Quando volta a falar, ele mal consegue pronunciar um sussurro.

— Eu sempre quis acreditar... — Sua voz falha. — Sempre quis pensar que ela estava bem. — Ele dá um pigarro. — Meu Deus. Podemos nos encontrar? Podemos conversar pessoalmente?

Ele não acha que estou louca.

— Tudo bem. Estou na casa de meu pai. — Acho que agora é a minha casa.

— Chegarei assim que puder. Não... não conte a mais ninguém, está bem? Se você tiver razão... — Sua voz falha de novo. — Nós não podemos confiar em ninguém.

A palavra *nós* me ilumina por dentro. Não estou mais sozinha. Brent está do meu lado.

— Não vou contar — digo a ele e desligo.

A CASA DE MEU PAI está fria e silenciosa. Tem cheiro de desinfetante de pinho e limpa-vidros. O passado foi quase lavado dela.

Coloquei a caixa de joias de minha mãe na prateleira de cima do armário de meu pai, atrás de alguns objetos dele que pretendia guardar, apenas alguns dias atrás. Agora vejo que não tem sentido. Não existe significado ligado ao cinto dele, ou à gravata, ou à nota de dois dólares que ele guardava dobrada na carteira, assim como o fantasma de minha mãe não está impresso em suas joias, bem como Kaycee não pode ser ressuscitada por suas digitais na coleira de Chestnut.

Solto a coleira do emaranhado de colares baratos — tudo bijuteria. O passado é um truque mental. É uma história que entendemos mal o tempo todo.

Encontro uma pá no galpão de meu pai e parto para a represa com a coleira de Chestnut enrolada no pulso. Anos atrás fui lá para enterrá-lo; em vez disso, deixei que Brent me beijasse e, daquele momento em diante, sem saber, fiquei empacada.

Lembro-me de ter enterrado Chestnut perto da margem — eu insisti nisso, porque ele adorava a água —, e meu pai marcou o túmulo com uma pilha de pedras que pegou do matagal. Mas não consigo mais encontrar o túmulo. As pedras devem ter sido mexidas — usadas para cercar uma fogueira, talvez, ou como parte do mundo imaginário das fadas de outra criança.

No fim, escolho um lugar que parece bom, onde a terra não cedeu tanto à lama, e cavo. Um buraco pequeno servirá, mas cavo até sentir dor nos braços, até que minhas mãos criam bolhas, e, de repente, estou consciente de que o sol roça a linha das árvores.

O buraco é absurdamente grande. Do tamanho de uma cova. Não estou só enterrando a coleira. Estou enterrando Kaycee.

Largo a coleira na terra. Depois cubro, bato na terra até que jamais se poderia saber que foi perturbada.

É só quando volto para a casa que ouço o som distante de pneus esmagando a estrada de terra irregular. Brent. Tenho tempo apenas para meter a pá de volta no galpão antes que ele contorne a lateral da casa, parecendo deslocado em suas roupas de trabalho, os sapatos brilhantes cobertos de lama e grama.

— Abby. Graças a Deus. — Ele praticamente corre para me abraçar. — Estive batendo na porta da frente. Você não estava em casa. Ninguém atendeu. Eu pensei... — Ele não precisa me dizer o que pensou.

— Eu estou bem. — Desta vez, sou sincera. — Só estou fazendo algo que devia ter feito muito tempo atrás.

— Seu telefonema... nem consigo raciocinar direito. — Ele balança a cabeça.

— Vamos para dentro — digo a ele, que assente e me acompanha.

A sala está praticamente vazia, agora despojada de tudo, a não ser pela mobília que era pesada demais para levar para a caçamba. Brent espera enquanto jogo uma água no rosto. Fico surpresa com meu reflexo. É pálido e desvairado; meus olhos, fundos de bebida demais e sono de menos.

Quando volto à sala, Brent serviu dois copos altos de scotch.

— Macallan — diz ele, gesticulando para a garrafa. — Eu tinha em minha mesa. Guardava para uma ocasião especial... — Ele ri, mas não há humor nenhum nisso. — Bem, esta é uma ocasião.

Não tenho vontade de beber, mas mesmo assim tomo uns golinhos.

— Conte — diz ele. — Conte-me tudo.

Então, eu conto. Conto a ele sobre Tatum Klauss, Sophie Nantes, e sobre o que descobri por Amy McMann. Sobre as Estrelas da Optimal, as festas em que elas eram atentamente examinadas, e Misha apadrinhando algumas das meninas mais problemáticas. Repito a história que ela me contou sobre Frank Mitchell, e o tal exemplo hipotético de um homem querendo meninas mais novas. Quando termino metade da história, e metade do copo, Brent está completando

A FOGUEIRA

o dele pela terceira vez. Seus olhos estão vermelhos, e ele transpira através da camisa.

No momento em que chego a Kaycee, em como se encaixa, ele não aguenta mais e se levanta.

— Preciso de um minuto — diz ele, ofegante. — Me dê um minuto.

— Ele passa às pressas pela porta de tela. Ouço-o andar de um lado a outro, vertendo sua náusea na grama. Sei exatamente como ele se sente.

A noite chega sem que eu perceba; estivemos sentados na semiescuridão, e, quando me levanto, mal consigo enxergar para acender uma luz. Brent ainda está lá fora. Não mais na varanda, está imóvel perto do carro, olhando o vazio.

Uma vertigem repentina me obriga a me sentar de novo. Minha boca é seca como giz. O scotch não ajuda. Pego minha bolsa e a garrafa de água dentro dela. Quando foi a última vez que comi alguma coisa? Não consigo me lembrar.

Eu não devia ter bebido; preciso ficar focada. Necessito bolar um plano.

Minhas mãos caem no telefone, que pisca com novos alertas. Três ligações perdidas de Condor. Devo ter silenciado o toque. Ele também mandou uma mensagem de texto, cheia de pontuação — por algum motivo preciso de um minuto para ordenar as palavras, para que elas parem de se misturar em um borrão: ele quer saber se estou bem.

Quando estou prestes a baixar o telefone, chega um e-mail. Portland de novo, encaminhando a última mensagem, aquela cujo assunto é *Cavando*. Abro meio por acidente, estreitando os olhos para o conjunto de parágrafos, combatendo uma confusão crescente no cérebro.

Queria ter certeza de que você visse isto. Pode ser importante.

Abaixo está sua mensagem original. As palavras saltam para mim — *Kaycee. Envenenamento. Sintomas.*

As palavras rodam, e preciso prendê-las, uma por uma, com meu olhar fixo.

Andei pensando um pouco mais no que você disse sobre os sintomas de Kaycee. Você tem razão. Os sintomas dela nunca corresponderam a exposição a chumbo. Mas são idênticos aos sintomas de envenenamento por mercúrio. Olha só.

Tremores.
Confusão.
Afasia (perda de memória de curto prazo).
Problemas de equilíbrio, movimentos corporais incontroláveis.
Náusea, vômitos.

E então:

Não sei como pode ter sido exposta, ou por que teria sido a única atingida. Andei cavando um pouco e descobri que o mercúrio era usado décadas atrás em tinta. Você não disse que ela era artista?

Preciso ler esta linha sem parar, até encontrar algum sentido.

Ou melhor – necessito ler sem parar na esperança de que *deixe* de fazer sentido.

De repente, Kaycee ressuscita rugindo, como eu sempre esperei que faria, de certo modo. Ela está em toda parte, urgente e temerosa, respirando em meu cabelo, sussurrando para mim, segurando com força meus ombros com as mãos molhadas de suor, querendo que eu entenda, que escute, que veja.

Seu problema, Abby, é que você não sabe desenhar. É que você não consegue ver.

Olhe, olhe, olhe.

Veja.

Veja Kaycee, trabalhando sozinha, passando tinta em uma tela com o polegar, tonta do cheiro.

Veja Kaycee, pintada da cabeça aos pés nas cores da escola para a formatura.

Veja Misha e Brent, a mão dele apertando o joelho dela, ele falando com ela. Tranquilizador.

No controle.

Veja Brent atravessando a mata, de cabelo molhado, a camisa encharcada, como se estivesse nadando.

Veja como ele quis te beijar.

Veja lampejos por trás de suas pálpebras. Explosões de vaga-lumes, só que mais brilhantes.

Clarões. Lanternas. Gente na água.

Não.

Alguém na água.

Precisamos ter certeza...

A cena da fogueira deve ter agitado uma antiga lembrança, as palavras fracas, um grito, rapidamente sufocado, tudo isso vagando para mim como num sonho em rajadas de vento...

Precisamos ter certeza de que ela não está respirando.

Veja como você se coloca diante do espelho depois, acompanhando os lugares que ele tocou, tentando entender se foi real, perguntando-se se deixou uma marca em você.

Interrogando-se se você ainda tinha o cheiro dos dedos dele.

Como a praia.

Como tinta.

Capítulo Quarenta e Dois

A porta de tela range quando é aberta. Um aviso, mas que chega tarde demais.

Os passos de Brent são pesados. Lentos. Decididos.

— Abby? — Ele diz meu nome despreocupadamente, descartando todo o choque e a raiva que fingiu. De algum modo, conseguiu entrar em meu antigo quarto. Estou me segurando na porta, tentando continuar de pé. Mas o chão não é um chão: é água, e se abre abaixo de mim.

Fuja. Penso na palavra. Penso na palavra e desato a correr. Deslizo pela casa, saio intempestivamente pela porta, faço brotar asas no ar e voo. Estou correndo, sei que estou correndo, ainda assim, quando ele anda pelo corredor e me vê oscilando ali, percebo que ainda seguro firme nas paredes, ainda presa dentro da casa.

— Você ainda está acordada — diz ele.

Vai se foder, tento dizer. Mas as palavras viram pedra; enquanto elas caem, meu corpo desaba.

Nem mesmo sinto quando bato a cabeça no piso de madeira. Só percebo a poeira agitada por minha respiração e os sapatos dele vindo a mim.

— Vai ser uma ressaca danada — diz ele.

Ele batizou minha bebida.

Estou em um mar escuro.

Estou no chão.

Pergunto onde ele conseguiu a corda de alpinismo e por que não consigo sentir meus braços.

E então, solto a corda, e solto meus braços, e solto todo meu corpo. Caio em um buraco, tão fundo que me engole completamente.

Desperto com o marulho da água e a vibração firme de um motor. Estou em um barco.

O céu é pontilhado de estrelas. Uma lua alta arde através da cobertura de nuvens.

Brent pilota com lentidão, provavelmente para não fazermos barulho demais, e deixa como rastro o fedor de escapamento atrás de nós na água.

Ele cantarola.

O medo chocalha por mim, mas não consigo me mexer. Sinto uma dor gritante na cabeça e o vômito queimando na garganta. Minhas roupas estão ensopadas, e os pulsos, assados da corda de náilon passada por eles. Ele amarrou meus tornozelos também e me meteu entre os bancos.

Ao longe: a batida de música. O cheiro de fumaça de madeira chega a mim. Alguém está dando uma festa em volta de uma fogueira.

Preciso sair do barco. Mas nunca vou conseguir nadar de mãos amarradas. Nem mesmo sei se dá pé na água, mesmo que eu consiga me soltar — meu corpo parece um saco de areia.

Ainda assim, preciso tentar.

Brent se afasta da condução, desligando o motor. Não consigo alcançar a lateral do barco para rolar por cima. Miro um chute fraco com as pernas e erro inteiramente Brent. O esforço escurece minha visão. A batida da música, mesmo de longe, faz minha cabeça latejar.

— Isto teria sido muito mais fácil se você tivesse acabado sua bebida — diz ele.

— Por favor. — Minha voz me é estranha. Nem mesmo sei o que estou pedindo. — Por favor, não me machuque.

Fui tão idiota. Tinha a resposta o tempo todo: Kaycee me deu. Deixou para mim em meu armário.

A coleira de Chestnut, o coitado do Chestnut, o cachorro que ela envenenou. Ela não estava se gabando. Não foi para me magoar. Ela pedia a minha ajuda. Era um *código*.

Alguém a estava envenenando, e ela não sabia quem nem por quê, nem podia confiar em ninguém de quem era próxima.

Então, confiou em mim – porque eu não tinha amigos, porque eu era inocente, porque ela pensou que eu conseguiria ajudar se algo acontecesse com ela.

Brent meneia a cabeça. Desdenhoso. Irritado.

– Você não tinha nada de voltar para cá – diz ele. – Podia ter deixado isso em paz. Podia ter esquecido tudo sobre Barrens. Então, por que não esqueceu?

– Ela já foi minha amiga – digo com a voz rouca.

Brent fica de pé ali, olhando-me de cima.

– Você é uma imbecil. Ela não teria se dado o trabalho de te salvar. Sabe disso, não é? – Ele teve de elevar a voz com o barulho do motor, e tive uma esperança breve e estúpida de que as pessoas na festa em volta da fogueira nos ouvissem.

Por que ele não estava preocupado que nos ouvissem?

Mas de imediato entendi: ele deve ter armado a fogueira e aumentado ele mesmo a música. Não estava preocupado porque não havia ninguém lá para ouvir.

Ele se afasta de novo. O pânico me domina, trazendo uma onda feroz de náusea: não sei com o que me drogou, mas é forte. Preciso de tempo – para falar com ele, convencê-lo a me soltar, encontrar um jeito de escapar, livrar meu corpo da droga.

– Por que você fez isso?

– Você sabe por quê – diz ele. – Você me explicou esta noite. Só entendeu errado os detalhes. Mitchell nunca teve nada a ver com isso.

Então, afinal, Condor tinha razão. Eu deveria ter dado ouvidos a ele.

– Foi você quem propôs vender as fotos à Optimal, não foi?

– Errado de novo. Foram eles que fizeram a proposta a mim. – Ele sorri. Mas não é tão frio quanto parece; quando vira o rosto para a lua, praticamente posso ver a tensão emanando dele. – Todo mundo sabia que eu andava com todas as garotas mais bonitas da escola.

Então, depois que consegui o estágio, um dos caras mais velhos me procurou querendo um pouco de ação. Todo mundo adora ficar com meninas bonitas, e elas ficam ainda mais divertidas quanto mais você as embriaga. Sempre acreditei em compartilhar.

Não acredito que eu o beijei. Não acredito que um dia o achei atraente. Pergunto-me quanto a Optimal tem dado a ele, tem prometido por sua lealdade contínua – que acordo de promoções, propinas e privilégios compensou tudo o que ele fez.

E enquanto penso nisso, outra peça do quebra-cabeça se encaixa. Deve ter sido por isso que Kaycee ameaçou procurar a polícia. Não porque se sentisse mal. Não porque tenha começado a se arrepender. Foi apenas outra coisa que entendi mal.

– Kaycee queria uma fatia maior, não foi? Ela e Misha estavam dividindo o risco, mas você era o único que levava todos os benefícios.

O sorriso de Brent parece o de um predador: brilha no escuro, todo dentes afiados e fome.

– Ela sempre foi uma piranhazinha gananciosa – diz ele. – Por isso eu gostava tanto dela.

Engulo o gosto de vômito.

– Foi você que a matou, ou foi Misha? – pergunto, embora pense já saber a resposta. Aposto que Misha nem piscou nos últimos dez anos sem se preocupar com o que Brent diria.

E agora me lembro de pensar que aquela filha de Misha, Kayla, era surpreendentemente loura. Quase tão loura, ocorre-me, quanto Brent.

Será que Misha realmente acredita que pode fazer Brent amá-la, obedecendo a tudo o que ele diz, colocando meninas em um programa doentio em que elas podem sofrer abusos e desmaiar, acobertando Brent? Será que ela pensa que ele é capaz de amar?

– Foi ideia de Misha colocar mercúrio na tinta de Kaycee – diz ele calmamente. – Ela achou que seria divertido convencer Kaycee de que ela estava enlouquecendo. E, como disse, ela sempre teve uma queda por mim.

Não admira que eu tenha ficado tão enjoada. As pinturas antigas de Kaycee têm vertido mercúrio o tempo todo, e eu o estive inalando.

– Mas na época não pensamos em matá-la. – Ele parece entediado. – Só queríamos fazê-la parecer uma louca, para evitar que procurasse a polícia, e cuidar para que eles não prestassem atenção, mesmo que ela falasse.

Sempre que ele vira a cara, mexo meus pulsos de um lado para outro, para afrouxar as amarras. Se conseguir soltar as mãos, poderei pular e me preocupar com os tornozelos quando estiver na água.

Quase consigo deslizar uma das mãos. Só preciso de mais um minuto.

— Então, por que matá-la, se você estava convencido de que ninguém daria ouvidos a ela?

— Você — diz ele, e eu quase me esqueço de onde estamos e do que ele veio fazer. — No último dia de aulas, lembra o que aconteceu? Kaycee colocou aquela coleira idiota de cachorro no seu armário.

Paro de me mexer. Jamais soube que *ele* sabia.

Ele me olha como se estivesse do outro lado de um telescópio.

— Você disse a Misha que Kaycee tinha colocado lá como uma pista.

— Eu não disse isso — sussurro.

Mas é claro que disse. Agora me lembro: voando para Misha, tentando bater nela, tentando arranhar minha fúria com Kaycee na cara de sua melhor amiga. *Mas qual é o seu problema, merda?* Um grupo de alunos reunido no corredor para olhar. Misha me empurrou na parede, eu não tinha forças para lutar com ela. *Você é desequilibrada?*

Eu gritava com ela. A centímetros de seu rosto. Tentava fazer as palavras se enterrarem em sua pele, tentava cortá-la com elas. *Não bastou ela ter envenenado a droga do meu cachorro. Tinha de me deixar uma pista, para o caso de eu esquecer?*

Lembro-me da expressão de choque brusco de Misha e de pensar, por um segundo, que finalmente eu a havia atingido.

Brent tem razão. *Sou mesmo* uma idiota.

Fecho os olhos. O barco se balança com uma onda, depois, volta a ficar parado. Sobe e desce. Kaycee *tinha* deixado a coleira como uma pista, ou como um grito de socorro — mas não para me provar que matara Chestnut. Agora vejo que era uma espécie de garantia. Se acontecesse alguma coisa ruim, ela podia se certificar de que eu me perguntaria sobre a coleira e por que ela a deixou para mim. Kaycee teve esperanças de que eu fizesse a ligação. O fator em comum — entre Chestnut e ela.

Ambos envenenados.

Naquele dia no corredor, porém, revelei sem querer a Misha que Kaycee começara a suspeitar de que alguém tentava matá-la como Chestnut foi morto — com veneno. Misha deve ter entrado em pânico. Se Kaycee deixou uma pista para mim, uma mané com quem ela não falava havia anos, a quem mais ela havia contado — e o que exatamente ela sabia?

— Naquela noite, na mata — falei, sufocada. — Quando você me beijou...

— Eu não podia deixar que você chegasse perto demais da água — disse ele categoricamente. — Ela fez muito barulho enquanto afundava. Eu podia jurar que estava morta antes de colocá-la no barco, mas acho que tive certa pressa.

Ela não fica no fundo.

Precisamos ter certeza de que ela não está respirando.

Agora eu lembro. Por que não consegui lembrar antes? Convenci a mim mesma de que minhas lembranças eram suspeitas. Eu me convenci a ignorar a suspeita terrível de que havia algo muito errado na mata naquela noite.

Ele avança para mim. Quando se curva, sinto o cheiro azedo de seu hálito. Por um segundo terrível, penso que ele vai me beijar de novo. E agora é tarde demais — tarde demais para me libertar, tarde demais para escapar, para sobreviver.

— Mas sempre te achei uma graça. De um jeito patético.

Ele segura meus pulsos e eu grito — um instinto, inútil.

Tarde demais, vejo que ele tem uma faca.

— Acho que sempre gostei das destroçadas. — Ele leva a faca a meus pulsos. Com um golpe limpo, Brent me solta.

Capítulo Quarenta e Três

Miro um soco, mas Brent apara minha mão facilmente, quase se divertindo. Examina meus pulsos e me segura com tanta força que leva lágrimas a meus olhos.

— Que bom — diz ele. — Sem marcas.

Ele me solta de novo e se levanta, dobrando a faca e devolvendo-a ao bolso. Dou impulso no corpo para me sentar, mas não tenho tempo de me atirar na água. Quase imediatamente, ele monta em mim, jogando todo o peso em meu peito, segurando meus pulsos de novo com uma das mãos quando tento empurrá-lo.

— É importante que não fique marca nenhuma. — Quase parece que ele recita o que diz. Seu peso em meu peito é esmagador. Mal consigo respirar. — É importante que você se afogue.

Cuspo bem na cara dele. Ele se joga para trás, só alguns centímetros, e depois o vento muda um pouco a meu favor e provoca outra marola na represa. O barco se balança, e ele balança junto. Para não cair, solta-me e se firma no convés. Só por um segundo, precisa jogar o peso para frente, colocando-se de joelhos, dando espaço para eu me mexer.

Só preciso de um segundo. Jogo os dois joelhos com força em sua virilha, pegando-o com intensidade o suficiente para tirar seu equilíbrio. O instinto o faz se enroscar e eu me contorço, saindo de baixo dele, e arrasto-me para o lado do barco. Ele se atira em mim, agarra meus tornozelos enquanto engancho um braço pela lateral da embarcação, arrastando-me de costas, e assim bato o queixo no convés e sinto gosto de sangue.

— Vaca. — Ele me vira de costas e me joga no chão de novo, provocando uma onda de choque de dor por todo o meu corpo. Por um segundo, tudo fica branco, e tenho uma lembrança muito estranha de minha mãe. Era o inverno antes de ela morrer; ainda estava bem para andar, e meu pai tinha feito uma fogueira nos fundos, limpando um banco de neve, para que ela pudesse comer sanduíche de marshmallow com biscoito de aniversário.

No começo, o fogo era tão alto que nem podíamos chegar perto. Ficamos para trás, esperando que ele baixasse, enquanto meu pai usava um tubo de aço para separar as achas.

Não é maravilhoso?, dissera minha mãe, apontando o centro do fogo, onde era azul. *Tudo isso queimando só porque ele quer respirar.*

Em minha lembrança, sua mão era muito fria, e fica claro o que ela realmente está dizendo: se eu não lutar, vou morrer.

A dor reflui. Brent tem um trapo na mão. Sinto um cheiro de uma substância química. Clorofórmio ou gasolina.

Torço a cabeça para o lado, ofegante, procurando ar limpo, procurando alguma coisa às apalpadelas, qualquer coisa que possa usar como arma, lutando com os pulsos, as pernas, contorcendo-me no convés escorregadio.

Ele tenta enfiar o trapo em minha boca, mas tusso para fora. Escorrego para longe dele. Mas ele é forte demais, e eu estou cansada. Sou um peixe debatendo-me em seus últimos momentos, ainda preso a um anzol.

O anzol de pesca.

Eu tinha me esquecido do anzol com isca que Condor fez para mim, ainda aninhado no tecido do bolso da frente.

Abro o zíper justo quando Brent prende com força em meu rosto o trapo molhado de alguma substância química. De imediato, fico cega; o cheiro acre me domina, dá ânsias de vômito, o trapo é sufocante.

E pouco antes de eu apagar inteiramente, golpeio com o anzol preso entre meus dedos.

Brent grita e recua. O oxigênio flui para os meus pulmões, afugenta a escuridão, recoloca o mundo em foco. Algo quente bate em meu rosto. Sangue. Eu o cortei pouco abaixo do olho, um corte irregular e aberto.

Chego para trás, e o anzol escapole de minha mão. Antes que eu consiga encontrá-lo, ele põe as mãos em meu pescoço – não está mais preocupado com marcas. Ele esmaga minha traqueia nos punhos.

Apalpo a sujeira de vômito e sangue até que o anzol me belisca. Desta vez, miro com mais atenção.

Seu olho solta um leve estalo, como uma uva estourando, quando enterro o metal nele.

Capítulo Quarenta e Quatro

Caio pela lateral do barco e mergulho sob a superfície da água. Mesmo então, consigo ouvi-lo gritar. Meus tornozelos ainda estão amarrados, e as roupas são tão pesadas que quase não consigo respirar. Luto para tirar o colete de meu pai, e deixo que ele caia. Mas não consigo soltar os tornozelos, não com os dedos meio entorpecidos e o corpo ainda pesado das drogas.

Quando vou à superfície, vejo a fogueira ardendo ao longe, e nem uma só pessoa parada ali para vigiar. Como eu pensei. Não tem sentido gritar. O aparelho de som berra "Sweet Caroline". Sempre detestei essa música.

Brent parou de gritar. Não consigo vê-lo. O barco se balança na água agitada pelo vento, sua silhueta escura contra o reflexo liso da lua na água.

Deslizo para baixo da água novamente e subo tossindo. Tento me livrar dos sapatos, mas isto me puxa para baixo de novo. A cada vez é mais difícil romper para o oxigênio no alto, então desisto.

Começo a nadar para a margem. Por um segundo imagino ver uma lanterna piscando pelas árvores. Mas a luz se apaga de novo assim que tento focalizá-la.

Meu coração também está assim, inchado com a água. A cabeça desce, sobe. Meu jeans pesa quinhentos quilos. A praia parece se distanciar e não ficar mais próxima. Estou ofegante, sufocada em meu medo, querendo coisas que eu não desejava havia uma eternidade: que minha mãe me abrace, meu pai, que Deus me salve – desejando alguém.

Afundo. Luto para ir à superfície. Afundo de novo. Subo e caio. Não faço quase nenhum progresso para frente. Se eu simplesmente conseguir, posso me esconder na mata. Posso despistá-lo; conheço essa mata melhor do que ele, melhor do que qualquer um.

Mas, mesmo ao pensar nisso, uma quantidade enorme de luz deslumbra a superfície da represa, iluminando até os troncos que flutuam nos baixios a trinta metros.

Viro-me e fico ofuscada por refletores: Brent os acendeu, iluminando um caminho claro entre nós. O zumbido do motor aumenta a um ronco enquanto faz a volta.

E ele aponta o barco diretamente para mim.

— Socorro! — Não tem sentido gritar, mas grito mesmo assim, engolindo outro bocado de água. — Socorro! — O barco vem com tal velocidade que abre uma esteira atrás dele. Nove metros. Cinco.

Nunca vou conseguir. Não tenho mais forças para nadar.

É a coisa mais louca do mundo: pouco antes de eu me largar, antes de deixar que a água me leve, juro que vejo Kaycee Mitchell sair das árvores, quase no lugar exato onde meu pai e eu enterramos Chestnut. Não a Kaycee que vi pela última vez, mas a Kaycee criança, a Kaycee minha melhor amiga, magricela e de pernas compridas, só um clarão de cabelos louros e uma mensagem forte e urgente que ela manda pela água.

Nade.

O barco de Brent manda uma onda para me encontrar, e desço sob seu peso, caindo. O fundo do barco belisca meu ombro, errando minha cabeça por centímetros.

Embaixo da água, o som vira vibração: um tremor, um ribombar distante que faz toda a represa estremecer. Abro os olhos. Os refletores abrem caminho para as profundezas. Um lugar pacífico para morrer. Verde de plantas antigas e silencioso. Há caracteres incrustados no lodo, brancos e grandes, um hieróglifo que entendo intuitivamente, uma mensagem que me enche de uma estranha alegria.

Eu aprendi a ver.

* * *

— Abby. Abby. Está me ouvindo? *Abby*.

Um turbilhão de luzes e cor. Fogos de artifício. Explosões de som.

— Aguente firme, está bem? Você vai ficar bem. Estou bem aqui com você.

Uma teia de galhos acima de mim.

Sou uma criança novamente, enrolada em um lençol branco, balançando-me.

— Mantenha o oxigênio entrando.

— Diga por rádio ao ônibus para pegar a Pike Road; será mais rápido.

Minha boca é feita de plástico. A respiração embaça dentro dela.

— Ela está tentando dizer alguma coisa. Está tentando falar.

Uma estranha toca meu rosto. Afrouxa a gaiola de plástico em minha boca.

— Não se preocupe, querida — diz a estranha —, você vai ficar bem. — Ela tem um sorriso que lembra o de minha mãe.

Preciso de um segundo para entender o que é minha língua, como mexê-la na direção certa.

— Eu a encontrei — sussurro.

— O que ela disse? — Conheço aquela voz. Condor. — Abby, qual é o problema?

Ela franze o cenho.

— Encontrou quem, querida?

— Kaycee. — Fecho os olhos de novo. Vejo as letras escritas no fundo do lago: o branco de seus ossos, tão limpo, tão claro, quase brilhando. — Ela esteve esperando que a encontrássemos. Ela esperou por nós na represa.

Epílogo

É setembro quando finalmente coloco no carro minha mala e a bolsa de viagem, a caixa de joias de minha mãe e uma caixa de papelão com os pertences de papai, que, afinal, decidi guardar.

Por que não? O passado é só uma história que contamos. E todas as histórias dependem do final.

E pela primeira vez na vida acredito verdadeiramente que o final será bom.

Hannah me dá um maço de desenhos reunidos em um fichário de três aros: uma super-heroína chamada Astrid que tem uma capa roxa e um par de botas de couro e anda por aí resgatando crianças do afogamento nas ondas do mar, ou aquelas presas por uma enchente nos telhados de suas casas.

— Tentei fazer parecida com você — ela me diz timidamente, antes de me apertar por um instante em um abraço, e depois se afastar correndo.

— Você não se despediu! — grita Condor para ela, mas Hannah já desapareceu, sumindo dentro da casa.

— Está tudo bem — digo. — Também não gosto de despedidas.

É um dia luminoso, repleto das cores clássicas de Indiana: ouro, verde e azul. O mês de agosto parecia decidido a compensar a seca, como se 12 meses de chuva estivessem se acumulando, esperando para estragar a última parte do verão de todos. Mas, quando as tempestades passaram, deixaram os campos indomados e exuberantes. A represa se aproxima dos níveis normais novamente, embora ainda esteja com altos níveis de chumbo e outros contaminantes segundo as análises, e o povo de Barrens ainda está usando para beber e lavar a água mineral trazida de caminhão à cidade pelo estado e por várias organizações filantrópicas. Os manifestantes até armaram um acampamento no parquinho que, por ironia, ainda recebe os visitantes com uma placa de *A Optimal Cuida de Você!*. (Mas depois de uma recente intervenção, agora diz *A Optimal DesCuida de Você*.)

Nunca descobri quem me mandou o envelope cheio de fotografias que finalmente me colocou no caminho para entender a verdade. Mas desconfio de que Misha teve algo a ver com isso, como desconfio de que foi Misha quem tentou me tirar da estrada, embora duvide que um dia vá saber se ela finalmente enjoou de dar cobertura a Brent, se simplesmente percebeu que ele jamais a amaria do jeito que ela sempre esperava, ou se simplesmente pensou que podia me tirar do caminho, mesmo que isto significasse implicar a si mesma. Só o que sei é que ela esteve cooperando com a investigação federal sobre a natureza do programa de bolsas da Optimal e dos maus-tratos perpetrados em nome deles. Talvez ela esteja colaborando numa tentativa de se redimir. Talvez seja só uma tentativa de reduzir sua sentença, embora, em vista do número de meninas afetadas, seja improvável que ela um dia saia da prisão.

E tem também, é claro, o assassinato de Kaycee e as acusações relacionadas com ele. Agora que Brent está morto, Misha vai a julgamento sozinha.

Eu quase – *quase* – sinto pena dela.

Um silêncio canhestro se estende entre mim e Condor – o que é pouco característico, porque passamos as semanas conversando, jantamos juntos quase todas as noites, uma amizade formada pela estranha e repentina bolha de publicidade que fez de nós uma família improvisada. É engraçado: durante tudo isso, caímos em uma intimidade tranquila, o tipo de amizade que sempre ansiei e só tive intermitentemente com Joe.

Não estou preparada para deixá-lo, nem Hannah, nem mesmo Barrens.

Mas preciso.

Nós dois sabemos que meu lugar não é em Barrens. Condor passou toda a sua vida aqui; tenho meu pequeno apartamento estéril esperando por mim em Chicago. Quem sabe? Talvez eu vá pendurar uma ou duas fotos. Talvez eu peça a Joe para me pagar ostras de um dólar. Talvez eu deixe que ele me pague ostras por um ano, acompanhadas de muita subserviência – ele prometeu que me deve um suprimento vitalício.

Talvez eu finalmente examine minha caixa de entrada e todas as novas queixas, relatórios ambientais e novos casos em potencial esperando por minha atenção. Se você quer um mundo limpo, alguém precisa filtrar o lixo.

Ainda bem que me acostumei a sujar as mãos.

Dou um pigarro.

– Ela parece muito melhor – digo.

Quando ele sorri, aparecem rugas nos cantos de seus olhos.

– As crianças são incríveis, não são? Muito resistentes.

Folheio novamente os cadernos de desenhos. Ela é mesmo muito boa – tem um talento que me lembra o de Kaycee na idade dela.

– Nem uma mancha de sangue – digo.

– Nem pedaços de corpos também – diz Condor com secura. Depois daquela noite na represa, Hannah não conseguiu parar de desenhar as coisas horríveis que havia visto: chamas e sangue, um corpo alquebrado no convés de um barco que afundava.

Foi Hannah que vi na mata, Hannah que, em minha exaustão e terror, confundi com a Kaycee criança. O estalo que ouvi pouco antes de afundar foi um tiro: um único disparo de rifle, apontado da margem a trinta metros a um alvo que se movia rapidamente em um barco a motor.

Condor nasceu e foi criado em Barrens, e esta cidade ensinou seus meninos a jogar futebol e a mirar uma arma. Só foi necessário um tiro.

Ele me contou a história toda no hospital no dia seguinte aos acontecimentos – que ele ficou cada vez mais preocupado depois de ver minhas ligações, e em particular quando não atendi a ligação dele. Que ele, depois de várias horas, ficou tão agitado que decidiu ir à casa de meu pai para saber se eu estava bem. Ele não queria deixar Hannah sozinha – mas ela tem o sono agitado, tende a ter pesadelos, e ele teve medo de que ela acordasse e descobrisse que ele saíra. Então, acordou-a e a colocou no banco traseiro do carro.

— Eu tinha certeza de que era só paranoia minha — disse-me ele. — Imaginei que encontraria você metida na cama, daria meia-volta e iria para casa.

— Então, por que levou sua espingarda? — perguntei a ele.

Ele simplesmente deu de ombros.

— Alguma vez você sai para acampar sem uma lanterna?

Balanço a cabeça em negativa.

Ele sorri.

— Eu também não.

Mais tarde, ouvi a história repetida pelos noticiários, na internet, em blogs, em segmentos de programas noturnos. Todos ficaram cativados pelo fato de eu ter escapado por pouco na represa — e mais do que um pouco enamorados de Condor, o pai solteiro abrutalhado e bonito que fez o papel do herói.

A história foi enfeitada, editada e exagerada, mas os fatos básicos ainda eram os mesmos: depois de chegar à casa de meu pai, ele encontrou o carro de Brent e o meu, mas a porta aberta e rastros na varanda dos fundos, atravessando a grama, sugeriam que algo — ou alguém — tinha sido arrastado para a mata.

Ele mandou que Hannah ficasse dentro do carro. Quase nunca dava ordens diretas, e a menina jamais lhes desobedecia.

Naquela noite, ela desobedeceu.

Quando saí do hospital, tentei voltar à casa de meu pai, que já havia perdido então a fita policial que durante dias a deixou cercada. Mas já estavam chegando turistas curiosos. Eu acordava no meio da noite com um clarão súbito, via um estranho na janela e era puxada para o poço de pânico, repassando mentalmente tudo o que aconteceu.

Quando Condor sugeriu que eu ficasse na casa dele, concordei prontamente. Eu preparava o café pela manhã. Ele fazia ovos. Dormi na cama dele. Ele ficou com o sofá-cama. Hannah e eu tomávamos leite morno à meia-noite, quando os pesadelos nos acordavam, assustadas. Condor e eu nos sentávamos no sofá, vendo antigos episódios de seriados sem prestar nenhuma atenção neles, depois de horas intermináveis dando provas, entrevistas, ajuda a um maremoto de investigadores e promotores federais, advogados de sobreviventes de agressão sexual, cães de guarda corporativos. Era como se expor a Optimal e sua economia de adolescentes usada para entretenimento, e quase ter sido morta no processo, fosse tudo parte de um grande plano para eu ter meus quinze minutos de fama. Barrens, e seus segredos sujos nada pequenos, de repente estava em toda a parte. A ruína de uma empresa multimilionária, a exploração, a corrupção, as meninas, o assassinato dez anos antes – era o grande prêmio da loteria em termos de audiência.

Mas a atenção acabaria por desbotar – já havia começado –, e assim também o que houve entre mim e Condor. Nunca foi para durar, pelo menos não desse jeito. Condor e eu tínhamos já criado uma vida em lugares diferentes. Isso é o que há de estranho na sua casa: você sempre chega assim que para de olhar a bússola.

– Vou sentir sua falta – diz Condor agora, a boca toda torcida, como sempre acontece quando ele precisa dizer alguma coisa séria.

Dou um abraço rápido nele. É quase um apertão – se fosse um pouco mais longo, um pouco mais, meus pensamentos rodariam a lugares tenebrosos e solitários demais para entender.

Ele levanta a mão. Emoldurada pelo imenso céu cheio de nuvens de Indiana, ele fica verdadeiramente bonito. Sempre me lembrarei deste momento, digo a mim mesma, mas já sei que não vou.

Ele se vira pouco antes de chegar à porta de entrada enquanto entro no carro.

– Procure ficar longe de barcos.

– Procure não atirar em ninguém – digo de volta. Ele me sopra um beijo.

Coloco a chave na ignição.

Antes de sair da cidade, faço uma volta conhecida para a casa de meu pai. À medida que me aproximo, vejo a mesma casa de dois andares ligeiramente torta e a entrada de cascalho, mas o quintal castanho e tomado de mato foi limpo. A casa, com ajuda de TJ, brilha com uma nova camada de tinta azul clara.

Quase não a reconheço.

Este não é mais um lar.

Uma placa de *Vende-se* se projeta da grama aparada, meio inclinada, otimista, e talvez de um otimismo absurdo.

Um dia uma nova família se mudará para esta casa; uma nova criança correrá por seus corredores, olhará a linha das árvores na floresta de seu quarto, vai pedalar a bicicleta pela trilha até a represa, pegará pequenos objetos que são importantes para ela e, talvez, se sentará para jantar de mãos dadas com os pais enquanto eles dizem as graças.

Ou talvez não vá haver graça nenhuma nesta casa novamente.

Abro a janela e respiro o cheiro da represa através da linha da mata pelo que sei que será a última vez.

Uma revoada de corvos gira em correntes invisíveis pelo céu. Juntos, formam uma flecha apontando para o norte.

Viro o carro para segui-los.

Barrens fica cada vez menor em meu retrovisor, até que, por fim, desaparece.

Agradecimentos

Tenho de agradecer a muitas pessoas pela ajuda e apoio que me deram em todo o processo de redação deste livro. Agradeço a Lauren Oliver por trabalhar incansavelmente comigo em *A fogueira*, de sua concepção à conclusão. Obrigada por suas ideias incríveis e todo o papo animador tarde da noite – eu nunca poderia ter conseguido sem você. Também quero agradecer a Lexa Hillyer e a toda a equipe da Glasstown Entertainment, e igualmente a Stephen Barbara, da Inkwell. Obrigada a Molly Stern, Jen Schuster e a todos da Crown por acreditarem em mim e por me dar esta oportunidade maravilhosa. Agradeço a Dave Feldman e ao resto de minha equipe por apoiar meus sonhos, em particular a Kyle Luker e Steve Caserta, cada um deles deve ter lido 17 rascunhos do livro enquanto ele evoluiu. Também quero agradecer a minha querida amiga Gren Wells por suas observações e sugestões, e por me estimular o tempo todo. Agradeço a minha adorável irmã, Bailey, por tirar minha foto de autora. Obrigada a minha melhor amiga, Lauren Bratman, por me animar em cada frase terminada. Agradeço a Rachael Taylor pelas incríveis recomendações de leitura. E também, por fim, a Adam e Mikey por todo o amor em casa.

Impressão e Acabamento:
GRÁFICA STAMPPA LTDA.